Dès le premier soir

Isabelle Alexis

Dès le premier soir

ROMAN

Albin Michel

© Éditions Albin Michel, 2006

Deux ou trois petites choses à savoir
avant de commencer...

Des mois que l'on en rêvait. Moi, Élise, et ma meilleure amie Delphine, on avait enfin trouvé deux fiancés, meilleurs amis eux aussi. Le terme « meilleure amie » à trente-cinq ans peut commencer à dater mais je n'en ai pas trouvé d'autre. Et puis Delphine y tient beaucoup. Simon et Barnabé (et oui, c'est rude comme prénoms !), nos nouveaux tourtereaux, avaient quarante-cinq ans, un travail, une voiture, un enfant chacun et des ex-femmes. Ils étaient adultes et responsables, deux vrais hommes ancrés dans la vraie vie. Pour nos parents, ce fut le soulagement. Enfin nous allions trouver un peu de stabilité, un équilibre sentimental, un confort financier (ça, c'est nos mères !), bref, un petit bonheur mesquin comme en rêvent tant de gens ordinaires pour qui le mot « épanouissement » est synonyme de petits couples, de maisons Catherine Mamet en bordure d'autoroute et de lavages de voitures le week-end après avoir rempli le caddie à Carrefour. Le rêve ! Une vie normale ! Il paraît qu'arrivées à un certain âge, les filles recherchent des mecs assez moyens pour vite se caser et à trente-cinq ans, il était temps ! Il était surtout temps de

Dès le premier soir

tuer l'Alien fêtard qui vivait en Delphine et en moi. Il était aussi le temps de tuer ce diablotin appelé la Lucidité qui nous empêchait de tomber amoureuses trop facilement... Moi, j'avais toujours préféré les hommes qui enlevaient leur pantalon en mon honneur plutôt qu'un seul qui me le fasse repasser, alors où était vraiment mon bonheur ? Pourquoi se mettre en couple quand on est si peinarde toute seule ? Mon Alien n'était-il pas aussi mon ange gardien ?

Tant pis, c'était décidé. Delphine et moi allions éteindre à tout jamais les flammes de la déraison et passer dans la réalité. *Construire* pouvait-il devenir notre maître mot ? Construire notre histoire d'amour, ériger nos plans de carrière respectifs, élever nos amitiés et relations à l'extérieur et peut-être même fonder une famille. Dotées de ces bonnes résolutions, tout était prêt pour que notre quatuor fonctionne à merveille : Moi avec Simon et Delphine avec Barnabé, nous allions donner l'image de jeunes amoureux épanouis, attentionnés l'un pour l'autre et surtout... calmes. En tout cas on allait essayer. Il paraît qu'il y a des gens qui y arrivent !

Ce que l'on ne savait pas évidemment, c'est que l'on ne dit pas adieu comme ça au rock'n roll. Chassez le naturel...

Le quatuor romantique

Simon : Sur le papier, c'était l'homme idéal décrit par les journaux féminins : présent, attentif, gentil, à l'écoute de l'autre, ponctuel avec des fleurs, intelligent, cultivé, vraiment très présent, doux, charmant, sincère, aimant par-dessus tout la vérité, l'honnêteté, la transparence et l'osmose totale dans un couple. D'une fidélité à toute épreuve, il était un peu l'opposé de tout ce que j'avais connu jusqu'à maintenant. Il avait des horaires et des vraies valeurs. En un mot, il ne lui manquait plus que l'auréole. Où avais-je pu dégotter un mec pareil ? Moi, qui ne m'attachais qu'aux enfoirés affectifs et aux emblèmes de l'égocentrisme !

Aujourd'hui, je pouvais enfin compter sur quelqu'un pour qui le mot « couple » signifiait partage absolu. Quelqu'un qui méprisait les apparences et les rapports superficiels : toute ma vie, en somme...

Dès le premier soir

Rétrospective de prétendants et dernières aventures

D'abord, il y eut *Vincent*, animateur de télé et journaliste.

Plus qu'un prétendant, il est depuis trop longtemps l'éternel amant ou le fiancé toxique, en raison de l'irrégularité de nos rapports mais aussi de leur régularité finalement (dix ans que ça dure !), et puis, surtout, parce que je n'arrive jamais à lui dire non.

POINTS FORTS : appartement sublime. Possède plus de chaussures que Céline Dion. Sympa (quand il est de bon humeur !). Intelligent. Passionné par l'art contemporain et la littérature.

POINTS FAIBLES : peut te raccrocher à la gueule au moindre reproche. Arrogant, frimeur, poseur de lapins. Déteste l'odeur de la cigarette. Séducteur invétéré. A répondu à son portable pendant l'acte sexuel. (Ai attendu bien sagement qu'il termine sa conversation !)

Même si je m'insulte pendant une heure chaque matin quand je sors de chez lui, il m'amuse...

Comme prétendant, j'avais rencontré *Bruno* pendant les vacances, un professionnel de jet-ski de trente-huit ans.

POINTS FORTS : très beau. Yeux bleu marine. Sportif. Flirt agréable pour l'été et les balades en scooter des mers.

Adore Philippe Djian et Jean-Paul Dubois. Très sensible. A plein de meilleures amies féminines, à se demander s'il n'est pas homo.

POINTS FAIBLES : carences cinématographiques énormes. Ne connaît aucun film pas même *La Guerre des étoiles*. Ne

Dès le premier soir

regarde pas la télé, n'a pas le câble, ne connaît aucune série. Conversation impossible pour moi. L'ai viré avant même d'avoir couché...

Depuis quelques années, j'adorais *Éric*, un scénariste et réalisateur.

Le contraire de Bruno.

POINTS FORTS : connaît toutes les séries par cœur, passionné par les sit-com américaines les plus politiquement incorrectes. Home cinéma avec 400 chaînes chez lui. Assez beau mec. Très drôle. Je peux rester discuter six heures d'affilée à table avec lui. Ne me lasse pas de son humour...

POINTS FAIBLES : marié avec des enfants. Peut être par moments cynique et un poil misogyne...

C'était vraiment dommage, voilà un presque MP (mec parfait ou mari potentiel).

À garder comme copain, c'est mieux que rien...

J'avais eu, un moment donné, un coup de cœur pour *Jean-Claude,* un milliardaire, philanthrope et généreux.

POINTS FORTS : beau mec. Sportif et intelligent. Appartements, maisons et Aston Martin impressionnants. Change régulièrement la moquette de son jet privé. Son dressing est plus grand que mon trois-pièces. Gentleman. Te file 100 euros pour prendre un taxi comme s'il te donnait des M&M's. Super à fréquenter pendant la période de Roland-Garros où il possède une loge.

POINTS FAIBLES : grande gueule, autoritaire et déterminé, l'ai déjà vu s'adresser à ses employés comme à des merdes. A du mal à se concentrer sur une conversation si on ne

Dès le premier soir

parle pas de lui... Marié je ne sais combien de fois et aujour-d'hui vacciné contre la vie de couple, il demeure assez volage et il est impossible de mettre le grappin dessus... (Ce n'est pas faute d'avoir essayé, croyez-moi...)

Et puis dernièrement, j'avais connu *Frédéric*, un pro-grammateur d'émissions de télévision.

POINTS FORTS : type vraiment adorable, cultivé, déli-cieux. Me couvre de délicates intentions, de compliments, d'éloges dithyrambiques, me laisse des messages d'amour, il est le parfait prétendant, un chevalier servant rêvé car en plus, il aime faire la fête et boire des coups (avantage non négligeable). Belles fringues. Bon humour.

POINTS FAIBLES : me fout la poisse. Au premier dîner, j'ai perdu mon portefeuille. Au deuxième, j'ai pété un talon d'une botte. Au troisième, je l'ai ramené chez moi, il n'a jamais pu bander. J'ai été parfaite en lui disant que ce n'était pas grave et que cela arrivait à tout le monde. Le temps que je le raccompagne à la porte, la grosse bougie de ma table de nuit avait enflammé mes oreillers. Ma chambre était en train de brûler. Je les ai transportés en courant jusqu'à la salle de bains pour les jeter dans la baignoire et mettre un bon coup de douche dessus. Je n'ai pas fait de quatrième dîner pour l'instant...

Mais revenons à Simon. Ha, Simon ! Rien à voir avec mes spécimens d'antan. Je dis d'antan et ça ne fait qu'un mois qu'on est ensemble, j'ai déjà l'impression que ça fait un siècle. J'ai abandonné prétendants charmants et amants frimeurs. Se consacrer à Simon. Tout donner. Faire des

Dès le premier soir

concessions. Voilà un mot formidable. Très utilisé pour les rapports dans le couple et le cimetière. Je me demande ce que je préfère. Simon en vaut-il la peine ? Peut-être. Je n'ai pas encore trouvé de points faibles. Il est là, si gentil avec son regard doux de cocker que j'emmènerais chez le véto pour sa dernière piqûre. Il veut tout savoir, tout connaître de moi. « Pose-moi les questions que tu veux, je n'ai rien à cacher », lui ai-je déclaré alors que mon jardin secret, de la taille de Central Park, déteste être piétiné...

Forcément, quand on rencontre quelqu'un à trente-cinq ans, on a un vécu. Au début, j'ai bien senti que je le rendais perplexe avec mes déclarations du style : « Chéri, je veux bien te parler de mes amants mais j'ai horreur de me vanter ! » Quant à lui, dès qu'il essayait de me parler de ses ex : des peintres semi-timbrées, des paumées perturbées anorexiques, je reprenais deux fois des nouilles en me demandant ce que je venais foutre dans ce palmarès d'assistante sociale. Quoi qu'il en soit, alors que je vivais le parfait amour avec Simon, qu'est-ce qu'il nous a pris de vouloir nous présenter nos meilleurs amis ? Au début, l'idée nous a semblé formidable et puis, après tout, combien y avait-il de chances sur un million pour que ça colle entre eux deux ?

La première rencontre

Un restaurant italien, un mardi soir. Nous les attendons, Simon et moi, devant un coupe de champagne (à la pêche pour moi). C'est la première fois que mon amoureux va rencontrer Delphine. Quant à moi, je vais enfin découvrir

Dès le premier soir

Barnabé dont j'ai beaucoup entendu parler. Tous les deux sont célibataires et en retard, ce soir-là... Nous patientons à coup de roucoulades, mots d'amour, bisous dans le cou et sur la bouche : mon fiancé raffole des DPA (démonstration publique d'affection). Enfin Delphine arrive. Elle tournait autour du resto depuis cinq minutes mais n'arrivait pas à trouver la porte. Simon se lève. Présentations et poignées de main. En trois secondes, elle le détaille de la tête au pieds, prête à me faire un débriefing immédiat qui irait de sa coupe de cheveux à ses chaussures. Pour ceux qui n'ont pas lu *Tu vas rire mais je te quitte*[1] *!* ainsi que *Tu peux garder un secret*[2] *?* il faut que je vous présente Delphine, ma tornade de copine. Elle donne si bien le change avec son look de petite-bourgeoise, ses tailleurs gris parfaitement coupés et stricts, sa médaille de baptême autour du cou ! Un look bien étudié qui entre en décalage complet avec sa personnalité de fêtarde chronique, son esprit de contradiction indispensable, son humour postado et son immaturité. À l'usine de la connerie, elle travaille à la chaîne. Alors, si j'aime ses qualités comme son franc-parler et sa générosité, j'aime encore plus ses défauts et son grain de folie.

Elle s'est assise, a consulté le menu et, un peu survoltée, nous à lâché un flot d'infos en vrac. Ça donnait quelque chose comme :

– Oh, là, là ! j'ai passé une journée épouvantable au bureau ! Mon chef m'exaspère en ce moment ! Il n'est pas là l'autre ? Le mec que vous deviez me présenter ? En

---

1 et 2. Plon, 2002 et 2004.

Dès le premier soir

retard ? déjà ? Commence mal cette affaire ! Il est beau au moins ? Élise, qu'est-ce tu bois ? Je prendrais bien la même chose ! Il est où le serveur ? Il y avait un de ces mondes sur le périph ! Il est sympa ce resto ! On n'est pas déjà venues, ici, Élise ? Ça me dit quelque chose... Mais si ! à l'anniversaire de Machin, on était avec Trucmuche, là ! Oh, je n'ai plus de neurones de toute façon ! Alors comme ça, vous deux c'est le grand amour ? Vous avez du bol, moi c'est le grand néant. Mon ex continue à m'envoyer des textos du style : « Je suis très déçu par ton attitude. » Je t'en foutrais ! Je peux plus le sacquer ! Simon, comment il s'appelle ton pote ? Barnabé, c'est un peu nul comme nom ! Ça fait gros plein de soupe, je trouve...

— Eh bien, tu vas pouvoir le lui dire, le voilà...

Barnabé est entré dans le restaurant avec *Libé* sous le bras. Effectivement, le meilleur ami de Simon n'était pas mince. Il était même assez grassouillet, avec des cheveux un peu longs qu'il remettait sans cesse en arrière. Il a ôté son manteau, l'a tendu à un serveur et a rentré son ventre pour se faufiler entre les tables. Il semblait avoir un peu de mal à respirer, ce qui ne l'a pas empêché d'allumer une cigarette, et de tousser un grand coup, une fois assis. Je l'ai immédiatement catalogué dans le registre des ronfleurs et j'ai plaint ma Delphine à l'avance si jamais une idylle naissait entre eux. Pour l'instant, le coup de foudre ne fut pas immédiat car Delphine, se dissimulant derrière sa serviette, fit mine de se mettre les deux doigts dans la bouche, exprimant ainsi son impression sur l'arrivée de ce personnage. Barnabé était grognon, Simon m'avait prévenue. Il

Dès le premier soir

râlait beaucoup, pestait et s'insurgeait contre tout, mais si on avait la patience de le connaître un peu, de gratter le vernis comme on dit, on découvrait alors un gros nounours au cœur d'or. Ce qui est souvent le cas chez les gros ronchons. En ce qui me concerne, il me fut sympathique assez rapidement car j'ai tout de suite aimé son côté rabelaisien. Il avait un style au moins. Simon avait-il un style ? Je cherche et je vous rappelle...

Barnabé et Delphine s'épiaient par-dessus leur menu. Simon et moi tentions de les mettre à l'aise tout en les présentant et en exposant leurs qualités principales. Barnabé était directeur d'antenne d'une radio FM et Delphine travaillait dans une entreprise de communication. Barnabé aimait le Lexomil, sa mauvaise humeur, le café fort, la campagne, la cuisine, l'amitié et lire le *Journal du dimanche* de bonne heure. Delphine aimait Jacques Brel, les compliments, le café allongé, le vin, tous les vins, les séries américaines de Canal Plus, les reportages de John-Paul Lepers exclusivement, la ville, les dîners, les fringues, Françoise Sagan et Fred Vargas. L'ambiance se détendit très vite et notre quatuor commença doucement à fonctionner, chacun devant un plat de pâtes et une bouteille de chianti, puis deux... puis trois...

La conversation fut animée et drôle. Mais ce que je ne savais pas, c'est que Barnabé prenait un malin plaisir, par moments, à sortir quelques insanités, histoire de choquer le bourgeois. Ce qui est souvent le cas chez les gros ronchons qui ne veulent pas qu'on les aime au premier abord. Au septième verre de vin, j'ai vu Delphine se lever et balancer à la cantonade :

Dès le premier soir

– Dites donc, c'est tout ce que vous m'avez trouvé comme fiancé ? Un gros avec des cheveux huileux qui me sort des rusticités ?

J'ai un peu blêmi mais Simon a rigolé ; il avait un drôle de rire. On aurait dit un ricanement de hyène. Delphine, elle aussi, avait sa propre façon de choquer le bourgeois même quand il n'était pas bourgeois... Barnabé resta interdit quelques secondes puis Delphine se rassit et lui lança : « T'as l'air d'un porc ! Ce n'est pas grave, donne-moi ta main. » L'espace d'un instant, j'ai cru que les cinq saucisses de Barnabé allaient lui arriver en pleine joue mais non, il tendit sa main et la mit dans celle de Delphine qui soupira d'aise. Elle avait une manière très particulière de souffler le chaud et le froid quand elle draguait un peu éméchée. Chaque saloperie envoyée était suivie d'un petit geste tendre. Je connaissais sa tactique, elle avait déjà fonctionné même si le type passait toute sa soirée à l'observer avec deux points d'interrogation dans les yeux. On ne savait jamais réellement ce qu'elle voulait. Au moment où Simon me prit la main lui aussi pour la porter à ses lèvres (deux petits couples qui s'embrassaient les doigts, on se serait crus dans la cafète d'*Hélène et les garçons*), Delphine se leva pour aller aux toilettes et... embarqua la nappe avec elle. Changement de série. J'avais déjà vu ça au cinéma mais je ne pensais pas le vivre un jour. Je peux vous dire que cela fait de sacrés dégâts. Barnabé a réussi à sauver son assiette. Simon s'est prestement emparé de la bouteille de chianti, mais tous les verres ont volé en éclats, que ce soit par terre, sur mon chemisier blanc ou sur le pantalon de Simon. Les serveurs ont accouru. Tout le resto s'est retourné à l'excep-

Dès le premier soir

tion de Delphine qui titubait tranquillement jusqu'aux toilettes sans se douter de rien.

Après avoir fait mille excuses au personnel conciliant de ce restaurant italien qui, en moins de deux minutes, avait balayé, remis une nappe propre et de nouveaux couverts, nous fîmes l'état des lieux, nous essuyant avec des serviettes mouillées d'eau chaude. C'est moi qui avais le plus morflé, en plus d'une belle traînée de vin, j'avais aussi quelques vestiges de tagliatelles au pistou sur le chemisier. Barnabé qui, lui aussi, épongeait son pull, tonna de sa grosse voix :

– Dites donc, moi aussi je pourrais dire : mais qu'est-ce que c'est que cette gonzesse que vous vouliez me présenter ? Tu penses peut-être que ma vie était trop plate ? demanda-t-il à Simon qui, une fois de plus, émit son petit ricanement de hyène.

Lorsque Delphine revint des toilettes, elle ne remarqua pas le changement opéré sur la table, en revanche elle me regarda d'un œil soupçonneux :

– Élise, t'as vu ton chemisier ?

– C'est de ta faute, t'es partie avec la nappe ! T'as renversé tous les verres et les assiettes d'un coup !

– N'importe quoi. Tu bouffes vraiment comme un porc, toi aussi. J'en ai marre d'être cernée par des rustiques ! Bon, qu'est-ce qu'on fout ? On va boire un coup ?

Les deux garçons furent soufflés, moi j'étais habituée. Simon, qui semblait avoir eu sa dose pour ce soir, objecta un : « Je crois qu'on va rentrer nous, non ? » J'ai acquiescé. En couple avec lui depuis un mois, j'avais décidé d'enfermer mon Alien fêtard à double tour et de jouer à la fiancée paisible, genre sereine. En revanche, l'Alien de Delphine

Dès le premier soir

était de sortie ce soir et c'est lui qui menait la danse. Subitement, je réalisai qu'on était mardi.

– Mais Delphine, tu bosses demain ? N'oublie pas que tu te lèves à sept heures !

– Je m'en fous. J'ai envie de faire la zouave. Moi, je vais chez Castel. Tu m'accompagnes Patapouf ? demanda-t-elle à Barnabé.

– Je vais la tuer, répondit-il, médusé...

C'est comme ça que tout a commencé entre Patapouf et Patachon. Ils sont partis en sautillant du resto et je savais que pour Barnabé la nuit allait être longue.

C'est fou comme le restaurant semblait paisible après leur départ. Simon et moi sommes rentrés main dans la main en contemplant la lune, pleine, énorme ce soir-là, ce qui n'inaugurait rien de bon...

Le compte rendu du lendemain

Version des hommes au téléphone. De Barnabé à Simon

BARNABÉ : Elle est complètement barrée, cette fille ! Alors, on a été chez Castel. Au bout de trois gin tonics, je lui ai dit : « je te ramène ? » Rien à faire, elle voulait continuer, on a fait tous les bars de la rue Guisarde jusqu'à épuisement. Dans un des bars, elle a plus ou moins dragué un autre type, moi j'ai failli me battre avec le videur. Elle tenait à peine debout, en revanche elle n'arrêtait pas de jacter, elle m'a raconté sa vie de sa naissance jusqu'à la semaine dernière... Quand on est enfin rentrés chez elle, elle a débouché

Dès le premier soir

une bouteille de rosé à six heures du matin, la seule et unique chose qu'il y avait dans son frigo et puis elle s'est envoyé un bon trait de coke dans les narines en me disant : « Tiens, tu vas appeler mon chef pour lui dire que je ne vais pas venir au bureau aujourd'hui. Trouve n'importe quelle excuse, je m'en fous ! » T'imagines la scène ? En plus, elle ne voulait plus me laisser partir alors bon, j'ai dormi chez elle... Deux heures... Je suis rentré à neuf heures du mat' au bord de l'infarctus. T'aurais entendu ma voix ce matin à la radio ! Les gens appelaient pour demander si Gainsbourg était ressuscité ! Franchement Simon, je n'ai plus l'âge de ces conneries ! Elle va me faire crever !

SIMON : T'as couché avec elle ?

BARNABÉ : Ben oui...

(Silence.)

SIMON : Si ça peut te consoler, il n'y a rien non plus dans le frigo d'Élise. Elle ne se lève même pas le matin pour me faire un café...

BARNABÉ : Oh ben, estime-toi heureux ! la mienne petit-dej au rosé !

Version des filles au téléphone. De Delphine à Élise

DELPHINE : Grosse Angoisse ! Élise, Je crois que j'ai encore fait n'importe quoi ! On a bu comme des trous et je n'ai même pas pu aller bosser, ce matin ! Je crois que je suis bonne à enfermer... mal au crâne comme jamais ! Merde, je n'ai plus de clopes... Il me les a toutes fumées l'autre gros rustique ? Qu'est-ce que j'ai foutu ? Qu'est-ce

Dès le premier soir

qui m'a pris de péter un câble en pleine semaine ? je vais finir comme Jugnot dans *Une époque formidable*. Élise, si je perds mon boulot, je viens chez toi. Tu ne me laisseras pas tomber, hein ? T'es ma meilleure amie et je t'aime trop... J'angoisse à mort, ce matin. Je vais appeler SOS Médecins pour qu'ils me fassent un certificat médical...

MOI : T'as couché avec lui ?

DELPHINE : Bof... Vaguement... Je ne sais plus trop...

MOI : Il te plaît, alors ?

DELPHINE : Mouais. Il est marrant mais je crois que je préfère le tien, en fait... Il a un regard si doux, ton Simon ! Qu'est-ce que vous avez fait finalement après le resto ?

MOI : Rien. On est rentrés.

DELPHINE : Nous, on a fait tous les bars encore ouverts du sixième arrondissement. N'importe quoi ! Après il est venu à la maison, il a éclaté toutes les lattes de mon canapé en s'asseyant dessus. Vraiment de la merde Habitat ! C'est une force de la nature ce type, mais il est vachement sympa, en fait. Tu sais à qui il me fait penser ?

MOI : Non.

DELPHINE : À Shrek !

MOI : ???!!!

DELPHINE : Tu crois qu'il va me rappeler ?

Ça y est. On y était. La phrase préférée de Delphine. « Tu crois qu'il va me rappeler ? » Celle-là, je l'avais entendue des dizaines et dizaines de fois. Moi aussi ça m'obsédait avant, mais aujourd'hui, amoureuse et fidèle depuis un mois, mon Simon m'appelait deux fois par jour et je ne me posais plus cette question. C'était plutôt : « Tiens, encore lui ! » Simon

Dès le premier soir

avait dit : « Oui, Barnabé va la rappeler mais il aimerait passer une soirée plus calme si c'était possible... »

Trois soirs plus tard, un nouveau rendez-vous fut pris et Delphine, histoire de montrer une autre image d'elle-même, passa derrière les fourneaux pour préparer un petit dîner à la maison. C'est ce qu'elle avait dit mais je savais qu'elle allait appeler un traiteur. Quoi qu'il en soit, terminé l'ambiance *Absolutely Fabulous* de la dernière fois. Ce soir, elle allait revenir trente ans en arrière pour devenir une sorte de Samantha dans *Ma sorcière bien-aimée*. Une gentille petite femme au foyer, les pouvoirs de sorcellerie en moins, malheureusement, car c'est bien volontiers qu'elle aurait transformé Barnabé en Colin Farrell...

De mon côté

Cinquième semaine de vie amoureuse

D'accord, je suis toujours amoureuse de Simon. J'aime sa conversation, son intelligence et sa sensibilité, mais je commence à ressentir comme une lassitude. Certains de mes ex commencent à me manquer, surtout ceux qui me faisaient rire aux larmes. J'ai envie de voir d'autres têtes. Je ne sors plus qu'avec lui... et des petits points faibles m'arrivent au moment où je m'y attends le moins. Des petites choses sans importance : je ne supporte pas les pantalons en velours par exemple, et ça fait deux fois de suite que je le vois en porter...

Je déteste voir des poils dans MA baignoire quand j'entre

Dès le premier soir

dans MA salle de bains. Je déteste qu'il se sente en terrain conquis chez moi et qu'il aille ouvrir les volets le matin quand j'ai encore envie de dormir.

Je vis l'arrivée de ce nouveau fiancé dans ma vie de pure célibataire comme l'intrusion de l'armée tchétchène dans mon nid douillet et je ne peux m'empêcher de remettre chaque objet qu'il touche à sa place ou de passer l'aspirateur dès qu'il part...

Sixième semaine de vie de moins en moins amoureuse

Je commence franchement à m'emmerder. Le sexe est vraiment sans intérêt. Certains de mes ex me manquent de plus en plus, surtout ceux qui étaient des super-coups. Je lui parle de moins en moins. Les belles qualités dont lui fait preuve me révèlent de sales défauts chez moi. D'abord, je ne savais pas que j'étais maniaque à ce point-là. À présent, dès que Simon passe une nuit chez moi, je nettoie tout le lendemain, comme si ma chambre était une scène de crime et que je ne voulais absolument pas que *Les Experts* retrouvent la moindre trace d'ADN. Plus un poil, ni cheveu, ni cil ! Autre chose, je me croyais romantique moi aussi, mais dès que Simon veut passer le week-end avec moi, aller voir une expo ou qu'il évoque une balade en forêt main dans la main, je tombe malade immédiatement. Je me voyais super-cool, une des filles les plus sympa de Paris (allons-y franchement !) et je ne suis qu'une garce ricanante et intolérante... Ne t'inquiète pas Simon, ce n'est pas toi que je

Dès le premier soir

déteste, c'est moi. Toi, tu la trouveras ta ménagère qui t'aimera, tu la mérites. Moi, je suis vraiment incurable...

Septième semaine de vie chiante comme la mort

Bon, j'assume. Je suis une garce. Je m'en fous. Il y a pire. C'est sûr.

Hier, il m'a posé cette question immonde : « Qu'est-ce que tu serais prête à sacrifier pour moi ? » M'imaginant en train d'égorger une jeune vierge sur l'autel de son immense orgueil, j'ai répondu : « Ben rien ! » L'amour comme un sacrifice, une culpabilité permanente, une sorte de prison, il n'en est pas question, pauvre con...

Savez-vous ce qu'il y a de plus terrible pour un couple qui ne fonctionne plus et qui ne va pas faire de vieux os, en l'occurrence le mien ? C'est de rencontrer un autre couple, qui lui marche à merveille :

Philippe et Sylvie sont ensemble depuis plus d'un an. Je les ai conviés à dîner avec nous. J'évite les tête-à-tête, à présent ! Philippe est un copain réalisateur et sa compagne, Sylvie, est écrivain.

Souriante, épanouie et amoureuse, elle arrive avec un énorme sac Max Mara et, après nous avoir embrassés, elle nous montre le fabuleux manteau que Philippe vient de lui acheter. Elle fait un double tour sur elle-même, plus fière qu'un mannequin de chez Lagerfeld. Je déglutis avec difficulté. Une bouffée de jalousie m'envahit. Ce manteau est vraiment superbe. Envieuse maintenant ! Il ne me manquait plus que ça. Forcément avant, je ne pouvais pas m'en rendre

Dès le premier soir

compte, c'est toujours moi qui me pavanais avec ce qu'on venait de m'offrir. Certains de mes ex me manquent de plus en plus, surtout ceux qui m'achetaient plein de trucs. Là, je viens d'atteindre le point de non-retour. Pendant le dîner, je reste silencieuse, ce qui permet à Sylvie de nous narrer sa rencontre avec Philippe en n'oubliant pas le premier chapitre : « Dès que je l'ai vu, je me suis dit : c'est l'homme de ma vie ! » Moi, j'ai la gorge tellement serrée que je peux à peine avaler les petits bouts de ma sole grillée. Je raconterais bien ma rupture qui n'a pas encore eu lieu et que j'organise insidieusement, mentalement... Histoire de m'achever, elle me dit qu'elle vient de terminer son dernier livre. Moi, je viens juste d'en commencer un et je sais que cela va être encore un chemin de croix, solitaire et sans fric. Pour écrire, j'ai besoin d'être isolée et concentrée. Éventuellement faire des bringues en fin de semaine pour décompresser et rencontrer des gens qui m'inspirent... C'est ce que j'ai dit, bien fort pour que Simon l'entende. J'espère que le message est passé. À présent, je sais que je ne passerai pas Noël avec lui. Idem pour le nouvel an. Il peut décommander son réveillon, y aller tout seul ou bien avec Nicole Kidman, je n'en ai rien à foutre !

Dans la voiture, sur le chemin du retour, j'essaie de faire décroître les paliers de ma mauvaise humeur. Je respire bien fort en pensant à maître Yoda !

Relativiser, respirer, souffler : « Elle avait l'air d'être en peignoir Sylvie, dans son nouveau manteau, non ? T'as pas trouvé ? » Simon ne m'a pas répondu.

Dès le premier soir

Huitième et dernière semaine

Au secours ! J'étouffe ! Simon est un type désespérément normal. D'accord, ce mot n'a pas de sens. C'est quoi être normal ? Je ne sais pas trop mais je peux vous dire que l'ordinaire, le quotidien, la routine me terrorisent. Je dois être un peu cinglée. Merci Simon. Avant je ne m'en rendais pas compte, j'étais amoureuse d'autres cinglés et la vie se devait d'être amusante. C'était le minimum requis. En plus, elle mettait en lumière mes qualités : la générosité, l'humour dont je pouvais faire preuve, un moral d'acier. J'étais réconfortante, gentille, un véritable soleil pour les autres (je peux vous donner les noms et portables de tous ceux qui me l'ont dit !). Merci Simon, avec toi, j'ai découvert que je pouvais être mesquine et odieuse. Je ne te supporte plus. Tu me glues ! (Du verbe « se gluer » : se dit d'un amoureux qui vous colle comme un poussin frileux et qui ne peut pas aller pisser sans vous demander la permission !) Il paraît que des gens aiment ça, se faire gluer, quand ils sont en couple. Bande de tarés ! Bon, ce n'est pas le tout. Moi, il faut que je récupère ma liberté et que j'organise ma rupture. J'ai tout préparé, ça devrait marcher.

Durant ce joli mois de décembre, Delphine et Barnabé, eux aussi, s'étaient beaucoup vus. Plusieurs fois, nous avions fait des dîners à quatre, heureuses, Delphine et moi, de sortir avec deux meilleurs amis comme nous en avions émis le souhait depuis toujours. Le petit problème, c'est que Delphine racontait beaucoup de choses sur mon compte à Barnabé qui les répétait à Simon qui me les répétait. Voici quelques exemples d'embrouilles ayant pol-

Dès le premier soir

lué notre relation qui, franchement, n'avait pas besoin de ça, en plus !

EXEMPLE Nº 1 : Simon s'inquiétant :
– Il paraît que tu n'aimes pas ma maison ?
– Quoi ? Non... Heu... Je n'ai jamais dit ça. Enfin, elle est un peu loin de chez moi... Elle est petite mais elle a du charme... disons qu'elle est bizarrement foutue, avec sa salle de bains dans la cave !
En la découvrant la première fois, j'avais dit : « Elle est mignonne cette bicoque au milieu de... ces HLM ! 32 euros de taxi, je le crois pas ! » C'est vrai qu'elle me foutait un cafard monstre, ce n'est tout de même pas de ma faute et je ne sais plus ce que j'ai raconté à Delphine.

EXEMPLE Nº 2 : Simon pas content :
– Il paraît que tu n'aimes pas ce que je t'ai offert pour ton anniversaire ?
– Quoi ?
– Oui, le plaid en poil de chameau que je t'ai offert ! Il paraît que tu l'appelles « cette vieille couverture de mémé marron » !
– Mais pas du tout. Je l'aime beaucoup...
– T'aurais voulu que je t'offre une tiare en diamants, c'est ce que t'as dit à ta copine...
– Mais j'ai dit ça pour rire... oh, là, là !

EXEMPLE Nº 3 : Simon furieux :
– Il paraît que t'as dit que j'avais aucun humour ?
– Mais pas du tout... Je... Heu...

Dès le premier soir

EXEMPLE N° 4 : Simon anéanti :
– Il paraît que tu trouves que je suis mal habillé ?
– Oh, la barbe !

Là, j'ai raccroché et j'ai appelé Delphine.

La rupture

— Dis donc, toi ?! Qu'est-ce qui te prend de raconter à Barnabé tout ce que j'ai pu te dire sur Simon ? De son côté, il lui répète tout. Toutes mes conneries me reviennent comme un boomerang, à plat, hors contexte.

— Quoi ?

— Parfaitement. Il est au courant de tout et j'ai l'impression d'être un monstre. Il me le fait bien sentir, d'ailleurs...

— Mais, je ne sais pas. Je raconte des trucs à Barnabé parce que c'est mon mec. Si je ne peux plus faire confiance à mon mec, à qui alors ?

— Réfléchis deux secondes, ils s'appellent tous les jours. T'es gourde ou quoi ?

— Mais je pensais pas...

— Ha ! tu pensais pas ! Tu sais ce qu'il dit Barnabé sur toi à Simon ? Que t'es alcoolique au dernier degré. Que tu ne sais pas te tenir ! Que tu fous le bordel partout ! Quand il t'a emmenée en week-end chez ses amis en Normandie, il paraît que tu t'es levée la nuit pour bouffer tout le Nutella des gosses et que, le lendemain matin, les gamins furieux s'accusaient tous les uns les autres. Il paraît que t'as mis au

Dès le premier soir

moins trois heures avant de te dénoncer ! La semaine d'après, tu lui as encore foutu la honte à un dîner chez ses copines, où paraît-il, tu t'es levée pour faire un discours politique assez minable. Ce n'était pas *Cent minutes pour convaincre* mais plutôt cent conneries à la minute et tu t'es rassise en loupant ta chaise ! Et, par-dessus le marché, il a dit que t'étais un mauvais coup ! Que tu ne voulais pas entendre parler de sodomie ! Oui, il n'est pas très distingué, ton jules... Ha, j'oubliais ! Il supporte très difficilement ta passion pour Jean-Luc Godard aussi. Il trouve ridicule de regarder *Pierrot le Fou* en boucle ! Voilà son compte rendu à Simon, il m'avait fait promettre de rien te dire, mais tant pis !

Delphine m'a raccroché au nez pour appeler Barnabé, lui demander des comptes et lui raccrocher au pif à lui aussi. Au départ, notre quatuor devait être une jolie bluette, une comédie romantique qui aurait pu rappeler *Quand Harry rencontre Sally* et voilà qu'au bout de deux mois plus personne ne pouvait se supporter.

Moi, je m'apprêtais à quitter Simon par manque d'oxygène et ma meilleure amie me faisait la tronche par excès de franchise. Joli bordel !

La rupture (23 décembre)

La veille de Noël. Ce dîner sera le dernier. Le vertueux Simon doit le sentir car il arrive bien énervé au resto en bas de chez de moi. Tandis qu'il enlève sa veste, il me raconte qu'il a eu Barnabé au téléphone et que ce dernier

Dès le premier soir

est furieux après nous, surtout moi, car j'ai répété à Delphine tout ce qu'il avait dit sur elle. Je le sais déjà. Ça démarre mal, tant mieux ! Et puisqu'on est déjà dans le chapitre des reproches, allons-y gaiement ! Ce ne sera qu'un mauvais moment à passer. Il faut que je le fasse parler, que je l'entraîne sur la pente glissante des remontrances, le but étant de rentrer à la maison SEULE, ce soir. Seule et fâchée.

– On fait un jeu, Simon. Tu me dis tout ce que tu n'aimes pas chez moi, tout ce que je pourrais améliorer pour te plaire encore plus, mon amour, d'accord ?

Il est partant. Justement, il fallait qu'on parle. Très bien, viens chéri, mon piège à loup t'attend.

PREMIER PALIER : J'apprends que je suis vraiment égoïste. Bon. Je m'en doutais un peu. Que je me conduis comme une princesse, que tout m'est dû. Je ne dis jamais bonjour le matin quand j'ouvre un œil. Je bois du café lyophilisé. (Nescafé, 3,65 euros au Franprix.) Je ne lui en propose jamais et, en gros, je communique très mal, le matin. C'est vrai que, ces derniers temps, je me suis levée d'assez mauvais poil, surtout en ce qui concerne la dernière nuit passée ensemble. Pour une fois que je dormais, il s'est collé à moi, en plein milieu de la nuit et m'a ronflé dans l'oreille. J'ai dû faire des exercices de yoga pour ne pas lui flanquer un pain.

DEUXIÈME PALIER : Je ne souris pas beaucoup. J'ai l'air d'être glaciale. Première nouvelle. Ça, on ne me l'avait jamais dit et c'est vraiment n'importe quoi. Avec lui, tout le monde a l'air méchant, de toute façon. Il me l'avait déjà

Dès le premier soir

dit à propos d'une journaliste qui présentait les infos sur une chaîne du Câble. J'avais rétorqué qu'avec ce qu'elle racontait, c'était un peu normal qu'elle ne se marre pas comme une bossue mais dans son monde je pense qu'il lui faudrait une Denise Fabre pour le 20 heures. Il m'exaspère. Moi, j'ai horreur des gens qui dérangent le rire pour rien. Surtout ceux qui ont un rire de hyène...

TROISIÈME PALIER : Je ne dis jamais merci quand il m'invite au resto. C'est normal, je suis une princesse et tout m'est dû. Il l'a déjà dit, ça ? non ? En plus il faut toujours qu'il vienne me chercher. Il a l'impression de n'être pour moi qu'un chauffeur et une Carte bleue. (Ce serait déjà énorme mais ce n'est vraiment pas le cas.) Et puis je suis incapable de faire un dîner à la maison et ça même Delphine sait le faire !! Elle l'a bien fait pour Barnabé ! Moi, zéro. Je suis incapable de « prendre soin d'un homme ». Là, j'ai touché le fond ! Rien que l'expression me répugne ! « Prendre soin d'un homme » moi ? (Mais mon pauvre vieux, même les plantes se suicident chez moi !) J'ai la sensation d'entendre une obscénité. Nous voilà de retour dans les années cinquante, il est temps de mettre les voiles, de fuir au plus vite ce sinistre personnage qui avait dans l'idée de déflorer ma vierge cuisine et de faire de moi sa bonniche !

Le temps de finir mon tournedos, on arrive au quatrième palier. Apparemment, Simon ne sait pas que c'est la dernière fois qu'il me voit. S'il me parle de « ces petites choses qu'il a remarquées chez moi » c'est parce qu'il pense que je vais changer. Il pense réellement que je vais dire : « Je te promets, mon amour, de faire attention dorénavant. Je

Dès le premier soir

tiens trop à toi. » À aucun moment, il ne s'est dit que j'allais me barrer en jetant mon mégot dans son café et rentrer à pied chez moi. C'est pourtant ce qui l'attend...

QUATRIÈME PALIER : Le manque de complicité. Depuis qu'il est avec moi, il a l'impression de ne pas me connaître. Je ne lui parle pas assez. Bon, moi au contraire je pensais être bavarde. Pas assez, apparemment. Il ne sait rien de mon enfance. Est-ce que j'avais peur des chiens, par exemple ? Oh, pitié ! C'est une interview à la Drucker ? Non, je n'en avais pas peur, excepté la fois où j'ai vu un berger allemand m'arriver dessus en courant, mais putain qui ça intéresse ?

Quoi qu'il en soit un boy-friend n'est pas un psy. Surtout quand il lui reste deux minutes de vie de boy-friend. « Tu comprends, reprend-il, être un couple c'est une complicité absolue, c'est marcher main dans la main dans la rue et se mettre à courir quand il pleut... » Que voulez-vous que je réponde à ça ? Je me frotte le menton en pensant qu'il mériterait de signer un contrat chez Harlequin ou de reprendre la suite de Barbara Cartland, consultant chez Danielle Steel ? Je ne sais pas, il y a sûrement quelque chose à faire. Cher Simon, tellement pur, tellement romantique. À ce point-là, c'est une première pour moi. Et, tout à coup, le cauchemar ! Le come-back. C'est là qu'il enchaîne avec : « Cela dit, j'adore chacun des moments que je passe avec toi. J'adore ta peau, ta bouche. J'adore ton humour... Je t'aime, tu sais... »

Hou là ! Qu'elle tombe mal cette phrase ! En voilà une conclusion inattendue. J'ai un doute subitement. Je regarde ma montre, il ne lui reste plus qu'une minute de vie de

Dès le premier soir

boy-friend. Je recommande un verre de vin, ça lui en fera cinq de plus mais franchement ma décision est prise. Dès qu'un mec a voulu me faire changer de couleur de cheveux, de point de vue, d'amis ou de caractère, la seule chose que j'ai changée : c'est le mec !

Comment faire pour taper un scandale, maintenant ? Me lever, outragée, et partir le menton en l'air. On est revenus à zéro. J'aurais dû partir au troisième palier, je le savais. Me voilà à nouveau prisonnière. Je lui adresse un petit sourire crispé, en faisant tourner mon verre de vin entre mes mains. Les mots ne me viennent plus ou, plutôt, ils m'arrivent dans le désordre, le vocabulaire amoureux se mélangeant avec celui de ma rupture organisée. Il faut que je me concentre :

– Si je comprends bien, t'arrives à t'accommoder de mes défauts. Moi, ce sont tes qualités que je ne supporte plus...

Vite, je bois un coup. Que c'est pénible de rompre ! C'est toujours aux femmes de le faire. Les mecs peuvent rester vingt ans avec une sorcière. En général, ils quittent leur tortionnaire uniquement quand celle-ci leur envoie, un beau jour, une valise à la tête en rugissant : « Tu dégages maintenant ! » Et encore ! ils partent en pleurnichant.

Simon semble abasourdi :

– Comment ça, tu ne supportes plus mes qualités ?

– Oui, ton intégrité, ta droiture, ton sens de la justice et ton besoin d'absolu... Je... heu...

Mais qu'est-ce que je raconte ? Je suis en train de quitter un type qui est l'incarnation de ce que tout le monde recherche. Absurde ! J'embraie et je pars à droite.

– Ce que je voulais dire, c'est que tout ce qui me plaisait

Dès le premier soir

chez toi au début m'horripile aujourd'hui. C'est bête, hein ? En fait, je n'aime pas ta tête, je n'aime pas tes lunettes, je n'aime pas ton odeur, j'aime pas tes fringues, j'aime pas ta bagnole, j'aime pas ta façon de faire l'amour, ni ta façon de conduire, j'aime pas tes questions, je déteste tout ce que tu as osé me reprocher, j'aime pas tes chaussures, je m'ennuie avec toi, j'ai besoin d'oxygène, tu me colles un peu trop et j'aime pas ton portable non plus, il est moche et vieux, tu pourrais en changer quand même !! Tu verrais celui de mon père ! Remarque, il est tellement « hi tech » qu'il n'arrive pas à s'en servir... Bon, j'espère que je n'ai rien oublié...

– Je ne comprends pas...

– Il n'y a rien à comprendre. Fais pas cette tête ! On se croirait à la SPA ! Souvent femme varie... et, voilà quoi !

Je termine mon verre cul sec et je me lève.

– C'est fini, Simon...

Je n'ose pas affronter son regard. Je prends mon manteau et sors du restaurant. Je pensais sortir le menton relevé mais c'est le bitume que je regarde, un peu honteuse. À travers la baie vitrée de la brasserie, je vois Simon sortir sa Carte bleue. Tiens, j'aurai encore oublié de dire merci... Il a l'air totalement hagard. Tant pis, il s'en remettra. Avec toutes ses critiques émises ce soir, je ne devrais pas lui manquer très longtemps. Bon, c'est fait ; maintenant il faut que je récupère ma meilleure amie. Des mecs, j'en aurai d'autres mais en ce qui concerne Delphine, j'en ai qu'une. En attendant ce soir, je vais mettre ma couette sur mon canapé et me regarder le DVD de *Basic Instinct* que je viens d'acheter. Une écrivaine blonde et perverse qui trucide ses

Dès le premier soir

amants à coups de pic à glace, cela devrait être parfait pour terminer cette soirée.

Le lendemain (24 décembre)

J'ai bien dormi. Que c'est bon de dormir seule en pyjama, chaussettes et col roulé. Lorsque j'ouvre un œil, ma télé est encore allumée, les lampes de mon salon aussi. Merde, ma facture EDF.

Il faut que j'appelle Delphine. Je me lève, j'éteins tout et ouvre les volets. Le soleil froid du mois de décembre envahit la pièce. À Paris, je me fous complètement du temps. Il fait jour donc, et c'est le principal. Où est mon portable ? Où est mon sac ? J'ai une frayeur en me demandant si je ne l'ai pas oublié au resto hier soir. Toute ma vie intime dans les mains de Simon qui serait parti avec ! Mon Dieu ! Ma carte d'identité avec mon vrai âge ! Non, ce n'est pas possible. Réfléchissons : j'avais mes clefs puisque je suis rentrée. Je l'imagine en train de tout balancer dans la Seine ou de donner ma carte Visa Premier à qui la veut dans la rue... Mais non, il est là sur mon bureau. Ouf ! Soulagement. Mon sac chéri ! Il faut que je me calme... Pas bon, une telle frayeur dès treize heures du matin.

– Allô Delph, c'est moi. Tu m'as manqué. Au moins deux jours qu'on ne s'est pas appelées.

– Tu me manques aussi, ma poulette.

– J'ai rompu avec mon boulet hier soir.

– Déjà ? Pauvre Simon. T'auras tenu deux mois. Ce n'est pas mal... enfin pour toi... Je ne pensais pas que tu l'aurais

Dès le premier soir

fait si vite. Je veux dire, je ne t'avais jamais entendue dire :
« Merde, il arrive ! »

– Non, mais j'ai souvent pensé : « Chouette, il part ! »

– Bon, si tu as lourdé le tien, je vais larguer le mien
aussi.

– T'es pas obligée...

– Oh ben si ! C'était marrant quand on était quatre mais
là... Ce n'est plus très drôle. Hier soir, on s'est réconciliés
après notre concours de raccrochage au pif de l'autre fois
et il m'a proposé de passer le réveillon du nouvel an avec
lui. J'ai dit oui parce que je ne sais pas quoi foutre, sinon...
Je le larguerai le lendemain, qu'est-ce que t'en penses ?

– C'est pas mal, le 1er janvier. Les bonnes résolutions :
vidons nos placards et larguons nos jules. Le mien a eu son
Joyeux Noël, le tien va avoir sa Bonne Année.

– Voilà, oui... (Elle rigole.) En tout cas, plus jamais
deux potes pour nous deux, t'as compris ? Ce n'était pas
une super-idée. Dire qu'on a failli s'engueuler ! J'en étais
malade. Quelles commères, ces deux-là ! Il sont pires que
nous...

– Incroyable. Ils se racontent tout. T'as pas été très mali-
gne de répéter tout ce que je te disais aussi...

– C'est bon, Élise. On ne va pas revenir là-dessus.
Qu'est-ce que je lui dis pour le quitter ? Bonne année, je
me casse !

– Tu lui fais un listing de tout ce que tu ne supportes
pas chez lui.

– Le lendemain du réveillon ? J'aurai trop mal au crâne
pour provoquer une engueulade. Je vais attendre le 2 janvier, c'est mieux. Faut que je le note sur mon Palm, j'ai

Dès le premier soir

peur d'oublier sinon. Je pensais aussi lui chanter : « Tout, tout est fini entre nous » de Lara Fabian...
— Non, le listing, je te dis. C'est ce qu'il y a de mieux. Arrête de chanter.
— Bon, d'ac. Qu'est-ce que tu fais ce soir pour Noël ?
— Réveillon avec les parents, toute la famille...
— Moi aussi. Ça me barbe. Tu t'habilles comment ?
— Normal. Je ne vais pas me déguiser ni mettre de truc clinquant. Il y aura déjà un sapin de Noël plus ma mère, pas la peine qu'il y en ait trois...

Le réveillon

Depuis son lifting (réussi) ma mère est vraiment ravissante. Ce qui m'énerve, car plus le temps passe et je vieillis, plus elle rajeunit. À peine arrivée chez mon frère, que j'entendais sa voix de crécelle résonner jusque dans l'ascenseur. Elle s'extasiait devant le gros ventre de ma belle-sœur, enceinte jusqu'au cou. Mon frère a une famille, lui : Caro sa femme, aussi belle que gentille, est surnommée l'ange, par toute la famille. Léo, son petit garçon, est adorable et plein de malice. Lorsque j'arrivai, il était allongé en pyjama devant la crèche et jouait avec Marie et Joseph comme s'il s'agissait de la ferme des Playmobil et tout ce joli monde se préparait à accueillir une petite fille qui allait peut-être naître ce soir, vu l'état de ma belle-sœur qui pouvait à peine bouger. Voilà le décor, une vraie pub pour un détergent.
Mon frère a tout fait dans l'ordre, lui : fiançailles, mariage, un enfant virgule huit, ainsi que tout ce qui peut

Dès le premier soir

me renvoyer à la gueule le désordre de ma propre vie. Après avoir embrassé tout le monde, ma mère m'est arrivée droit dessus :

— Enfin te voilà, ma chérie ! Ça va Lise ? (Son jeu de mots préféré.) Qu'est-ce que c'est que cette tenue ? T'as les yeux un peu gonflés, non ? T'as encore fait la foire avec tes copines ? Cache ton cadeau, il ne faut pas que Léo le voie, le père Noël n'est pas encore passé. Va le poser dans la chambre avec les autres. Je ne comprends pas, t'as pas trouvé autre chose à te mettre que ce vieux jean's, non ? Comment va Simon ? Il est avec ses enfants, ce soir ? T'as vu ce bustier que j'ai acheté chez Franck et Fils ? Comment tu le trouves, il est beau, non ? Si tu te maries, je le remettrai pour ton mariage ! Tu te sers déjà une coupe de champagne ? D'accord, mais pas plus d'une, hein, Élise ? Et ce n'est pas la peine de la boire en entier, tu trempes juste tes lèvres. Tu m'entends chérie ? Comment ça si je continue tu vas te taper la bouteille au goulot ? (À mon père.) Joël, t'as vu comment ta fille me parle ? C'est ta faute avec ton éducation laxiste de soixante-huitard, on voit le résultat ! C'est valable pour toi aussi, Joël : pas plus d'une coupe, je te rappelle que tu conduis... Élise, qu'est-ce que tu fais ? Ah, non ! pas de cigarette ici ! Tu ne vas tout de même pas fumer devant ta belle-sœur enceinte ! Va sur le balcon immédiatement ! (À ma belle-sœur.) Ma Caroline chérie, elle va vous intoxiquer ! C'est quoi cette odeur ? Ce ne serait pas la dinde qui brûle ? Non, ne bougez pas, ma Caro chérie, je vais aller voir... Joël, au lieu de rester planté là, à siroter en douce, va donc voir ce qui brûle dans la cuisine !

Dès le premier soir

En famille aussi, il fallait que j'enferme mon Alien fêtard à double tour, que je me calme. Que je respire !

Mon frère, venu me rejoindre sur la terrasse, m'expliqua les nouvelles techniques de relaxation qu'il avait découvertes en thalasso : la sophrologie. Je sentais que la naissance de ce deuxième enfant l'angoissait et il avait éprouvé le besoin de partir une semaine au Touquet, histoire d'évacuer le stress. Il me parlait de cette sophrologue qu'il avait rencontrée et qui l'avait initié à cette méthode quand ma mère refit irruption sur la terrasse :

— Rentrez mes chéris, vous allez prendre froid. Qu'est-ce que vous vous racontiez ?

— Paul m'expliquait qu'il avait découvert la sophrologie et qu'il avait adoré...

— Mais, dit-elle en me prenant par le bras, je suis très inquiète, la sophrologie ce n'est pas cette secte dans laquelle est Tom Cruise ?

Ah ! ma chère mère, je plains les gens qui ne vous connaissent pas...

Évidemment, alors que nous passions à table, elle aborda le sujet à éviter :

— Alors, ma Lise, tu ne m'as pas répondu tout à l'heure. Comment va Simon ?

— J'en sais rien et je m'en tape...

Le brouhaha du dîner cessa sur-le-champ.

— Comment ça, tu t'en tapes ?

— Je ne sais pas où il est et je ne sais pas comment il va. Je l'ai quitté hier soir. J'ai encore le droit, non ? On n'est pas en Iran...

Dès le premier soir

— Mais qu'est-ce qui s'est passé ? T'avais l'air si amoureuse il y a encore... une semaine...

— Eh bien, je ne le suis plus. Je m'emmerdais comme un rat. C'est sur des détails que je tombe amoureuse et c'est sur des détails que je me « désamoure » aussi. Il m'apportait que dalle, plus d'énervement que de bonheur, alors bon...

— T'es encore célibataire ? s'enquit ma mère comme si j'avais une nouvelle flambée d'herpès.

— Exact. Célibat' et soulagée. Il y a un problème ?

— Non, reprit-elle, tu vas venir me voir plus souvent.

— Maman, j'habite à deux secondes de chez toi et je passe ma vie chez mes parents. À mon âge, c'en est même inquiétant...

— Tu viendras dîner encore plus souvent. Chaque fois que ton frigo sera vide, conclut-elle.

— C'est-à-dire tous les soirs, renchérit mon père.

— Autant re-déménager chez les parents, proposa mon frère, t'as toujours ta chambre. Finalement tu n'es qu'une ado de trente-cinq ans ! Remarque, tu fais ce que tu veux. T'es libre comme l'air et, par moments, je t'envie tu peux pas savoir...

— Pardon ?? sursauta ma belle-sœur. Tu n'es pas content d'avoir une famille ? Tu veux être libre à nouveau ? Si t'es pas heureux ici, t'as qu'à aller habiter chez ta sœur...

— Mais non...

— Arrêtez d'énerver ma Caro chérie, cria ma mère.

Alléluia, il est né le divin enfant, c'est Noël. On ne va pas s'engueuler... On va manger notre saumon tranquillement, ne pas boire d'alcool pour ne pas irriter ma mère et disposer les cadeaux autour du sapin afin de contempler la

Dès le premier soir

joie du petit Léo. Pas de vague et pas de sujet qui fâche. On n'est pas dans *Festen*, non mais...

S'il est des réveillons bien sages chez les bourgeois, il subsiste des fêtes chez les artistes qui le sont beaucoup moins. Moi, partagée entre les deux, ce fut le 28 décembre, finalement, que je me suis bien défoulée. J'ai fêté Noël, le Jour de l'An et ma rupture en une soirée. Tout a commencé par un coup de téléphone de ma meilleure amie. Il y avait un changement de plan. Delphine ne voulait plus rompre avec Barnabé, elle ne le sentait plus. Déjà qu'elle détestait les ruptures, alors les ruptures sans raison valable...

« Tu comprends, m'expliqua-t-elle, je suis plus sentimentale que toi. J'aime savoir que je peux compter sur quelqu'un. Toi, tu te suffis à toi-même, je ne sais pas comment tu fais. Avec les mecs, t'es pire qu'un mec ! Finalement, t'es une vraie *goujette* ! Ça se dit, ça ? Le féminin de goujat c'est quoi ? Enfin bref, t'as jamais envie d'être amoureuse ? T'es *amourophobe*, ma parole ! »

Si au bout d'un mois, elle avait le sentiment de « pouvoir compter » sur Barnabé, effectivement ils avaient progressé, eux, contrairement à moi qui m'étais éloignée chaque jour un peu plus. Se passait-il quelque chose entre eux ? ou bien Delphine restait-elle uniquement pour avoir un nouvel ami sur qui elle « pouvait compter » ? et puis compter sur Barnabé pour quoi faire ? Repeindre son plafond ? La débarrasser d'une araignée comme la fois où elle avait appelé Pizza Hut pour que le livreur vienne enlever la bestiole de sa salle de bains dans laquelle elle n'osait plus entrer ? Pour l'instant, c'est elle qui avait dû retourner chez Habitat racheter des lattes de canapé qu'il

Dès le premier soir

avait pétées en y déposant ses 120 kilos et malheureusement elles n'existaient pas en acier... On a décidé de se voir à 18 heures pour un apéro-débriefing. Sujet du jour : To break or not to break ?

Le café en bas de chez moi

Au menu, quelques verres de chablis. Profitons-en, ma mère n'est pas là. Delphine est arrivée toute pomponnée avec ses nouvelles fringues offertes pour Noël. Moi, j'avais eu un joli bijou de mon père, du maquillage de ma belle-sœur et du fric de ma mère dans une petite enveloppe. Voilà les gens sur qui je pouvais compter. Je réalisai que j'avais quitté Simon la veille de Noël et que peut-être il avait prévu de m'offrir quelque chose ? Je ne le saurai jamais. J'aurais dû attendre une semaine de plus... Quoique non, j'étais déjà en apnée depuis quinze jours, il m'aurait été impossible de jouer les prolongations. En revanche, Delphine, elle, était partante pour les jouer :

– J'ai besoin des gens, avoua-t-elle. J'ai besoin qu'on m'aime... J'ai tellement eu l'impression dans ma vie de faire fuir tout le monde ! Pour une fois qu'il y en a un qui reste et puis je t'assure qu'on s'entend bien, en fait...

– Tu t'entends bien avec Shrek, toi ?

– Oui, mais je suis plus humaine que toi, c'est lui qui me l'a dit...

– Ah ! parce que lui aussi me fait des reproches ? Décidément, c'est ma semaine ! Si seulement je pouvais les

Dès le premier soir

ligoter tous les deux, Simon et Barnabé, et les envoyer sur la lune d'un seul coup de pied au cul...

— Faut que je te dise un truc qui m'angoisse un peu...

— Vas-y !

— J'ai promis à mes parents de l'amener à dîner. Ça fait un mois maintenant que je leur dis que j'ai un fiancé et maman veut le rencontrer...

— Au bout d'un mois seulement ? C'est beaucoup trop tôt.

— Je sais. C'est la première fois que ça lui prend. D'habitude, je suis beaucoup plus évasive sur mes mecs et elle s'en fout. À la limite, elle ne me pose même pas de questions mais là... L'autre soir, je ne sais pas pourquoi, elle me dit : « Je fais un dîner à la maison la semaine prochaine avec toute la famille, si tu veux tu peux venir avec Barnabé, ça nous fera plaisir de le rencontrer ! »

— Bon. De mieux en mieux. Au départ, j'avais l'impression qu'il était là pour te faire passer le temps mais si on en est déjà à la présentation aux parents...

— Ma grosse angoisse, c'est que je ne l'imagine pas une seconde dans ma famille. Il est quand même insortable, non ?

Delphine était habituée au non-dit en amour. Ou alors à des : « Il m'a dit ça ! tu crois que ça veut dire ça ? » Combien de fois ai-je dû jouer les décodeurs avec ses ex ? C'est incalculable. Pour une fois, je sentais que Barnabé allait me faciliter la tâche. Il était extrêmement direct et ne tournait pas autour des sujets qui fâchent. Avec qui que ce soit d'ailleurs. Revendiquant son droit à la révolte, il s'insurgeait, provoquait, vannait, postillonnait pour finir réellement en colère, tout rougeaud avec une belle quinte

Dès le premier soir

de toux. L'imaginer à un dîner dans la famille de Delphine me réjouissait à l'avance. Je songeai déjà à me faire inviter lorsqu'elle enchaîna :

— Et puis alors, l'autre soir, on était chez une de ses amies : la fille avait un verre de vin blanc à la main et lui mangeait un biscuit à côté. Tout d'un coup je le vois qui trempe son biscuit dans le verre de sa copine ! Voilà exactement tout ce que je redoute s'il vient chez moi ! Qu'il fasse trempette dans le verre de maman ! En plus, il y aura grand-mère ! Oh, là, là ! rien que d'y penser... Élise, jamais je suis sortie avec quelqu'un d'aussi peu raffiné... Sans compter les nuits horribles que je passe. Si tu savais ce qu'il ronfle ! J'ai l'impression de dormir à côté d'un tracteur en marche. Je ne savais même pas que ça pouvait exister à ce point-là.

— Un ronfleur, c'est non négociable. Il devrait y avoir une loi contre. On devrait les obliger à être célibataires à vie... C'est comme un type qui embrasse mal. Franchement, c'est incroyable ce que t'es prête à endurer pour ne pas être seule, je trouve ça dingue ! Je peux te dire que j'ai viré le mien pour moins que ça ! Il faut que tu surmontes ton sentiment d'insécurité parce que tu ne peux pas t'accrocher à un Barnabé, ce n'est pas possible...

— À côté de ça, il a des qualités. Il me comprend, il est attentionné...

— Peut-être mais ça gâche tout, ça, non ?

— Je ne sais pas quoi faire. Ce qui est certain, c'est que je ne peux pas l'amener chez moi, dans ma famille. Je n'ose pas imaginer la gueule de mes parents en découvrant Gargantua. Sans compter toutes les insanités qu'il peut sortir aux gens, juste comme ça, ça l'amuse...

Dès le premier soir

– Ne l'amène pas. Raconte qu'il a rencontré une ogresse dans son style et qu'il s'est tiré avec !

– Tout le monde va être déçu si j'arrive toute seule, encore... Pour une fois que...

– J'ai une idée. Et si tu te pointais avec quelqu'un d'autre ? Un beau mec, bien élevé qui se tient bien en société. Tu fais croire à tes parents que c'est Barnabé et le type jouerait le jeu pour une soirée. J'ai plein de copains acteurs qui pourraient le faire. Il ne faut pas qu'il soit trop connu afin que tes frères ne le reconnaissent pas. T'as dit son vrai métier à Barnabé : directeur d'une radio ?

– Oui, je crois...

– Tu l'as décrit physiquement ?

– Non, j'ai préféré m'abstenir...

– Très bien. On va pouvoir trouver un beau gars d'une quarantaine d'années ? Je vais regarder dans mon agenda, je dois avoir des ex qui...

– J'aime pas trop les hommes savonnettes. Je préfère encore Barnabé.

– Hé ! J'essaie de t'aider...

– Bon, d'accord !

– Il faut qu'on organise un casting. On va se marrer.

J'ai pris mon portable pour voir si certains noms m'inspiraient d'emblée mais avant même de faire défiler mon agenda, j'ai vu un SMS s'afficher. C'était Simon :

Je ne comprends toujours pas ce qui s'est passé.
Appelle-moi pour qu'on en parle.

Dès le premier soir

Qu'on parle de quoi ? Il n'y a rien à comprendre, c'est comme ça, c'est tout. Je ne m'ennuie jamais toute seule alors comment expliquer le fait que je puisse m'ennuyer à deux. J'ai répondu :

```
        Je ne te fais pas la gueule mais
j'ai eu un peu de mal à avaler ta montagne de reproches.
        Je ne suis pas ta nounou, c'est vrai...
```

— Tu ne vas pas lui envoyer ça ! a crié Delphine.

— Pourquoi pas ?

— Le pauvre ! Ça me fait trop de peine, cette histoire.

— Arrête de geindre, toi ! tu dois manquer de glucides et de féculents. Tu fais des « overreactings » sans arrêt pour rien. C'est parti... Écoute, je me suis pris une avalanche de remontrances alors que j'étais impeccable, je ne me suis jamais aussi bien tenue avec un mec. Je ne l'ai même pas trompé ! Enfin, je ne crois pas... et voilà le résultat ! Quelle belle histoire ! Quand je le voyais, ça me rappelait toujours la fois où j'ai attendu trois heures et demie aux Assedic sans livre...

— Il doit être malheureux comme les pierres.

— Alors pour ton fiancé de substitution, voyons voir ce que j'ai sous la main...

— Trouve-moi un beau mec passe-partout qui se tienne bien, qui fasse bonne impression ! Un type qui fera le baisemain à grand-mère...

— Il y a bien Laurent, c'est un comédien très sympa. Tu le connais, non ? Le problème, c'est que je lui ai dit que son dernier téléfilm sur TF1 m'avait rappelé la fois où je

Dès le premier soir

m'étais fait dévitaliser une dent sans anesthésie. Depuis, il est un peu fâché. Ce que les gens peuvent être susceptibles ! Jean-Baptiste, non. Il est en tournée avec sa pièce de théâtre. Jean-Luc... non, trop occupé par ses mises en scène... Ça y est, j'ai trouvé ! David, le beau David, tu te rappelles de lui ?

– Mmmhh, répondit Delphine en avalant une gorgée de chablis.

David Baulieu avait quarante ans, un visage parfait de pub pour rasoir, des yeux turquoise et avait tourné un nombre incalculable de séries télé. Il jouait souvent des jeunes médecins ou des avocats. Une sorte de gendre idéal. Ça me semblait pas mal pour la soirée en perspective...

– Lui peut ne pas être trop exubérant, enfin faudra le briefer et c'est un super-amant...

– Arrête ! Je ne veux pas me le taper ! Je l'aime, mon Barnabé !

– Oh, tais-toi ! T'es déjà bourrée ?

– Je suis plus romantique que toi ! Bon Élise, c'est juste pour un dîner ! Tu crois qu'il faudra que je le paye pour qu'il joue mon fiancé ? Autant s'adresser à une agence d'escort boys, sinon... Pas s'emmerder avec des comédiens. Surtout qu'il est censé bosser dans une radio FM. Il ne faudra surtout pas qu'il parle de ses téléfilms ou de ses séries et je sais que pour un comédien, ne pas parler de lui, c'est limite surhumain...

– C'est pour ça qu'il jouera un rôle ! Je t'assure, c'est mieux de prendre un acteur plutôt qu'une pute mec.

– Escort boy !

– Il faudra que vous vous mettiez d'accord : comment

Dès le premier soir

vous vous êtes rencontrés, en quoi consiste son boulot et ce que vous avez prévu pour votre mariage prochain. Ta mère va être ravie. Je plaisante.

– Ça m'angoisse déjà. Tu crois que ça peut marcher ?

– On va l'appeler, on verra bien...

En cliquant sur le numéro de David, effectivement je me suis demandé au nom de quoi il nous rendrait ce service et quand je dis nous, je devrais plutôt dire à Delphine qu'il ne connaît même pas.

1) Les comédiens sont égoïstes et égocentriques.

2) Ils détestent s'exhiber dans des dîners et fêtes où ils ne connaissent personne sans être payés en retour ou remerciés par un téléphone portable dernier cri.

3) Ils ne passent pas de soirée dans la famille d'une fille avec qui ils ne couchent pas. (Et même de celles avec qui ils couchent, d'ailleurs.)

4) Ils font rarement des trucs inutiles qui ne servent pas leur carrière, juste pour rendre service.

Franchement, c'était mal barré. Je me demande si on n'a pas un peu trop bu en mettant au point cet échange d'amoureux. Je regardais la note laissée par les serveurs sur notre table. Cinq verres de chablis chacune, effectivement...

Le beau David

David décrocha :

– Salut David, c'est moi Élise...

– Qui ça ?

Dès le premier soir

– Élise... Élise Vérone. (Je rêve ! Il ne se rappelle pas de moi !)

– Ha ! Comment ça va ?

– Très bien. Je t'appelle parce que j'ai un truc à te demander. J'espère que ça va t'amuser. Enfin... c'est un petit service pour une copine...

– Tu veux que je rende un service à une de tes copines ??

C'était la première fois qu'il devait prononcer cette phrase. Apparemment, il n'était pas seul, j'entendais des éclats de rire éméchés autour de lui.

– Qu'est-ce qu'elle veut, ta copine ?

– Qu'est-ce qu'il dit ? demanda Delphine en se rongeant un ongle.

– Rien. Bon David, il faudrait que je t'en parle en *live*.

– T'as qu'à venir ici. On est chez Costes. Je suis avec des potes, on a presque fini de dîner. Viens boire un café.

– Je suis avec Delphine...

– C'est qui ça ? Delphine comment ?

– C'est ma copine à qui tu dois rendre le service !

– Ha ! OK. Eh bien venez, comme ça elle m'expliquera.

– D'accord. À toute.

Bon, on allait le voir. Le problème c'est qu'apparemment il était avec une bande de ricaneurs et on n'avait pas forcément envie de raconter l'histoire devant ses copains. On a payé, embrassé les serveurs comme du bon pain et changé de crémerie. Dans le taxi, Delphine se remettait du blush sur les joues et cherchait dans son sac un bonbon à la menthe pour chasser son haleine de vin blanc. Toutes les deux minutes trente exactement, elle demandait : « Tu crois qu'il va dire oui ? » Inlassablement, je répétais que je n'en

Dès le premier soir

savais rien et qu'on verrait bien. Arrivé devant le très chic hôtel-restaurant, le groom nous ouvrit la porte du taxi et nous en sortîmes droites comme des princesses en nous concentrant pour ne pas trébucher contre le trottoir.

— Au pire, si celui-là ne veut pas, t'en as un autre de rechange ? se renseigna Delph en entrant dans le restaurant.

Je voyais que cette histoire commençait à l'amuser. C'était excitant de se chercher un fiancé d'office.

Ils étaient cinq à la table de David. À sa gauche, Édouard un autre comédien qui jouait avec lui dans sa série, un rigolo qui avait l'air en forme ce soir. À ses côtés, un autre brun mais dégarni celui-là, Pierre, auteur et metteur en scène de théâtre. À côté de Pierre, Agathe, sa fiancée. Ravissante avec un drôle de sourire. Ses dents étaient tellement écartées qu'on aurait pu en mettre une troisième au milieu. À côté d'elle, Mathias, un beau mec qui animait des débats sur une chaîne d'infos, il avait aussi une rubrique dans un hebdomadaire. À ce que j'ai cru comprendre c'était le meilleur ami de Pierre (l'auteur de théâtre, vous suivez ?). Enfin le plus beau restait tout de même David. J'avais presque oublié ce physique exceptionnel, ces traits parfaits ou alors il avait encore embelli depuis la dernière fois... Mais qu'est-ce qu'il faisait ? Delphine s'installa immédiatement à côté de lui. Elle avait du boulot. Édouard (le gai luron) s'empara d'une chaise de la table à côté pour moi. Je me méfiais de ces rigolos, il devait être du genre à enlever la chaise avant que je m'y assoie. Heureusement non. David me présenta à l'assemblée : J'étais une super-copine qui était une super-auteur avec des super-seins et un super-c... J'ai préféré stopper là ma biographie : j'avais surtout une

Dès le premier soir

super-copine qui avait un super-service à lui demander. Vas-y ma Delph, débrouille-toi maintenant.

Après avoir commandé une bouteille de saint-julien, Delphine se lança : « Voilà, depuis quelque temps, j'ai un fiancé (tout le monde fit des ho ! et des ha !) et il doit venir dîner chez mes parents bientôt. Le problème, c'est qu'il a un look qui risque de dépareiller chez moi. Il est comment dire, un peu enveloppé, jamais rasé, jamais content. C'est un vieil anar qui déteste les flics, les curés et les bourgeois. Tout ce qu'il aime, c'est provoquer et c'est vraiment un as de la provoc... Il est patron d'une radio FM qu'il a montée au début des années quatre-vingt-dix et il a déjà eu des problèmes avec le CSA pour propos injurieux et diffamatoires à l'antenne. À ce dîner, il y aura aussi la femme de mon cousin : Paloma qui est la fille la plus snob de France : trente-deux ans et déjà en manteau de fourrure, aussi riche qu'elle est conne, et j'imagine très bien mon rugueux fiancé lui cracher à la gueule. Ce que je voudrais, c'est éviter un esclandre chez moi car JE SAIS que ça va mal se passer. C'est évident. Il va balancer des horreurs à tout le monde et s'en donner à cœur joie... Il est insortable... »

Pierre (l'auteur de théâtre) souhaita rencontrer ce truculent personnage qui lui semblait très sympathique, Édouard (le gai luron) voulut savoir s'il n'embauchait pas dans sa radio en ce moment, tandis que David se demandait vraiment pourquoi nous étions venues lui raconter tout ça, ne comprenant pas en quoi ça le concernait. Delphine enchaîna : « Je voudrais engager un autre fiancé à sa place. Quelqu'un qui ne prendrait pas un malin plaisir

Dès le premier soir

à agresser tout le monde. Quelqu'un de plus consensuel, de plus présentable. Un type qui serait *beau* déjà... »

David comprit tout de suite :

– Me dis pas que tu veux que je le remplace ?

– Juste pour un dîner ! implora Delphine.

– Elle est folle, je l'adore ! Mais quand tu dis engager : qu'est-ce que t'entends par là ?

– Euh, par là, pas grand-chose. J'ai dit engager ? Ce serait engager gratuitement parce que je n'ai pas vachement de fric. Je suis salariée et je dépense le double de ce que je gagne, mais...

– Tu sais que David est payé deux mille cinq cents euros par jour de tournage, la coupa Agathe.

– Ha, bon ? Moi, c'est pareil mais c'est par mois, déclara Delph, un peu énervée. (« Enfoirés d'intermittents du spectacle ! Je n'ai jamais pu les sacquer ! » pensa-t-elle.)

– Si c'est juste pour une soirée, il peut faire un effort, proposa Édouard. David éclata de rire. Il se redressa en se passant la main dans ses cheveux légèrement argentés. Il réfléchissait. Delphine intervint :

– J'ai pensé que tu pourrais le faire par amitié pour Élise, dit-elle d'une petite voix.

David me regarda et je compris qu'« amitié » était un bien grand mot. Ce n'est pas parce qu'on avait couché ensemble trois ou quatre fois que...

– C'est quand ? demanda-t-il, à la fois inquiet et excité à l'idée de relever ce défi.

– La semaine prochaine, répondit Delph.

– Hou là ! Je pars peut-être au ski !

Dès le premier soir

– Faudrait me le dire assez vite, répliqua Delphine fermement.

À la table, ses potes l'encourageaient : « Vas-y David ! Tu nous raconteras ! » « J'ai le sujet de ma prochaine pièce ! » rigola Pierre, l'auteur. Je le regardai sévèrement sans lui dire que le thème était déjà pris.

À l'opposé de Barnabé, le domaine de prédilection de David était la séduction. Lui la jouait à fond et adorait ça. Il aurait donné n'importe quoi pour se faire aimer, même par des gens qu'il ne connaissait pas encore et dont il se foutait. Il observa Delphine en se demandant si celle-là pourrait le régler en nature après le dîner. Elle était assez mignonne, finalement, avec ses yeux noirs en amande, et ses cuisses toutes fines moulées dans son jean Diesel... En revanche, sa famille devait être particulièrement psychorigide pour qu'elle ait peur d'y amener son vrai fiancé. Et lui, qu'allait-il foutre dans cette galère ?

– Il y aura qui ? questionna-t-il, de plus en plus inquiet.

Delphine se lança dans l'énumération de sa famille :

– Maman, Charles, mon beau-père, Constance, ma grand-mère, mes trois frères, dont l'aîné avec ma belle-sœur, Anne-Charlotte, et donc Paloma, la super-snob avec son mari, Gonzague, mon cousin. Lui se fait sans cesse écraser la gueule par la superbe autorité de sa femme. Mes frères l'appellent la lavette, tu verras, ils sont marrants... Non, mais ça va être sympa. Tu dis juste que tu bosses dans une radio et tu te tiens bien : c'est tout ce que je te demande ! Ce n'est quand même pas compliqué...

– Et s'ils me posent des questions sur ce boulot ? Je dis quoi ?

54

Dès le premier soir

— T'improvises, tu brodes. T'as déjà fait des impros dans tes cours de théâtre ?

— Il y a vingt ans... Et puis, j'ai déjà bossé gratuitement quand j'ai joué dans des courts métrages mais là, c'est tout de même bizarre comme proposition...

À nouveau, toute la tablée l'encouragea en riant : « Tu vas faire ça très bien, David ! Toute sa famille va t'adorer. Elles ont raison, t'es le fiancé parfait ! »

Comme tous les comédiens au physique un peu lisse, David n'avait pas une passion pour les rôles de jeune homme trop poli ou trop correct, malheureusement les rôles de Hell's Angels, fusil à pompe sous le bras, tardant à venir, il avait bien été obligé de jouer les gentils docteurs dans des gentilles séries françaises et même si ces sommités de niaiseries ultra-politiquement correctes lui avaient permis de s'acheter une nouvelle maison récemment, au fond de lui : il les conchiait...

Si, en plus, il fallait aller jouer le gendre idéal chez des bourges ! Et gratos, en plus... non franchement ! Sentant un petit coup de mou arriver, la tablée rieuse et éméchée l'encouragea de plus belle en tapant de la main sur la table, tous en cadence : « Vas-y David ! Vas-y David ! Vas-y ! » L'hésitation dut laisser place à la résignation :

— Bon, d'accord, lâcha-t-il.

— Une parole est une parole ! bondit Delphine, prête à lui faire signer un contrat virtuel.

— Et qu'est-ce que tu vas lui dire à... comment il s'appelle ton mec ?

— Barnabé.

— À Barnabé pour ne pas qu'il vienne.

Dès le premier soir

— Ah, mais lui n'est pas au courant ! Il tomberait à la renverse si je lui disais : « Mes parents veulent te rencontrer. » Il ne me croirait pas de toute façon ! À partir de maintenant, c'est toi qui t'appelles Barnabé.

— Eh ! minute, on n'y est pas encore... Et puis, imagine qu'ils me reconnaissent chez toi ?

— Non, je pense pas. T'es pas assez connu. Ta série cul-cul, personne ne la regarde chez moi...

Je ne suis pas sûre que cet argument ait enchanté David. Comme conclusion, ce fut le coup de massue final.

— Elle marche vachement bien pourtant. Presque trente pour cent de part de marché ! rétorqua David, vexé.

S'il ne raffolait pas de sa série, il ne laissait personne la démonter à sa place.

— Oui mais non, conclut Delphine, n'aie aucune crainte, personne ne te reconnaîtra...

Décontenancé et abattu, David fila son numéro de portable à Delphine qui lui refila le sien en échange. Pauvre David, tout ça ne lui disait rien qui vaille mais tant pis... entraîné par ses copains, il avait donné son accord et ne pouvait revenir en arrière. Après tout, ce n'était qu'un dîner...

On est restés dans le restaurant jusqu'à la fermeture. Ce fut au tour des autres de parler un peu d'eux et de leur boulot. Delphine ne les écoutait plus. Elle avait réussi à vendre son truc ce soir et, à présent, elle n'avait plus qu'une envie : aller boire un gin tonic bien frais dans un endroit un peu plus mouvementé. C'était trop guindé, ici. Elle proposa à la petite bande une tournée au Pousse au Crime, une boîte dans le sixième arrondissement qu'elle aimait

Dès le premier soir

bien. À part Mathias, qui devait se lever le lendemain matin, les autres acceptèrent, mais juste un verre, alors...

À la sortie du resto, le moral de David remonta en flèche lorsque deux pisseuses de seize ans s'approchèrent de lui, toutes gloussantes, pour lui faire signer leurs cahiers de textes et le prendre en photo avec leurs portables. Quand il le disait qu'il était connu !! Alors kikavé raison ? On a attendu que David ait fini de signer ses autographes pour monter dans son 4 × 4 non polluant, direction la rive Gauche, disco à fond dans la voiture.

Arrivé au Pousse au Crime (au début, le nom de cette boîte fait un peu frémir mais heureusement, elle porte mal son nom, à ma connaissance, personne ne s'est encore entretué dedans), au milieu des gens, du brouhaha et de la musique, Delphine, gin tonic à la main, rigolait avec Édouard (le gai luron). Apparemment lui non plus n'était pas un autiste de la boîte de nuit. Tous deux évoluaient parfaitement à l'aise dans cet environnement survolté. Pierre et Agathe cherchaient une table pour tout le monde. Moi et David, accoudés au bar, on essayait de choper l'attention du serveur pour commander à boire.

– J'ai quitté mon mec, ai-je crié dans l'oreille de David.

– Quand ? hurla-t-il à son tour.

– Là, il y a trois, quatre jours...

– Vous étiez ensemble depuis combien de temps ?

– Deux mois !

David leva les yeux au ciel.

– Ce n'est pas beaucoup !

– Avec lui, c'est énorme. On se voyait trop. J'en avais ras le bol ! Faut pas me coller, moi...

Dès le premier soir

Je n'ai pas pu terminer ma phrase, justement David se colla à moi, prise en sandwich entre le bar et son mètre quatre-vingt-trois, je ne pouvais plus bouger.

– Ah bon, faut pas te coller ? murmura-t-il à mon oreille. Passant ses lèvres sur les miennes, il m'embrassa langoureusement. Inutile de dire que je ne me suis pas débattue. Ça me rappelait de trop bons souvenirs et... un violent pincement au bras qui me sortit de cette torpeur amoureuse : c'était Delphine :

– Qu'est-ce que tu fous ? cria-t-elle. Arrêtez de vous rouler des pelles ! Je te signale qu'il est à moi, je l'ai loué !

– Mardi soir prochain, seulement ! ai-je répondu, toujours dans les bras de David.

– Mais il faut le temps qu'il entre dans la peau du personnage !

– Oui, cinq minutes avant ça devrait suffire !

– Je ne veux pas que tu l'embrasses, ça m'énerve ! Toi non plus, dit-elle à David en essayant de le détacher de moi... Tu es MON fiancé, à présent !

– Elle est pas un peu folle, ta copine ? se renseigna David, j'appréhende un peu ce dîner, à vrai dire...

– Mais non mon chéri, ça va très bien se passer, tu verras...

Quelques jours plus tard

Le retour de Vincent : rappelez-vous Vincent était le premier sur la liste rétrospective de mes dernières aventures. Le journaliste, animateur, frimeur, arrogant et séducteur (sûre-

Dès le premier soir

ment pour cacher son hypersensibilité et sa grande timidité, c'est ce qu'il faut se dire !). Mon histoire avec lui était le prototype de l'aventure qui dure, qui dure et qui ne mène à rien. On se voyait une fois par semaine, une fois par mois, deux fois dans un trimestre ou subitement trois fois dans la semaine, peu importe. Qui n'a pas connu de fiancé toxique dont le seul but est de vous faire tourner en bourrique ? Voilà plusieurs années que je m'étais fait attraper par le plus beau des spécimens et je pense que si j'étais tombée amoureuse de Simon (son contraire absolu), c'était aussi dans un premier temps pour lui échapper et penser à autre chose. Comment expliquer que je mette deux mois à tenter de m'en débarrasser et qu'il mette trois secondes à me récupérer ? Son coup de fil a vraiment duré trois secondes. Je connais Vincent depuis tellement longtemps qu'il m'appelle encore sur mon téléphone fixe à la maison. Il est le seul avec ma mère et ma grand-mère. C'est pour ça qu'en l'entendant sonner, ce soir-là à vingt-trois heures, je me suis dit : voilà le retour du fasciste de l'émotion. Bingo :

– C'est moi, tu ne veux pas venir ?

– Quoi ? Quand ? Maintenant ?

– T'as le code : 81 B 42, je t'attends...

Voilà Vincent. Vous allez me dire, pourquoi y aller ? Tu n'as qu'à l'envoyer ch... comme les autres, oui pourquoi ? Il m'énerve, il m'agace, il m'excite ! J'ai poussé un cri de bête et je suis allée dans ma salle de bains me pomponner...

Vincent n'habitait pas très loin de chez moi, au Trocadéro. En revanche, la superficie de son appartement faisait dix fois celle du mien. Quand il a ouvert la porte, je ne sais pas pourquoi j'ai dit : « Ha ! Ça fait du bien de revenir un

Dès le premier soir

peu à la maison ! » Je ne sais même pas si ça l'a fait rire, il est parti répondre à son portable. Durant ces deux derniers mois, c'est vrai qu'il avait continué de m'appeler. Chaque semaine, j'avais un message sur mon répondeur mais, ne voulant pas tromper Simon, j'avais résisté. Ce soir, je sentais qu'il allait rattraper le temps perdu. Il portait un pantalon beige et une chemise rose complètement ouverte, au mur son écran plasma diffusait un vieux film de la chaîne Cinéma Premier (310 sur Noos). Il a raccroché son portable, l'a balancé sur un des canapés et s'est approché de moi en me demandant si j'allais bien, j'ai dit oui et il m'a plaquée contre son mur, j'ai cru que ses tableaux allaient dégringoler mais non, il s'est emparé de mes lunettes *qu'il a jetées par terre* ! et il m'a embrassée pendant au moins dix minutes. En voilà un qui se foutait bien de savoir si j'avais peur des chiens dans mon enfance ! Il m'a prise par la main, direction sa chambre et, dans le couloir, muée par un éclair de lucidité, j'ai lâché :

– Si je comprends bien, j'arrive pour me coucher !

– Et alors ?

Voilà ce que j'ai entendu comme réponse. Un « et alors ? » qui voulait dire : Où est le problème ? Tu n'es pas contente d'être la maîtresse éternelle du célèbre et irrésistible Vincent ? Aussi à l'aise dans un lit que devant les caméras ?

Il y a des soirs où je me hais mais lui m'a sacrément aimée ce soir-là ! Après une séance amoureuse que je qualifierais de magistrale, on a tout de même un peu parlé. Lui surtout et de lui, bien sûr. Il est comme ça, Vincent, il fait l'amour d'abord, il parle ensuite et on dînera ensemble un autre jour... Faut dire qu'à ses côtés, moi j'étais KO, essoufflée comme si j'avais couru un cent mètres, la joue

Dès le premier soir

qui me brûlait à cause de sa barbe naissante, ratatinée suite à deux regrettables orgasmes consécutifs et je ne savais pas trop quoi raconter. Il me fallait un minimum de temps pour récupérer mes esprits alors je l'écoutais en sentant le sommeil arriver...

Je n'ai qu'une envie, lui imposer des ultimatums. Maintenant : ou on est VRAIMENT ensemble ou je ne te vois plus ! Mais il y avait déjà répondu à plusieurs occasions : « On est bien comme ça : pas d'emprise l'un sur l'autre, pas de planning, je t'assure ma chérie, c'est ce qu'il y a de mieux. Et puis arrête de dire que tu veux vraiment être avec moi, c'est tout le temps moi qui t'appelle, toi jamais... »

Avant, j'appelais. Aujourd'hui, j'attends...

J'aimerais bien avoir une emprise pourtant...

Je ne dois pas être la seule à me faire baiser de temps en temps...

Et si j'écrivais des chansons ?

Le lendemain

J'ai bien dormi. Il est le seul mec avec qui j'arrive très bien à dormir. J'aime son lit, j'adore cette chambre, ces livres partout, le jour qui traverse les volets. De l'autre côté du lit, Vincent s'étire en bâillant. En voulant mettre la main sur ma cuisse, il s'aperçoit que j'ai encore dormi dans son peignoir. « J'ai eu froid cette nuit... – Enlève-le. » Il est comme ça Vincent, il se réveille, il s'étire et il me regrimpe dessus, c'est le rituel du matin. Et même l'amour le matin avec lui, j'aime bien. Mais une fois ce tendre prélude terminé, je sens

Dès le premier soir

que Vincent va repartir dans SA vie. Déjà il s'aperçoit qu'il est dix heures, faut se dépêcher et puis son portable sonne, des gens de son bureau qui y sont déjà, eux, appellent pour mettre au point la programmation de sa prochaine émission. Il propose, ordonne, discute tout en ramassant certains de mes vêtements qu'il a jetés par terre la veille. Il ouvre les volets et la fenêtre, un courant d'air glacial m'arrive dessus, assise et recroquevillée dans sont lit, je rattrape la couette qui était en train de glisser ; moi, je ne veux pas bouger. Il se dirige vers la cuisine et en revient avec deux tasses de café dont une qu'il dépose sur la table de nuit de mon côté, il raccroche, dit qu'il va prendre une douche et moi, je n'ai toujours pas bougé, boudeuse et blottie sous l'épaisse couverture. Quand il ressort de sa salle de bains, une serviette autour de la taille et une brosse à dents dans la bouche, il m'observe d'un air de dire : « Tu comptes te lever un jour ? »

Moi, j'avais envie de flemmarder et lui me fout le tournis à s'activer comme ça...

La première fois que Simon m'avait dit « je t'aime », c'était un matin, au lit. J'avais fait semblant de dormir pour ne pas avoir à répondre. Ce matin, c'est moi qui avais envie d'emmerder le monde avec l'amour :

– Je ne sortirais pas de ton pieu tant que tu ne m'auras pas dit que tu m'aimes !

– Eh bien, bonne journée dans mon lit ! m'a-t-il dit en ramassant mon soutif par terre et en me le lançant.

Là-dessus, il est parti dans son dressing s'habiller, mettre un beau costume pour passer à la télé...

Voilà, c'est ça mon amoureux ! Sympa, non ? Vous comprenez pourquoi, par moments, j'ai envie de fuir ou de

Dès le premier soir

me lancer dans une vraie histoire comme avec Simon, l'anti-Vincent ? Une belle histoire qui s'avère être un beau désastre au final et qui fait que je reviens toujours au bercail deux mois après et même pas penaude comme Pomponnette ! Non, normale. Vincent pense que quoi qu'il arrive, je reviendrai toujours. Il n'est pas inquiet. M'a-t-il seulement demandé ce que j'avais foutu pendant les deux mois où l'on ne s'était vus ? M'étais-je sentie obligée de lui parler de Simon à un moment ou un autre ? Que nenni, vous dis-je ! Oh ! je sais, je pourrais arrêter de le voir, je l'ai d'ailleurs écrit sur ma liste des bonnes résolutions, il est entre : *arrêter de faire des jeux sur mon ordinateur pendant trois heures au lieu d'écrire* et *arrêter d'acheter des fringues que je ne mettrai jamais*, mais comme pour les deux autres, je n'y arrive pas. Voilà pourquoi je m'insulte chaque matin quand je sors de chez lui. Oh, pas longtemps ! juste le temps de trouver un taxi parce qu'après, moi aussi j'ai MA vie...

La préparation du dîner

Lors de notre soirée au Pousse au Crime qu'on aurait pu rebaptiser le pousse au flirt, Delphine avait fait bien attention à ce que la bouche de David reste à bonne distance de la mienne. Il était à elle, maintenant. Elle avait passé toute la fin de soirée entre nous deux, nous surveillant sans cesse et dorénavant on avait interdiction de se tripoter. Quand David s'était proposé de nous raccompagner, il avait dû me déposer en premier et je ne l'avais pas revu depuis...

Dès le premier soir

Le 31 décembre Delphine était partie en Normandie, comme prévu, avec Barnabé fêter le nouvel an chez ses amis et il paraît que le monstre en avait encore sorti de belles ! Delph m'avait fait le compte rendu par téléphone et cela l'avait confortée dans l'idée que notre solution était la bonne. Elle devait vraiment faire cette permutation de fiancés. Je voulais la voir pour qu'on en discute mais elle était trop crevée ayant super mal dormi, lors de ces deux jours en Normandie à cause des ronflements de Barnabé. Moi, j'étais restée à Paris.

J'étais allée chez mon frère, qui organisait un réveillon avec ses copains : que des vingt-neuf, trente ans qui boivent du Coca et bossent dans des boîtes ultra-libéralistes. Je me suis mise au diapason (pour le Coca). On a fait des jeux après la raclette (superbonne), commençant par *Questions pour un champion* mais c'était un peu dur et enchaînant avec *Qui veut gagner des millions*. Mon frère a fait l'animateur toute la soirée et il était vraiment drôle. Ce fut bien mignon, pas de frasques, pas d'excès de gins tonics, pas de débauche et pas de « comment je suis rentrée, au fait ? ».

Ça repose, de temps en temps...

En cette fin d'après-midi du 4 janvier, Delphine rangeait soigneusement son appartement, se préparant à accueillir David sur les coups de 19 heures pour le petit briefing avant dîner. Elle y réfléchissait déjà tandis qu'elle passait nerveusement de l'Ajax Vitres sur le verre de sa table basse. Elle observa son salon, vérifiant que rien ne déconnait dans le décor, et alla planquer dans un tiroir une poupée Barbie qui trônait sur sa bibliothèque. Comme elle sentait le trac monter, elle se dirigea vers sa cuisine et déboucha la bou-

Dès le premier soir

teille de rosé qu'elle avait prévue pour l'apéro avec David. Elle s'en servit un verre qu'elle embarqua jusqu'à la salle de bains pour attaquer la séance pomponnage. Elle voulait mettre une tenue sexy pour David, mais pas trop quand même pour ses parents. C'était compliqué, elle sortit toute son armoire sur son lit, essayant des assemblages : bas du corps un peu strict et petit haut sexy ou le contraire, finalement elle remit son jean Diesel avec un haut assez habillé mais bien décolleté. Ça fera l'affaire... 19 heures 15, David n'était toujours pas là et Delphine était prête. Elle disposa verres et bouteille sur la table basse et entama une grille de mots croisés de Laclos en regardant sa montre toutes les dix-sept secondes. Elle connaissait très mal ce David, après tout. Cette après-midi, il avait eu l'air assez froid au téléphone, lui balançant des « c'est bon, j'ai compris ! » quand elle avait eu le malheur de lui répéter deux fois son adresse.

À 19 heures 22, pas trop tôt, l'interphone sonna provoquant un tel sursaut chez Delphine que la moitié de son verre se répandit sur la grille de Laclos. Elle se précipita pour répondre, cria « deuxième étage ! » dans l'appareil et revint éponger ses mots croisés au rosé. David entra en pestant : « Impossible de se garer dans ce quartier ! Vingt minutes que je tourne ! » Il portait un élégant costume gris anthracite sur une chemise blanche déboutonnée en haut. Le fiancé parfait était là ! Plus beau que jamais ! Bon, il n'avait pas de fleurs pour la maman ni de bouteille à offrir, il arrivait en gueulant mais il était là ! Il avait tenu parole, c'était le principal. Après lui avoir plaqué deux bises, Delphine le fit entrer dans son petit salon : « Il faut qu'on mette nos discours au point, notre rencontre et tout et

Dès le premier soir

tout... » David s'assit sur le canapé et se servit un verre de rosé jusqu'à ras bord, il se baissa pour approcher ses lèvres et but une gorgée du verre encore posé sur la table. Delphine le regarda :

— Voilà, si tu pouvais éviter de faire ce genre de truc chez mes parents, ça m'arrangerait déjà !

— C'est bon, c'est pour pas que ça déborde. Alors, on s'est rencontrés où ?

— Justement, j'y viens. Avant tout, tu n'as pas oublié que tu t'appelles Barnabé ?

— Oh ! T'as pas autre chose comme prénom ? avec l'accent italien, genre Marcello ?

— Non, c'est trop tard, j'ai dit son vrai nom chez moi, tout le monde est au courant que mon mec s'appelle Barnabé Clusot...

— Clusot comme l'inspecteur ? Peter Sellers dans *La Panthère rose* ?

— Si tu veux, le principal étant que tu ne me fasses pas Peter Sellers dans *The Party* !

— Bonjour, je m'appelle Barnabé Clusot, s'entraîna David en prenant la voix de Nounours dans *Bonne nuit les petits*.

Il se mit à pouffer dans sa barbe. Delphine le regarda sévèrement :

— En ce qui concerne notre rencontre, tu es le meilleur ami du mec de ma meilleure amie et...

— J'ai rien compris !

— C'est simple, bordel ! pardon... Je... Bon, ma copine Élise que tu connais a un mec, euh... avait... mais ça on

Dès le premier soir

s'en fout, il s'appelle Simon, d'accord ? Il est journaliste et TU ES son meilleur pote, OK ?

– D'accord...

– Simon et Élise ont organisé notre rencontre dans un resto italien qui s'appelle Le Marco Polo dans le sixième arrondissement.

– OK, Le Marco Polo, répéta-t-il.

– Tu travailles à Paris FM, une radio que tu as montée en 92, t'as quarante-cinq ans et...

– Quoi ? protesta-t-il, mais j'en ai que quarante et j'en parais pas plus de trente-huit !

– Non, quarante-cinq ça passera très bien et puis c'est trop tard, je l'ai dit aussi... T'as une fille de dix-sept ans...

– Dix-sept ans, c'est beaucoup trop !

– Bon, faut que tu arrêtes de rechigner sur tout, on ne va pas s'en sortir sinon ! elle s'appelle Agnès...

– Qui ça ?

– Sa fille ! Tu m'écoutes ? Elle est en terminale à Henry-IV, elle veut faire Sciences-Po et s'est mis dans la tête qu'elle dirigerait *L'Express* avant quinze ans. Bonne chance ! C'est une intello un peu chiante mais son père l'adore, il en est super-fier... Pigé ?

– Pigé !

– Bon, qu'est-ce que j'ai raconté d'autre, réfléchit Delphine en se resservant un coup de rosé. Je crois qu'on a fait le tour pour l'essentiel... Pourvu que je n'oublie rien... Il adore un type qui s'appelle Pierre Bourdieu. Il le cite sans arrêt, c'est un sociologue, je crois. Tu connais ?

– De nom, ça me dit quelque chose mais...

67

Dès le premier soir

— J'aurais dû aller voir sur Google qui c'est exactement pour te briefer... Enfin, ce n'est pas grave parce je ne crois pas l'avoir mentionné chez moi. Bon, on finit le rosé et on y va ?

Le dîner

Solange, la mère de Delphine, sortait une quiche du four avec un torchon quand la sonnerie de l'interphone se fit entendre, c'était sa mère Constance. Pas un dîner n'était organisé sans que la grand-mère ne soit présente. Malgré ses quatre-vingt-deux ans, Constance ne prenait pas l'ascenseur et montait les cinq étages à pied. Tout le monde l'en félicitait et la flattait, c'était un petit bout de femme à la mémoire surprenante et au regard très vif. Ce soir-là encore, elle fut accueillie chaleureusement par ses trois petits-fils, Arnaud trente-deux ans, Antoine vingt-quatre ans et Matthieu dix-sept ans, les trois frères de Delphine. L'aîné, Arnaud, était marié depuis sept ans à Anne-Charlotte, il avait un fils de quatre ans, Romain. Ce qui nous amusait beaucoup, Delphine et moi, c'était de constater ce parallélisme chez nos frères, tous les deux pratiquement du même âge, mariés, avec chacun un fils de quatre ans et nos belles-sœurs qui tombaient enceintes au même moment. Quand on partait toutes les deux bras dessus bras dessous pour faire la bringue, on se demandait souvent si un jour on allait réussir à être des jeunes filles correctes, que dis-je,

Dès le premier soir

des *femmes* respectables comme nos belles-sœurs ! Ce n'était pas gagné (même si pour rien au monde, je n'aurais échangé ma vie avec quiconque). En revanche, la mère de Delphine n'était pas une bobo bio comme la mienne, elle ne cherchait pas à rajeunir par tous les moyens, ne se gavait pas de céréales *Muesli* mélangées à du fromage blanc zéro pour cent, et n'empêchait personne de boire un coup si cela lui faisait plaisir. Femme au foyer de cinquante-huit ans, elle laissait ses cheveux poivre et sel tranquilles et se préoccupait des études de ses enfants, pour les deux derniers essentiellement, puisque Delphine et Arnaud étaient dans la vie active... c'était déjà deux soucis en moins. Ce soir, elle était heureuse d'avoir ses quatre enfants réunis autour de la table et en plus sa fille aînée de trente-cinq ans, célibataire endurcie, libre et indépendante (une jeune femme moderne, elles sont comme ça aujourd'hui), allait leur présenter son nouveau fiancé. « Mieux vaut tard que jamais », pensa-t-elle. C'était le bon, celui-là, Solange le sentait. Ne l'avait-il pas invitée à passer le réveillon du nouvel an avec lui ? C'était bon signe. Debout devant la table, elle recompta les couverts, vérifiant qu'elle n'avait oublié personne. Au dernier moment, elle avait invité le père Labori, le curé de Saint-Jean-de-Passy, l'école dans laquelle Matthieu redoublait sa première. Grâce à la présence du prêtre, Matthieu n'allait pas être consigné dans sa chambre. À l'origine, Il devait être puni pour avoir commandé une pute pour Noël, en ricanant bêtement devant ses parents, mais Charles, son père, avait levé la punition pour ce soir. C'était la fête ! À présent, le prêtre venait d'arriver (en costume de ville) et ils étaient presque

Dès le premier soir

tous là, réunis dans le salon. Ses trois fils, en grande conversation avec leur grand-mère, et Charles, son second mari depuis vingt-sept ans, père d'Antoine, étudiant en architecture et de Matthieu, l'adolescent qui commandait de bien étranges cadeaux au Père Noël. À l'entrée du prêtre, Charles, homme du monde, se leva pour lui céder son fauteuil. Anne-Charlotte, sa belle-fille, se débattait avec Romain qu'elle désirait coucher dans la chambre de Matthieu, mais rien à faire le bambin voulait rester faire la fête avec les grands. Il ne manquait plus que son neveu Gonzague avec sa femme Paloma et puis Delphine et Barnabé, bien sûr...

Pendant ce temps-là, en bas de l'immeuble

— Mais tu pouvais te garer là, s'écria Delphine !

— Mais je ne rentre pas là-dedans ! riposta David. Bravo, t'as vraiment pas le compas dans l'œil !

— Quelle idée aussi de se balader en 4 × 4 dans Paris ! Et là ?

— C'est le passage clouté ! Si j'ai une prune, tu me la paies ! Bon tant pis, je vais me foutre là et on verra bien... Si elle part à la fourrière, t'iras la chercher !

David se rangea sur les clous et Delphine sortit de la voiture en soufflant un grand coup. Ce fiancé-là n'était pas très attentionné et n'avait pas l'air très amoureux. Et si elle avait amené le vrai ? Non, injouable et puis c'était trop tard, de toute façon...

Dès le premier soir

Delphine entra dans l'immeuble de ses parents et appuya sur l'interphone :

– Oui ? répondit une voix féminine.

– C'est moi maman, avec Dav... Avec Barnabé...

– Je t'ouvre.

Et voilà ça commence ! *Barnabé* : Il faut qu'on se mette ce prénom dans la tête ! Dans l'ascenseur, elle répéta trois fois Barnabé. David l'observait d'un air amusé. Delphine, elle, ne s'amusait pas du tout et luttait contre une anxiété latente.

– Ça va être vraiment dur de t'appeler comme ça toute la soirée, si tu savais à quel point tu ne lui ressembles pas, mais alors pas du tout...

– Je sais, répondit David, c'est bien pour ça que je suis là, non ?

La porte était ouverte, Delphine la poussa et avisa ses trois frères venus jauger en premier le nouveau mec de la frangine. « On y est ! » pensa-t-elle.

– Arnaud, Antoine, Matthieu, je vous présente Barnabé, mon... heu... Voilà, quoi...

David-Barnabé serra la main des frères.

« Bonne gueule, pour une fois », pensa Arnaud, l'aîné.

« Il a vraiment l'air con », jugea Antoine, le cadet, mais il faut dire que du haut de ses vingt-quatre ans, personne ne trouvait grâce à ses yeux.

« Je l'ai déjà vu quelque part », songea Matthieu, l'ado.

Dans le salon, Solange, Charles et le père Labori se levèrent pour saluer le nouveau venu, Constance resta clouée à son fauteuil, les cinq étages qu'elle avait montés commen-

Dès le premier soir

çaient à se faire sentir. Un peu nerveuse, aux petits soins pour son (peut-être) futur gendre, Solange lui proposa : de prendre sa veste, un siège, des petits biscuits apéritifs, un coupe de champagne, non ? Un Martini alors ? Des olives dénoyautées, des pistaches, des petits Tuc ? Il devait en rester à la cuisine... David-Barnabé fut partant pour un Martini. Anne-Charlotte entra dans la pièce chercher du renfort :

– Arnaud viens m'aider, Romain ne veut pas se coucher et...

Elle s'arrêta net et plongea son regard dans les yeux turquoise de David.

– Anne-Charlotte, se présenta-t-elle en lui tendant sa main. Je suis la belle-sœur de Delphine, mais vous pouvez m'appeler Anne, c'est plus court, annonça-t-elle dans un petit rire.

– Barnabé, répondit David en la considérant avec son regard langoureux 83 b, séquence où l'infirmière tombe amoureuse de lui. (Épisode 12 de la saison 7.)

C'était drôle, cette fille avait la trentaine passée mais elle avait un serre-tête sur des petits cheveux blonds au carré et portait un chemisier à col Claudine sur une jupe plissée. Elle était habillée comme une petite fille d'une école privée.

Solange revint de la cuisine avec de nouveaux verres et des petits Tuc :

– Anne a épousé mon fils aîné Arnaud, exposa-t-elle, elle est opticienne...

– Si vous avez besoin de lunettes, n'hésitez pas, intervint Anne, mais j'imagine qu'avec des yeux pareils...

Dès le premier soir

Elle n'osa finir sa phrase et prit une poignée de cacahuètes sur la table basse.

David amorça un petit sourire, celui de la séquence 98 a, quand l'infirmière lui dit qu'elle est prête à se jeter dans le vide s'il est renvoyé de la clinique, tout ça parce qu'il a laissé tomber sa montre dans l'abdomen du patient qu'il opérait... C'est trop injuste ! (Épisode 12. Saison 7, toujours.)

— Remarquez, insista Anne, Ce sont souvent les plus beaux yeux qui sont les plus fragiles, qui voient le moins bien et...

Elle reprit des cacahuètes.

Delphine, qui revenait de la cuisine, se servit un Martini elle aussi, elle voulait se détendre. Elle avait été un peu surprise de constater la présence du père Labori, ce n'était pas prévu. Elle en profita pour envoyer une prière express au ciel : « Faites qu'on ne commette pas de boulettes ! » Pour l'instant, tout se passait bien, David était impec, il ne s'était pas trompé de prénom. Charles, le patriarche, s'assit en face de l'élu.

— Que faites-vous dans la vie, Barnabé ? Delphine nous a dit que vous étiez dans la radio ?

— Exact, Je travaille à... Paris FM...

— Ouf, le nom venait juste de lui revenir.

— C'est intéressant ?

— Très...

David, qui ne savait pas trop quoi ajouter à ça, fut sauvé par les cris de Matthieu, l'ado. Celui-ci était sur le balcon (il était parti fumer à la fenêtre, ne voulant pas que le prêtre de son école le voie).

— Devinez quoi ? Voilà Cruella d'Enfer avec son Gonze !

Dès le premier soir

s'écria Matthieu en se penchant sur le rebord du balcon. Il balança son mégot en espérant qu'il allait atteindre la zibeline de la salope.

– Voilà Gonzague et Paloma, expliqua Delphine en s'asseyant à côté de son prétendant d'opérette.

– D'accord, acquiesça David. C'est ton cousin et sa femme, c'est ça ?

– Oui. Tu vas voir Paloma, avertit Delphine en levant les yeux au ciel. Personne ne peut la blairer... Elle ne parle que de grolles, de sacs à main et de ses amis jet-set. Elle est d'origine italienne, et elle se la pète comme j'ai rarement vu...

Delphine ne put terminer le portrait de la femme du cousin, l'élégant couple venait d'entrer.

– Bonsoir ! s'écria Gonzague. Comment allez-vous ma chère tante ? dit-il en embrassant Solange.

– Gonzague vouvoie maman mais il vouvoie aussi ses propres parents, chuchota Delphine à l'oreille de David-Barnabé.

– D'accord, répondit-il en chuchotant aussi.

Ça devenait vraiment drôle et dépaysant. On était où, là ? Au début du vingtième siècle ? David pensa à ses parents, à lui, boulangers dans le Vaucluse, à la fois si fiers et inquiets pour leur fils qui faisait l'acteur dans la capitale. Quant à ce Gonzague, il lui faisait penser à Belmondo jeune dans *Les Tribulations d'un Chinois en Chine*, avec sa mèche de côté sur laquelle il soufflait. Le cousin dandy entra dans le salon, la mamie fit mine de se redresser :

– Oh non ! s'exclama Gonzague, Non grand-mère, ne bougez pas ! (Il se baissa pour l'embrasser.) Chère Constance, vous êtes resplendissante !

75

Dès le premier soir

— Merci mon chéri... Comment vas-tu ? Ta femme est avec toi ?

— Palo ! cria-t-il, viens dire bonjour à grand-mère !

Paloma était partie ranger sa zibeline dans une chambre spéciale, elle ne voulait pas qu'elle soit mélangée aux autres manteaux. Gonzague avisa David et le salua comme un damoiseau. Delphine compléta les présentations :

— Barnabé, mon fiancé.

— Mon Dieu ! s'exclama Gonzague, la cousine aurait-elle enfin trouvé chaussure à son pied ?

— Si tout le monde est là, je suggère qu'on passe à table, proposa Solange.

L'assemblée se leva et se dirigea vers la salle à manger dans un brouhaha assourdissant où se mêlaient les rires des frères, les exclamations du cousin devant cette mâââââgnifique table, les conversations de Charles, du curé et de la grand-mère, les protestations et la course-poursuite d'Anne derrière le petit Romain qui hurlait et ne voulait toujours pas aller se coucher et puis les cris de Solange qui invitait tout le monde à lire les prénoms de chacun disposés devant les verres. David et Delphine commençaient à se détendre (le rosé plus les Martini) et, pour l'instant, tout ne se passait pas trop mal...

— Il manque une chaise, cria Matthieu, sinon Paloma n'aura qu'à s'asseoir sur les genoux du curé, gloussa-t-il...

— Chut la voilà ! dit Delphine. Je vais chercher une chaise dans la cuisine.

Elle fut suivie par sa mère :

— Qu'est-ce qu'il est beau ton fiancé, chérie ! lui glissa-t-elle à l'oreille.

Dès le premier soir

– Oui, on le dit... répondit modestement Delphine.

Telle Ava Gardner, Paloma fit son entrée en saluant l'assemblée d'un geste de la main. Immédiatement, son regard fut attiré par le visage de David, elle n'était pas mécontente de voir une nouvelle tête, quelqu'un d'étranger à cette famille. D'habitude, c'était toujours elle qui se sentait étrangère. Certes Anne-Charlotte était aussi une pièce rapportée mais elle était tellement mieux intégrée et acceptée qu'elle... Mais qui était ce type ? Ses cheveux légèrement argentés, ce regard bleu perçant, ce nez aquilin, cette bouche... Elle était sûre de l'avoir déjà vu quelque part...

Delphine entra dans la salle à manger, une chaise dans les bras.

– Tiens Paloma, tu es à côté d'Antoine, dit-elle.

« Merde, pensa celui-ci, son parfum va encore me couper l'appétit. »

Paloma s'approcha de David :

– On se connaît, non ?

Delphine sentit tous ses muscles se raidir d'un coup.

– Je ne crois pas, répondit David en se relevant.

Il lui serra la main, impressionné par sa crinière noire brillante.

– Paloma, se présenta-t-elle.

– Da... Barnabé, se reprit-il. Je suis le copain de... (« Merde comment elle s'appelle déjà ? ») de... Delphine...

Paloma observa ses larges épaules. Mais où et comment cette Delphine, qui franchement ne payait pas de mine, avait-elle dégoté une telle merveille ?

– Votre visage m'est familier, insista Paloma, sa main endiamantée toujours dans celle de David-Barnabé.

Dès le premier soir

– C'est marrant, j'ai pensé la même chose tout à l'heure !
exulta Matthieu...

– Bon, tout le monde est assis ! s'exclama Delphine en
tapant dans ses mains.

Il fallait faire diversion : Paloma ! Évidemment, elle ne
foutait rien, elle devait en passer des heures devant des
niaiseries à la télé. Mais franchement, elle pourrait regarder
le Câble ! Ou Canal, ils avaient des séries tellement top !
Et puis Matthieu ! Bravo, maintenant qu'elle y pensait, il
avait une télé dans sa chambre. Après on s'étonne qu'il
redouble !

Ses mains tremblaient légèrement, elle les croisa en signe
de prière et prit place à côté de son « amoureux ». La
conversation partit sur Saint-Jean-de-Passy, l'école de Matthieu, les études d'architecture d'Antoine, le travail d'ingénieur d'Arnaud et David et Delphine y prenaient part
poliment, sans trop se faire remarquer, jouant au petit
couple chic, si ce n'est qu'ils avaient une légère tendance
à finir leur verre de vin cul sec... Et puis il y eut un virage
à quatre-vingt-dix degrés dans la conversation familiale.
Paloma évoqua son réveillon à Megève et Charles, qui était
en bout de table en train d'ouvrir une nouvelle bouteille
de saint-émilion déclara d'un coup :

– Barnabé et Delphine ont passé le réveillon du nouvel
an ensemble, eux aussi, vous étiez en Normandie, n'est-ce
pas ?

– Oui, oui, répondirent à l'unisson les faux tourtereaux.

– À Deauville ? s'enquit Paloma.

– Oui, répondit David en même temps que Delphine
disait non...

Dès le premier soir

Personne n'avait entendu, apparemment.

– Vous étiez où ? continua la vipère italienne.

– Au Royal, déclara Delphine au moment où David disait au Normandy.

Il y eut un silence, il fallait qu'ils se mettent d'accord :

– Oui, au Normandy, s'excusa Delphine, Je les confonds tout le temps tous les deux...

En réalité, elle et le vrai Barnabé avaient séjourné dans un gîte à côté de Lisieux.

– On était avec des copains de Barnabé, des animateurs de sa radio, reprit-elle.

(Ça, c'était vrai...)

David fit oui de la tête, il n'était pas trop au courant mais fallait bien suivre Delphine.

– Tu bosses dans quelle radio ? demanda Arnaud, décidé à jouer le beau-frère avenant et sympa, pour une fois.

– Paris FM, récita David.

– Paris FM, je l'écoute de temps en temps, déclara Anne-Charlotte, la belle-sœur Cyrillus. Ils sont formidables pour la circulation dans Paris. Je l'écoute souvent en voiture parce qu'ils te signalent toujours dès qu'il y a un embouteillage quelque part... Et vous y faites quoi exactement ?

– Bien, je suis... le patron, avança David en regardant Delphine comme s'il attendait son approbation.

– Il est directeur d'antenne, confirma celle-ci...

– Et vous y êtes à l'antenne ? poursuivit Anne. Je demande ça parce que il y a un type qui a une chronique, enfin une émission tous les matins à onze heures et qui me fait mourir de rire. Il s'appelle Barnabé aussi...

Pétrifiée, Delphine attendit la suite.

Dès le premier soir

– Barnabé Clouset, un truc comme ça...
(DAMNED !!!)
– Clusot, reprit David. Barnabé Clusot comme l'inspecteur ! (Il rit.) Eh oui, c'est moi !
– Ça alors ! s'exclama Anne, c'est fou ! J'adore ce type.
Elle se pencha vers Charles et Solange, ses beaux-parents, comme pour leur expliquer :
– Il fait une chronique sur l'actualité. Il est assez drôle. Un humour un peu à la Desproges, mais il peut être assez agressif. Au départ, j'ai cru que c'était Guy Carlier mais il est sur France Inter et puis ce type de Paris FM a une voix beaucoup plus rocailleuse, une vraie grosse voix de...
Elle s'arrêta net et observa David :
– Je ne la reconnais pas du tout votre voix...
Delphine sentit son sang fuir son cerveau. David toussa un peu pour tenter de trouver une tonalité plus grave. Sans succès.
– Je suis content que vous aimiez, dit-il.
– Et ça va mieux depuis ce matin ? s'informa Anne-Charlotte, l'inespérée fan.
– Ce matin ? demanda David, sentant les battements de son cœur s'accélérer.
– Ce matin ! Vous avez carrément eu une quinte de toux à l'antenne !
– Ah oui, ça va mieux...
– Même que la fille qui est avec vous, comment elle s'appelle déjà ? Anna quelque chose...
– Annabelle ? proposa David.
– Mais non, Anastasia ! s'exclama Anne-Charlotte, très étonnée.

80

Dès le premier soir

– Ah oui, Annabelle, c'est celle qui fait les infos de quinze heures.

(Ne pas se démonter !)

– Anastasia a dit : Voilà notre Boudu qui nous crache un poumon en direct ! Elle l'appelle tout le temps Boudu, en référence au film avec Michel Simon.

Anne-Charlotte éclata de rire, puis s'arrêta net :

– Mais pourquoi elle vous appelle comme ça ?

– Oh, c'est une vieille blague entre nous, déclara David en essayant de prendre une voix de stentor.

Il ne comprenait rien à ce qu'elle racontait...

– J'ai dû t'entendre deux ou trois fois, déclara Arnaud, son mari, en voiture aussi. Ce que j'aime bien ce sont toutes les références à Bourdieu et Cioran que tu fais... C'est rare et, franchement, ce que j'ai entendu l'autre jour, c'était brillant...

– Merci, répondit David avec un grand sourire, c'est cool.

Delphine se transformait peu à peu en statue de marbre, elle en avait le teint, en tout cas... Certes, Barnabé lui avait dit qu'il était à l'antenne mais elle ne l'avait jamais entendu, elle était au bureau à onze heures elle ! Dieu qu'elle avait du mal à supporter sa belle-sœur quand celle-ci jouait à la connaisseuse, genre je vous explique la vie. Déjà quand elle parlait de son travail on pouvait croire qu'on avait affaire à une des plus grands chirurgiens ophtalmo de Paris, c'était qu'une vendeuse de lorgnons, merde à la fin ! Et voilà maintenant que son frère s'y mettait lui aussi :

– Tu l'as connu en personne, Pierre Bourdieu ? Non, parce que t'en parles tellement bien, témoigna Arnaud.

Dès le premier soir

— Oui, je le vois de temps en temps, on déjeune quelque fois, répondit David...

— Tu le voyais, tu veux dire...

Il y eut un silence à table.

— Un ange passe, déclara le père Labori en avalant ses crudités.

— On parle bien du même, s'enquit Arnaud, le sociologue Pierre Bourdieu qui est mort en janvier 2002 ? C'est toi-même qui l'as dit ?

— Bien sûr, se ressaisit David, mais il me manque tellement que je n'arrive pas à en parler au passé. C'est vrai qu'à la radio, je ne peux m'empêcher de le citer... C'est une telle référence ! déclama David, nostalgique, et il engloutit son verre de bordeaux d'une traite.

— Ce matin, enchaîna Anne-Charlotte, vous avez cité tout un passage à propos de ses travaux sur « le constructivisme structuraliste ». À vrai dire, je n'ai pas tout saisi...

— Oh, c'est vraiment étonnant ! ressuscita Delphine.

Il fallait intervenir maintenant, ça commençait à sentir le roussi. Ce pauvre David s'enlisait. Et elle ! si elle avait su qu'elle sortait avec une petite vedette radiophonique, elle l'aurait amené !! Pourquoi Barnabé ne lui avait-il pas plus dévoilé cette facette intellectuelle de lui-même ? Elle n'en valait pas la peine ? Elle était trop stupide ou quoi ? Ha, il allait l'entendre ! Il lui manqua affreusement tout d'un coup. Si seulement il avait été là, il aurait pu répondre, expliquer, briller en société... ça lui apprendra à avoir honte de ses fiancés ! Quoi qu'il en soit, à présent c'était David qui lui foutait bien la honte...

Dès le premier soir

— Quelle expression ! s'exclama Gonzague et ça veut dire quoi exactement « le constructivisme structuraliste » ?

Silence. Toutes les têtes se tournèrent vers David. Il posa sa fourchette, joignit ses mains sous son menton, éleva son regard vers le ciel, tomba sur un très beau lustre, revint sur ces gens qui le torturaient culturellement, fit un effort surhumain pour se souvenir de ses cours de philo (ils étaient bien loin !) et annonça :

— Eh bien, vous savez... Vous savez... heu... Vous savez où sont les toilettes ? Faut que j'aille au petit coin ! lâcha-t-il à bout de forces.

Une chape de plomb s'abattit sur l'assemblée.

— En sortant de la salle à manger, troisième porte à droite dans le couloir, expliqua Solange.

Il se leva en titubant légèrement et sortit de la pièce sous les regards extrêmement suspicieux d'Anne-Charlotte et d'Arnaud, entre autres...

— C'est incroyable, déclara Anne à la tablée, lorsqu'on écoute quelqu'un à la radio, inconsciemment on se l'imagine un peu, et bien je peux vous dire qu'en entendant les émissions de Barnabé Clusot, j'imaginais tout, mais alors tout ! sauf un type comme ça !

— T'imaginais quoi ? questionna Delphine, amère.

— Mais tout sauf ça, répéta Anne. Déjà, il n'a pas du tout la même voix, pas du tout le même discours. À la radio, les autres animateurs le charrient toujours sur ses kilos en trop, ses grosses joues mal rasées, son éternelle mauvaise humeur et sa légendaire mauvaise foi. En même temps, ils sont tous d'accord pour dire qu'il est très intelligent et super-drôle ! Je te parle de ça, c'était il y a deux

Dès le premier soir

jours ! Pour moi, c'est un excellent débatteur et polémiste et là ? Qu'est-ce que je vois arriver ? Un type tout beau, tout propre, une tête de mannequin sur un corps de footballeur américain. Franchement Delphine, t'es bien sûre que c'est lui ? Tu l'as déjà entendu ? Ça me paraît vraiment bizarre...

Paralysie totale de Delphine. Elle ne sentait même plus sa langue. Combien y avait-il de chances sur un million pour que sa belle-sœur connaisse les émissions du vrai Barnabé ? Statistiquement, combien de stations de radio un Parisien peut-il écouter ? Mais quel manque de bol, c'était inimaginable ! Je croyais qu'elle écoutait Europe 1.

Quoi qu'il en soit, tout le monde approuva le petit monologue d'Anne, même ceux qui n'avaient jamais écouté Paris FM. Ce type était étrange.

– Un jour, j'ai enregistré une émission sur Radio Notre-Dame, annonça le père Labori. C'était au moment des JMJ, eh bien quand je me suis entendu après, je n'avais pas tout à fait la même voix ! révéla-t-il essayant de dissiper les tensions et doutes qui s'installaient.

Delphine jeta un sort express à Anne-Charlotte : « Si seulement tu pouvais devenir muette et amnésique ! » puis elle ajouta mentalement : « Juste pour deux heures ! »

– Évidemment que c'est lui ! rattrapa Delphine véhémente, mais il n'aime pas qu'on lui parle de son boulot. Ça le gêne. À la radio, il joue un personnage, comme ça : une espèce d'intello un peu bougon, mais en réalité...

– Alors ce n'est pas lui qui écrit ses textes ? tenta de comprendre Anne, même pour les débats qu'il anime ?

– Je n'en sais rien. (Mais lâche-moi, bordel !) Maman,

Dès le premier soir

à propos de boulot : Je change de chef lundi prochain, je suis soulagée...

(Changer de sujet surtout !)

– T'es contente, chérie ?

– Oui vraiment. L'autre m'exaspérait, il y a un pot de départ vendredi soir pour lui, mais je n'irai pas...

– Dis donc, émergea Paloma, si ton fiancé fait de la radio, il fait peut-être aussi de la télé ? Je suis certaine de l'y avoir déjà vu !

(Mais ce n'est pas vrai !)

– Je ne crois pas, non, grinça Delphine.

– Ça alors ! Pourtant je suis sûre que si... Je vais lui demander.

– Je suis d'accord, approuva Matthieu. Il n'est pas animateur ou comédien dans quelque chose ?

– En tout cas, j'ai hâte qu'il revienne pour m'expliquer ce qu'est le constructivisme structuraliste, articula Gonzague qui avait de la suite dans les idées, ça m'amuse beaucoup...

Tout ça allait mal finir.

– Charles, je pourrais avoir du vin ? demanda Delphine à son beau-père...

Pendant ce temps-là dans le couloir

David n'arrivait pas à trouver la lumière et avançait à tâtons dans le noir. S'il trouvait une fenêtre, il allait certainement l'escalader et s'échapper. Enfin, il tomba sur le commutateur et la lumière fut. Il avisa un couloir immense

Dès le premier soir

qui desservait chambres et salles de bains. Il remarqua une bibliothèque sur la gauche et s'avança. Il désirait ardemment trouver un dico pour regarder à Bourdieu et à l'autre aussi. C'était quoi déjà, Cioran ? Pour l'instant, ils ne l'avaient pas encore gonflé avec celui-là. L'urgence, c'était de trouver un truc pertinent à dire sur le sociologue. « Je ne savais même pas qu'il était mort ! » Malheureusement, il n'y avait que des livres de poche sur ces étagères. Il arrivait à peine à lire les titres, sa vue devenait de plus en plus floue. Pas de dico à l'horizon. Il ne lui restait plus qu'à trouver un vasistas et se tirer ! On était à quel étage déjà ? Il ouvrit une porte et tomba sur une salle de bains. Pas de toilettes mais tant pis, ça fera l'affaire. Il ouvrit sa braguette et se soulagea dans le lavabo en se regardant dans la glace.

– Chérie, tu ne veux pas aller voir ce que fait ton fiancé ? J'espère qu'il a trouvé les toilettes...

– Ou même ça, c'est trop compliqué pour lui ! grinça Antoine, le cadet.

Il avait bien entendu la conversation entre ce type et sa belle-sœur et considérait que quelque chose clochait chez cette gueule de con. C'était un imposteur. D'ailleurs, cette idée germait doucement chez tous les convives présents. Il y avait un mystère autour de ce Barnabé. Peut-on être brillant à la radio et nulissime le soir même à un dîner ?

– Je vais aller voir, obéit Delphine.

Elle aussi s'échappa sous des regards suspicieux mais légèrement empreints de pitié. Pauvre Delphine, était-elle encore en train de se faire avoir ? Son fiancé s'était-il approprié une autre identité ? C'était peut-être un déséquilibré

Dès le premier soir

qui écoutait la radio et, admiratif de Barnabé, il avait décidé de se faire passer pour lui ! Malheureusement il était tombé sur une famille qui connaissait le vrai ! Et si c'était un psychopathe ? Delphine était peut-être en danger. Anne-Charlotte se promit intérieurement d'aller faire un tour dès demain à Paris FM et de tenter d'apercevoir, même de loin, le vrai Barnabé Clusot... Ce n'était pas ce bellâtre, elle en était certaine.

– David ? chuchota Delphine, t'es où ?

Elle venait d'entrouvrir la porte des toilettes et il n'y avait personne. Elle continua et aperçut de la lumière qui émanait de la salle de bains. Elle poussa la porte. David urinait tranquillement dans le lavabo familial.

– Mais qu'est-ce que tu fous ? Les toilettes sont juste à côté, je te signale ! Regarde ! Ce n'est pas vrai !! T'es en train d'asperger le gant de toilette de maman !!

– J'ai pas trouvé, expliqua-t-il. Tu sais, ne m'en veux pas mais je ne me sens pas très à l'aise dans ta famille. Ce n'est pas mon milieu, dit-il en refermant sa braguette. À vrai dire, je pensais me barrer...

– Arrête, je t'en supplie. Ils sont très sympa. C'est vrai que je n'ai pas l'impression qu'ils te croient beaucoup, mais... je suis vraiment désolée, tu sais. Jamais, au grand jamais, j'aurais pensé une seconde que ma belle-sœur ou mon frère écoutaient mon mec à la radio... sinon, tu penses... Je n'avais pas du tout prévu qu'ils te harcèleraient comme ça ! Je sais que c'est dur mais il faut que tu tiennes jusqu'au bout ! Allez, c'est presque fini. On arrive au dessert, on va vite partir, je te promets...

Dès le premier soir

– À une condition, annonça David.

– Laquelle ?

– Que tu m'embrasses, exigea cet incorrigible flirteur.

– Quoi ?

Il la plaqua dans les peignoirs suspendus à la porte et l'embrassa sur les lèvres très sensuellement. David était un vrai *great kisser*. Delphine ferma les yeux et lui rendit son baiser, c'était bien agréable. Il était meilleur en roulage de pelles qu'en spéculations sur Bourdieu... Bien avinés, il faut le dire, ils s'écroulèrent et roulèrent dans le panier à linge sans éloigner leurs bouches. Delphine récupéra un peu d'esprit quand elle sentit David lui ôter les boutons de son jean. Ah non alors ! Il n'allait tout de même pas la sauter sur le carrelage de la salle de bains pendant que toute la famille attendait !

– Non, David arrête, s'il te plaît, minauda-t-elle comme une ado qui veut bien enlever le pull mais pas le pantalon.

(L'année prochaine, le pantalon !)

– Oh si ! Laisse-toi faire, souffla-t-il comme un ado lui aussi.

Un ado qui n'aurait pas envie d'attendre l'année prochaine pour le futal !

– Non David, non !

1) Elle le repoussa. 2) Elle se releva. 3) Elle se reboutonna.

– Attends au moins qu'on ait fini ce foutu dîner. Allez, viens.

– Oh, j'ai pas envie d'y retourner ! gémit David, débraillé et à quatre pattes sur le sol.

Rien que de repenser à ce qui l'attendait dans cette salle à manger...

Dès le premier soir

– Allez viens ! T'as promis, je t'ai embrassé !
David se releva péniblement. Delphine rouvrit la porte :
– Je passe devant, grouille-toi ! Tout le monde se demande ce que tu fabriques !
Delphine marcha d'un pas rapide dans le couloir. Malgré tout ce qu'elle avait bu, elle arrivait néanmoins à raisonner correctement. La situation était critique : entre Palo et son jeune frère qui semblaient reconnaître la tête du faux fiancé et Anne-Charlotte et Arnaud qui connaissaient la voix du vrai, c'était une belle cata. À l'origine, cet amoureux devait être passe-partout et la mettre en valeur, elle ! Résultat : c'était lui l'attraction et tout le monde se foutait pas mal de ce qu'elle racontait, ce soir. Il y avait une véritable erreur de casting. D'abord, ce type était beaucoup trop beau, ensuite il n'était pas si inconnu que ça. Quant à Paris FM, cette station, elle non plus, n'était pas si inconnue que ça ! Delphine, qui se sentait cernée par des vedettes, se maudit de ne pas mieux connaître l'actualité des radios et de la fiction française. Des années que son radio-réveil n'avait pas bougé de RTL. Et en ce qui concerne les séries, sa passion du moment était *24 heures chrono* sur Canal Plus. Elle se méprisa également pour le manque d'intérêt qu'elle avait manifesté à l'égard de la vie professionnelle du vrai Barnabé. Ce n'était pas normal que sa belle-sœur le connaisse mieux qu'elle. Ce n'est pas elle qui couchait avec lui, ni qui partait en week-end avec lui.

Il y eut un silence religieux quand elle arriva dans la salle à manger.
Apparemment ils devaient tous être en pleine discussion à propos d'elle et de son étrange amoureux :

Dès le premier soir

– Qu'est-ce qu'il fout ton Jules, il gerbe ou quoi ? demanda Matthieu.

– Matthieu ! le reprit Solange, excusez-le mon père !

– Oh, je connais la jeunesse d'aujourd'hui ! répondit le père Labori.

– Il arrive, bougonna Delphine, décidée à finir son gigot froid maintenant.

Elle était moins stressée quand David n'était pas dans la pièce. Elle ressentit comme un malaise néanmoins et celui-ci ne cessa de s'accroître quand David réapparut, un pan de sa chemise sorti de son pantalon et les cheveux mouillés. Vraisemblablement, il s'était aspergé le visage d'eau et en avait mis partout.

– T'as pris une douche ? lui demanda Antoine.

David se rassit sans répondre à ce dadais bigleux et à ses petits pics d'ironie qui perçaient dans chacune de ses phrases. « Cet Antoine commence à me les briser menu… » Il empoigna sa fourchette et termina son reste de pommes de terre. Finir de bouffer et se tirer. Tel était son but à cette seconde précise.

– Et au fait, vous vous êtes rencontrés où ? interrogea Paloma.

Et c'est reparti, pensa Delphine. Apparemment, l'enquête continuait. Pour une fois, elle aurait adoré que Paloma raconte l'historique de son dernier sac Fendi qu'elle avait acheté en solde et non, voilà qu'elle posait des questions ! C'était pourtant bien rare qu'elle s'intéresse aux autres, celle-là ! Delphine se changea à nouveau en statue de sel quand elle entendit David répondre :

– Dans un resto, le Christophe Colomb…

Dès le premier soir

(Le Marco Polo, pauvre con !)

– En fait, continua-t-il la bouche pleine, c'est grâce au meilleur ami du frère de son meilleur ami qui a un cousin dont la femme est une salope et que personne ne peut blairer..., ricana-t-il tout seul.

Re-chape de plomb : De quoi parlait-il ? Il était rond comme une queue de pelle.

Delphine brisa le silence médusé des convives.

– Qu'est ce que tu racontes, chéri ? dit-elle en lui assénant un violent coup de pied sous la table. (Ressaisis-toi, David, je t'en supplie !) Il plaisante, en réalité, Barnabé est très ami avec Simon qui sortait avec Élise... voilà... c'est comme ça qu'on s'est connus...

– Ah oui, c'est ça ! se rappela David.

Bon, il avait fini son assiette, il était peut-être temps de mettre les voiles.

« Ce type n'a aucune éducation », pensa Charles à l'autre bout de la table, il était déçu. À présent, Solange et Constance avait bien du mal à imaginer leur petite Delphine sortant de l'église sous une pluie de riz, en robe meringue, aux côtés de ce personnage. Gonzague se dit qu'il était inutile de le relancer sur le constructivisme structuraliste, étant donné qu'il allait avoir du mal à se rappeler de sa propre adresse. Le père Labori songea qu'il devrait le prendre en confession pour l'aider à se recadrer un peu. Anne-Charlotte se promit à nouveau d'aller faire un saut à Paris FM dès le lendemain matin. Paloma continua de penser qu'elle l'avait déjà vu quelque part et Antoine pria pour que sa frangine largue au plus vite cette gueule de con qui

Dès le premier soir

parlait la bouche pleine et racontait n'importe quoi... Seul, le jeune Matthieu le trouvait rigolo.

— Il y a une tarte aux cerises, murmura Solange...

Personne ne répondit.

David se hissa, s'allongeant presque sur la table pour s'emparer de la bouteille de vin et derrière lui sa chaise tomba sans bruit. David ne s'en rendit pas compte et lorsque son postérieur voulut regagner sa place, il n'y trouva que le vide. Il partit à la renverse, la bouteille dans la main et aspergea tout le tapis. La chute fut spectaculaire, tout le monde se leva d'un bond. Mais David se releva immédiatement :

— Cascade ! cria-t-il. Super-cascade !

Les bras en croix, la bouteille toujours dans la main, il salua comme au théâtre. L'assemblée se rassit, totalement déconcertée.

— Mon Dieu, ma Solange ton tapis, marmonna la grand-mère, outrée. Il est fou ce type...

— Vous vous êtes fait mal ? demanda Solange.

— Nooooon ! Cascade ! J'ai fait un stage avec l'AFDAS [1] !

— Qu'est-ce qu'il dit ? demanda Solange à Arnaud qui s'était levé pour inspecter les dégâts.

— J'en sais rien, maman, on comprend rien de toute façon...

À « Blême » dans le Larousse, on aurait pu y placer la photo de Delphine pour l'illustrer. Les conneries orales passaient encore mais les conneries physiques avec dommages matériels, non !

---

1. Centre de formation pour les intermittents du spectacle.

Dès le premier soir

– Je vais nettoyer le tapis, proposa-t-elle.

– Non chérie, t'en fais pas, on le fera demain...

Les convives se levèrent pour aller vérifier la traînée de vin rouge et plaindre Solange, à l'avance. David, qui tenait toujours la bouteille, profita du fait que personne ne l'observait, pour s'engloutir une bonne rasade de saint-émilion au goulot. Le Père Labori lui ôta la bouteille des mains.

– Mon ami, je sais que vous faites un travail stressant mais vous ne semblez pas dans votre assiette, ce soir. Vous devriez vous asseoir, proposa-t-il gentiment.

– T'as raison papa, répondit David. Vous savez, je n'avais pas discuté avec un curé depuis ma première communion dans le Vaucluse... C'était une petite église qui s'appelait... Qui s'appelait comment, déjà ?

– Bon, nous on va y aller, le coupa Delphine qui commençait à voir double, elle aussi.

Et deux David, c'était au-dessus de ses forces.

– J'espère qu'il ne conduit pas ? s'informa Charles qui revenait de la cuisine avec du K2r détachant à sec. Aidé par Antoine, il en pulvérisa sur la tache rouge.

– C'est un vrai désastre, commenta la grand-mère.

– Chuis désolé, déclara David qui s'était relevé pour inspecter ses dégâts, j'ai pas vu et « j'ai tombé » en arrière...

– Merci, nous on vous a vu, le toisa Constance.

– Vous ne voulez pas un morceau de tarte, demanda Solange ou un café, non ?

– Un petit cognac ? répondit David.

– Je crois que ça suffit pour ce soir, objecta Arnaud. Vous allez rentrer en taxi, dit-il en regardant sa sœur...

Dès le premier soir

– Bien sûr, répondit Delphine, on y va ! Merci maman, dit-elle en enlaçant sa mère.

– Merci maman, l'imita David qui, lui aussi, voulait un petit câlin de Solange.

Elle recula à temps pour lui serrer la main.

– Vous allez trouver un taxi ou vous voulez qu'on vous l'appelle ? demanda-t-elle.

– C'est bon maman, dit Delphine, on va se débrouiller !

– C'est bon maman, répéta David. (À présent, il s'amusait beaucoup plus que tout à l'heure.) En plus, je suis garé comme une grosse merde sur les clous, dit-il en se retournant vers la grand-mère.

Ils se dirigèrent vers la porte en distribuant des « Au Revoir ! » aux convives éparpillés. David était toujours débraillé.

– Vous n'aviez pas une veste ? demanda Charles. Antoine, va lui chercher sa veste, s'il te plaît.

Antoine s'exécuta et partit dans le salon, à l'endroit où les invités avaient pris l'apéritif. Il trouva la veste du fiancé alcoolique sur le dossier d'un fauteuil et s'en empara pour l'apporter dans le couloir.

– Barnabé ! s'écria-t-il.

David ne répondait pas, trop occupé à essayer de rouler une pelle à Paloma qui s'esquivait en émettant des petits rires. Gonzague les observait les bras croisés. Anne-Charlotte, qui était venue le saluer, remarqua que son beau regard vif de tout à l'heure n'était à présent que deux yeux de bovins qui louchaient :

– Je vous écouterai demain matin, lui annonça-t-elle sévèrement en lui serrant la main.

Dès le premier soir

– Si tu veux, répondit-il, on s'appelle !

– Barnabé, ta veste ! cria Antoine.

David ne se retournait toujours pas. Les trois frères se mirent tous à crier :

– Barnabé !

Delphine intervint et lui donna un grand coup de coude dans les côtes :

– Ta veste, andouille ! maugréa-t-elle.

– T'es pas un peu dur de la feuille ? lui balança Antoine, ça fait une heure qu'on t'appelle !

– Merci, répondit David en essayant d'enfiler sa veste avec des gestes très lents.

– Il ne connaît même pas son prénom ou quoi ? demanda Antoine à Delphine.

– Il est un peu sourd. Allez on se casse !

– Rentrez bien et faites attention à vous, dit Charles en aidant David à mettre sa veste. Essayez de reprendre vos esprits mon vieux, ce serait dommage que votre grande fille vous voie dans cet état-là !

– Ma quoi ? s'exclama-t-il.

– Au revoir tout le monde, c'était très sympa ! s'écria Delphine et elle claqua la porte.

Sur le palier, en attendant l'ascenseur, ils n'échangèrent pas un mot. Ce n'est qu'une fois dans l'ascenseur que Delphine, le scrutant droit dans les yeux, lui lâcha :

– Lamentable. Purement et simplement lamentable.

Dans la rue, Delphine lui expliqua bien posément qu'il devait renoncer à prendre son 4 × 4 et qu'il viendrait le

Dès le premier soir

récupérer à la première heure demain matin. David l'abandonna avec déchirement et Delphine héla un taxi.

Une fois à l'arrière de la Peugeot, David lui enfonça la main entre les cuisses et lâcha :

– On va boire un coup chez toi ?

Delphine donna son adresse au chauffeur.

Alice détective

Arnaud et Anne-Charlotte étaient eux aussi en voiture sur le chemin du retour. Leur petit Romain dormait paisiblement à l'arrière et Arnaud conduisait silencieusement. À vrai dire, il était inquiet pour sa sœur. Certes, elle en avait ramené des cons, mais celui-là était particulièrement gratiné. Et le décalage entre ce qu'il faisait et ce qu'il avait bien du mal à raconter était incompréhensible. Devinant ses pensées, Anne-Charlotte se laissa aller à ses propres commentaires :

– Quand tu penses qu'hier, il a fait sa chronique sur le *Bachelor* en débitant que cette émission était à vomir, que le mec était franchement grotesque dans son poulailler de pouffiasses et que lui voulait proposer une loi à l'Assemblée interdisant aux trous du cul dépourvus de talent de devenir célèbres même pour deux jours. C'est ce qu'il a dit ! Mais quand tu vois ce type ! Il lui ressemble comme deux gouttes d'eau au *Bachelor* !

– T'as raison, ce n'est pas lui, ça NE PEUT PAS être lui, approuva Arnaud.

Il était de plus en plus inquiet.

Dès le premier soir

— Tu sais, ajouta Anne-Charlotte, j'ai décidé d'aller faire un tour demain à Paris FM. J'irai à midi quand son émission sera terminée et on en aura le cœur net.

— Tu veux que je vienne avec toi ? proposa Arnaud.

— Non, ce n'est pas la peine. Je vais faire mon enquête toute seule. Toi, tu préviendras ta sœur pour lui annoncer que son mec est un dangereux imposteur. Tiens, c'est dommage, j'ai oublié de lui demander l'adresse de Paris FM. Quelque chose me dit qu'il aurait été incapable de me donner la bonne...

Comme dans les *Alice détective* de la Bibliothèque verte de son enfance, Anne-Charlotte se sentit bien excitée à l'idée de résoudre un mystère. Comme Alice, elle était blonde et avait un serre-tête, mais demain c'est elle qui allait se lancer dans la résolution d'une grande énigme : « Anne-Charlotte et l'incroyable mystère du fiancé de la belle-sœur ! » On allait bien voir. D'ici là, il fallait espérer qu'il n'égorge pas Delphine cette nuit...

Quand plus rien ne va

Une fois chez elle, en compagnie de David, Delphine laissa tomber son manteau dans l'entrée et se dirigea dans la cuisine ouvrir une autre bouteille de rosé. Elle en gardait toujours une ou deux, planquées dans ce four qui ne servait à rien. Elle l'avait transformé en réserve pour coups durs et catastrophes imprévisibles et, ce soir, c'était le moment : elle ne voulait plus penser à rien. S'anesthésier le cerveau une bonne fois pour toutes. Elle revint avec sa bouteille

Dès le premier soir

dans le salon, David était en train de se déshabiller. Apparemment, il avait l'intention de dormir là.

– J'ai pas fait bonne impression ? demanda-t-il d'une petite voix.

– Je n'ai pas envie d'en parler. File-moi le tire-bouch' ! déclara-t-elle en s'écroulant sur son canapé.

Et tandis qu'elle ouvrait sa bouteille, David ôtait lentement sa chemise. Son torse était splendide, dessiné et bronzé comme un athlète. Plus très concentrée sur son « tire-bouch' », Delphine se remémora le baiser dans la salle de bains et cessa de lutter contre les pulsions sexuelles naissantes que lui inspirait ce torse nu. Les pulsions sexuelles féminines étaient réputées pour être antistress, elle l'avait lu quelque part : « Il ne fallait surtout pas lutter car laisser passer un amant pouvait être une sérieuse cause de frustration et augmenter le stress. » Où est-ce qu'elle avait lu ça ? Pas dans Le Coran, ça c'est sûr... Ah oui ! C'était dans le *Santé Magazine* qu'elle avait parcouru dans la salle d'attente de son dentiste, le mois dernier.

David était en caleçon maintenant et Delphine, silencieuse et admirative, continuait de lorgner en douce sur ce strip-tease. Et si elle couchait avec ce type ? Après tout ce serait qu'un dédommagement légitime, une bonne compensation pour cette soirée désastre. La bouteille ouverte, elle se servit un verre pour elle, en but deux gorgées et s'abstint d'en proposer à David. Il était temps qu'il récupère des forces, lui. S'emparant de la bouteille d'une main, elle le prit par l'autre et avança vers sa chambre :

– Viens, on va se coucher ! ordonna-t-elle.

David obéit. Une fois dans la chambre, Delphine déposa

Dès le premier soir

la bouteille par terre et sauta sur son lit en enlevant son jean et son petit haut. David s'écroula sur elle et l'embrassa langoureusement.

— Tu sais, murmura-t-il en redressant la tête, je n'ai pas l'habitude de boire comme ça et...

— Oui, j'avais remarqué. Il y a des capotes dans le tiroir de la table de nuit de ton côté, le coupa-t-elle.

On n'allait pas revenir là-dessus, c'était inutile. David avait déjà été plus en forme que ce soir, il fallait bien l'avouer. Il se redressa complètement, ouvrit le tiroir et prit un préservatif. Il se l'enfila mollement pendant que Delphine enlevait ses sous-vêtements prestement et, dans un douloureux soupir, il s'allongea sur elle en la pénétrant. Il tenta quelques va-et-vient pour s'exciter mais ce léger mouvement le berça plus qu'autre chose. Alors, posant délicatement la tête sur son épaule, il s'endormit comme un bienheureux...

— Lamentable, répéta Delphine en regardant son plafond. Purement et simplement lamentable.

Elle cessa de lui caresser les cheveux, le repoussa sur le côté et attrapa sa petite boîte de *Lexomil* sur la table de nuit...

Le lendemain

À 8 heures 30 précises, Barnabé Clusot (le vrai) sortit de son immeuble de bien mauvaise humeur ; il avait très mal dormi et se sentait épuisé par la vie. Tout le stressait

Dès le premier soir

en ce moment. Hier soir, il avait tenté de réconforter son pote Simon qui s'était fait plaquer sans raison valable par sa blonde. Pauvre Simon, en homme humble et logique, ne possédant que très peu de connaissances sur les trentenaires d'aujourd'hui, il avait eu beau se projeter mentalement le film de son aventure éclair, il ne comprenait pas ce qui avait foiré et Barnabé ne lui avait pas été d'un grand soutien dans son autocritique : « Arrête de te culpabiliser Simon, c'est cette conne qui ne sait pas ce qu'elle veut ! Maintenant les filles vous larguent au premier pet sous la couette ! Elle a dit à Delphine qu'elle s'emmerdait avec toi et qu'elle avait besoin d'être seule pour écrire et réfléchir ! Quelle prétentieuse ! Elle se prend pour Simone de Beauvoir, je te l'ai toujours dit... »

En sortant de chez Simon, Barnabé avait d'ailleurs tenté de joindre sa Delphine mais il était tombé sur sa messagerie. Il se demandait si elle aussi avait l'intention de lui arranger un petit dîner-largage incessamment sou peu et, à sa grande surprise, il en ressentit une certaine angoisse, une de plus. Il en avait tellement qu'il ne savait même plus où les stocker. Elles devaient bien être quelque part, ces angoisses, en train de lui fabriquer doucement ulcère à l'estomac, lésions aux intestins ou cancer au poumon, le terrain était propice...

Une autre chose qui le contrariait en ce moment était l'attitude de sa fille Agnès : elle était sortie hier soir avec un des animateurs de sa radio. Florent, vingt et un ans, qui faisait partie de l'équipe du matin (6 heures-9 heures). Barnabé avait engagé Florent pour rajeunir un peu la station mais, très vite, le comportement de ce petit branleur

Dès le premier soir

l'avait exaspéré. D'abord il ne parlait pas mais beuglait debout derrière le micro et puis fallait voir quoi : « Il est six heures du mat bande de blaireaux ! Faut se lever ! Vous êtes sur Paris FM ! la radio la plus fun de l'univers ! Celle qui vous donne la pêche avant de partir à vos boulots de cons ! C'est Florent, alias DJ Pulp avec vous jusqu'à 9 heures. Bon réveil, les filles ! Bonne gaule du matin, les mecs ! »

Barnabé n'était franchement pas fan de son style mais les derniers sondages sur la tranche 6-9 étaient en constante progression alors, en bon patron, victime de la dictature du peuple, il l'avait fermée et cessé de vouloir lui imposer un style plus France Culture. Il n'empêche que ce petit con s'engueulait tous les matins avec le programmateur car Paris FM refusait de passer Eminem ou Snoop Dogg, qu'il n'était jamais coiffé et que le cul de ses jeans lui arrivait aux mollets. Tout chez cet ado attardé à la tronche de surfeur l'horripilait et si en plus maintenant il sortait avec sa fille ! Là, non ! C'était trop ! Agnès était rentrée à 3 heures 20 cette nuit. Il avait entendu sa clef dans la porte, et ce petit bruit si doux venait de mettre fin à trois heures d'attente, d'inquiétude et de questions. Barnabé s'était fait violence pour ne pas se lever lui demander d'où elle venait et si c'était une heure pour rentrer quand on a le bac à la fin de l'année... Comment Florent, qui devait se présenter à la radio sur les coups de 5 heures du matin (émission préparée), pouvait-il sortir jusqu'à 3 heures passées ? C'était un mystère. Il l'avait écouté ce matin : il était bien là, survolté et taré comme d'habitude. Il fallait qu'il le prenne entre quatre z'yeux. Un tas de questions le taraudaient : Qu'est-ce qu'il avait foutu avec sa fille cette nuit ? Qu'est-ce

Dès le premier soir

qu'il comptait faire avec elle ? Combien de minutes dormait-il par nuit ? Et puis surtout : réfléchir à comment le virer sans se retrouver aux prud'hommes !

Barnabé alluma une *gauloise* sans filtre, toussa un bon coup, monta dans sa voiture, s'empara de la pile de *Charlie Hebdo* sur le siège passager pour les envoyer à l'arrière et mit la clef dans le contact...

Ça se complique

– Oh, non ! C'est pas vrai, j'ai oublié de mettre le réveil ! Huit heures et demie ! Je devrais déjà être partie ! David, lève-toi, je t'en supplie !

Toujours plongé dans son coma éthylique, n'ayant pas bougé depuis la veille, David sentait à peine les secousses de Delphine. En revanche, ses cris d'exaspération lui parvinrent aux oreilles. Il ouvrit un œil et ses tempes furent prises d'assaut par une violente migraine :

– Quelle heure est-il ? articula-t-il, la bouche pâteuse.

– Huit heures et demie, je devrais être au boulot ! C'est l'horreur !

– Mais tu bosses à l'usine ou quoi ? C'est quoi ces horaires ? T'as pas de l'aspi ? Je crois que mon crâne va exploser !

Delphine, qui avait anticipé la chose, lui tendit un double UPSA effervescent. David se redressa sur ses coudes et prit le verre qu'il but à petites gorgées en l'observant. Des images très floues de la veille lui revenaient par flashes : le dîner chez les parents, la famille, l'opticienne au serre-tête qui posait des questions hyper-bizarres, sur quoi déjà ? Il ne s'en rappelait plus...

Dès le premier soir

— Ça ne s'est pas trop mal passé hier soir, non ? tenta-t-il de se rassurer.

— T'es dingue ou quoi ? T'es complètement inconscient. Je préfère ne pas en parler ! Allez lève-toi, habille-toi et grouille-toi !

— Qu'est-ce que j'ai fait ? demanda-t-il en s'asseyant sur le côté.

Son pied heurta une bouteille de rosé et, d'un œil hagard, il contempla le liquide rose se répandre sur la descente de lit de Delphine. Cette scène lui rappelait vaguement quelque chose :

— Je crois que j'ai renversé la bouteille sur ta carpette !

— Mais ce n'est pas vrai ! cria-t-elle en se jetant sur la boîte de kleenex pour éponger. T'as un problème avec les tapis ou quoi ? T'en as chez toi ? Ou dès que t'en vois un, faut que tu l'inondes de vin ?

— Qu'est-ce que tu racontes ?

À présent hors du lit, David constata d'un œil vitreux qu'il avait un préservatif au bout du sexe :

— Qu'est-ce que c'est que ce machin ? dit-il en l'enlevant. J't'ai baisée hier soir ?

— Oh, pitié ! je préfère pas en parler non plus ! répéta Delphine en jetant les kleenex imbibés. Tes fringues sont dans le salon ! dépêche-toi, faut je parte...

Elle faisait des allers-retours express entre la salle de bains et sa chambre.

— En tout cas si je l'ai fait, moi je n'ai pas joui, conclut David en examinant le bout de plastique.

— Oui, ben moi non plus, ça ne risquait pas ! grinça Delphine sa brosse à cheveux à la main, tu te rappelles que

Dès le premier soir

t'as laissé ta bagnole en bas de chez mes parents. Faut que t'ailles la chercher...

– Oh merde..., lâcha-t-il en ramassant sa chemise.

– Oui, ben ça valait mieux, crois-moi !

– On a pas mal bu ?

– Je confirme. Toi surtout.

– On a dû boire pas mal de piquettes. J'ai mal à la tête comme jamais ! déclara-t-il en enfilant son pantalon.

– T'as qu'à dire que le vin de chez mes parents n'est pas assez bien pour toi. Je signale que t'as fini une bouteille au goulot ! Alors s'il ne te plaisait pas, eh bien ça ne s'est pas vu !! éructa-t-elle.

– Je te trouve assez désagréable vis-à-vis d'un charmant garçon comme moi qui t'a rendu un grand sévice... heu service... Je voulais dire...

– Non, tu peux garder sévice, c'est le bon mot.

– Si t'es pas contente, t'avais qu'à amener ton gros beauf de mec !

– Ce n'est pas un beauf, je l'ai mal jugé. J'aurai passé ma vie à faire des erreurs de discernement sur les gens, de toute façon. Bon, t'es prêt ?

– Je peux pas me laver les dents ?

– Non. Pas le temps.

– T'es mignonne en tailleur comme ça...

– Je vais bosser...

– Moi, je vais aller me recoucher. Je dois déjeuner avec mon agent, mais à treize heures seulement. Tu sais que j'arrête ma série bientôt ? Je vais peut-être refaire du théâtre...

– Passionnant. Allez zou !

Dès le premier soir

Elle ouvrit la porte, David passa devant elle. Delphine vérifia qu'elle n'avait rien oublié dans son sac et claqua la porte. Sur son portable, la veille, Barnabé lui avait laissé deux messages, sûrement au moment où le faux fiancé devait être en train de se rouler par terre devant toute sa famille... Cette image lui serra le ventre. Il était inutile de lutter contre la culpabilité qu'elle ressentait. Une bonne angoisse de femme qui avait eu honte (sûrement à tort) de son amoureux et été infidèle (à moitié). Quelle soirée de merde !

8 heures 53 : arrivée de Barnabé à Paris FM

Au lieu de se diriger vers la salle de réunion où il préparait, comme chaque matin, sa revue de presse avec ses chroniqueurs pour son émission de 11 heures, Barnabé Clusot prit sa démarche de patron pour descendre l'escalier qui le menait aux studios. Ce petit con de Florent terminait le 6-9 dans cinq minutes et il fallait qu'il le chope avant qu'il parte. Il entra dans la cabine de régie et salua Manu, le réalisateur de l'émission :

– Ç'a été ce matin ?

– Impec, répondit Manu.

Derrière la vitre qui les séparait, Barnabé observa Florent : debout, casque sur les oreilles, hirsute, grands cernes sous les yeux, tee-shirt jaune, il était en train d'imiter Étienne Daho dont le dernier tube passait. À ces côtés, Christophe Gérard, trente-deux ans, beau brun ténébreux et journaliste sérieux, lui, avait terminé ses flashes info de

Dès le premier soir

la matinée et rangeait ses notes. Tous deux constatèrent la présence de Barnabé derrière la baie vitrée et une lueur d'inquiétude perça chez Florent. C'était pour lui, il en était sûr. Il lui adressa néanmoins un signe de la main auquel Barnabé, droit et sévère, ne répondit pas.

Dans le studio voisin, Bruce et Valérie, la psychologue, s'installaient pour prendre la succession : la tranche 9 heures-11 heures. Chaque matin, leur émission se déroulait autour d'une thématique où les gens appelaient pour témoigner et converser avec Valérie, la psy, tandis que Bruce animait en recentrant les débats. Thème d'aujourd'hui : Anorexie et boulimie. Sujet déjà traité une bonne cinquantaine de fois mais qui cartonnait toujours autant car concernant un nombre croissant de femmes, d'ados déboussolées et de parents désespérés...

Dans le premier studio, Florent décida de laisser tomber les vannes stupides qu'il avait préparées et rendit l'antenne d'une manière propre et pro. La présence inhabituelle du patron qui l'observait le bloquait un peu :

– Voilà, c'était DJ Pulp avec vous jusqu'à 9 heures. Christophe, on te retrouve demain avec toujours ton lot d'infos cafardantes... (Le Christophe en question lui adressa un doigt d'honneur en se levant.) On cède la place à Bruce et à sa psy de service ! À vos téléphones les dingos, c'est l'heure ! Je vous laisse et on se dit à demain six heures pour un réveil en fanfare, comme d'hab, n'est-ce pas Manu ? (le réalisateur approuva en lui montrant son pouce dressé) et maintenant ? Devinez quoi ? Voilà Calogero et Passi pour leur *Face à la mer* qu'on passe à peu près toutes les demi-

Dès le premier soir

heures dans cette station, vous avez dû remarquer ! Je vous en roule une et à dem !

Il ôta son casque et ricana.

Depuis tout à l'heure son bras droit était plus ou moins caché derrière son dos et, quand il entra dans le studio, Barnabé en comprit la raison grâce à l'odeur qui lui émoustilla les narines immédiatement : Florent fumait un pétard dans le studio ! Il était à peine neuf heures du matin ! Barnabé sentit colère et angoisses monter. « Il se fout vraiment de la gueule du monde ! J'espère qu'il n'a pas fait fumer ma fille ! » Il serra la main de Christophe qui sortait du studio avec ses notes et alla se planter devant Florent qui persistait inutilement à cacher son joint en cherchant des yeux le cendrier.

– Je peux vous parler ? demanda Barnabé sur un ton de proviseur de lycée.

La question n'admettait pas de réponse négative, évidemment.

– Ouais, ouais, répondit Florent toujours à la recherche du cendrier.

Barnabé le lui tendit.

– Éteignez-moi ça. Qu'est-ce que ça pue !

– Moins que vos gauloises, si je peux me permettre, répondit le petit insolent en écrasant le pétard.

– Non, vous ne pouvez pas...

Les deux hommes se toisèrent :

– Qu'est-ce qui se passe ? demanda Florent innocemment.

– Vous êtes sorti avec ma fille, hier soir ?

– Et alors ?

Dès le premier soir

– Vous avez fait quoi, au juste ?

– On est allés bouffer chez des potes... Pourquoi ?

– Elles est rentrée à trois heures et demie cette nuit alors qu'elle avait cours ce matin.

– Ah ouais...

Barnabé avait envie de le secouer comme un prunier jusqu'à ce que mort s'ensuive. Il respira un grand coup par le nez.

– Et vous ? Vous vous êtes couché à quelle heure ?

– Chais pas... Vers quatre heures...

– Pour vous lever à ?

– Quatre heures vingt, avoua Florent.

– Une bonne nuit de vingt minutes et on est frais pour aller travailler !

– Ben ouais... Suffit de pas le faire tous les jours, mais bon, une fois de temps en temps, ça passe...

– Eh bien, c'est la dernière fois que ça passait. Je préfère vous le dire tout de suite. Quant à ma fille, vous pouvez faire une croix dessus. Hors de question qu'elle perde du temps avec un branleur de votre espèce ! C'est compris ?

– On fait ce qu'on veut !

– Non. Vous, je m'en fous mais elle non ! Elle ne fait pas ce qu'elle veut ! C'était la dernière fois. Première et dernière fois...

Barnabé sortit du studio en continuant de marmonner des : « dernière fois ! » jusqu'à l'escalier qui le menait à son bureau. « Dernière fois ! » Il espérait que ce petit con avait compris la leçon.

Dès le premier soir

La fille du patron

Florent attendit que son patron soit parti pour récupérer son pétard dans le cendrier. Il souffla dessus et le ralluma. En régie, derrière la baie vitrée, Manu rangeait des cassettes. Florent se pencha vers son micro :

— Manu, tu m'entends ?

— Oui, répondit ce dernier en appuyant sur un bouton.

— Si tu veux tirer du pet, je l'ai récupéré. Je ne peux pas le blairer ce gros con ! pas toi ?

— Oh, il n'est pas méchant, répondit le réalisateur, un peu frileux.

— Tu sais quoi ? J'ai sauté sa fille hier soir ! C'était l'anniv' de Julien, mon meilleur pote, il a fait une teuf chez lui, je suis arrivé avec la fille de Gros Con, on s'est bien marrés et t'sais quoi ? Agnès, elle s'appelle : au bout de trois whiskies Coca et deux ecstasys, v'là qu'elle commence à me brancher et à me rouler des pelles dans la cuisine, alors bon, moi je l'ai chopée contre l'évier, un peu vite parce qu'elle avait la trouille que quelqu'un rentre, mais elle est chaude, la meuf ! Et puis elle est trop bonne, je pouvais pas dire non ! C'était mortel. Je suis sûr qu'elle me kiffe grave, en plus !

Manu lui sourit derrière la vitre. Depuis la fin de l'émission, il avait laissé les micros ouverts et écouté l'interrogatoire du patron. Bien évidemment, il avait tout enregistré et cette conclusion inopinée tombait à merveille. Manu appuya sur « Éjecte », sortit la cassette pour la mettre dans la poche de sa veste et se dirigea vers la porte. Il ne savait pas trop ce qu'il allait faire des aveux de Florent mais cela pouvait toujours servir... Sait-on jamais...

Dès le premier soir

Dans le studio d'à côté, Valérie, la psy, se concentrait sur une mère éplorée qui racontait comment sa fille avait ingurgité et vomi toutes les provisions qu'elle avait faites à Carrefour pour toute la famille !

Vive la jeunesse en 2005 !

C'est génial

Je me suis réveillée vers neuf heures et demie. Après mes étirements de chat et mon Nescafé au lait qui me paraît encore meilleur depuis que je n'ai plus de mec pour m'emmerder à ce sujet, j'ai allumé mon ordinateur. Je n'ai qu'à traverser mon salon pour l'atteindre, ce qui me fait dire que je n'ai pas souvent d'embouteillages pour aller au boulot le matin. Pas de stress. Travailler chez soi est génial. Être écrivain est génial. Être célibataire est génial. Avoir le choix des prétendants est génial. Dire oui... puis non, en fait. C'est top. Ce matin, j'ai décidé que tout était génial. Tiens, j'ai des mails, c'est génial :

MAIL : de Delphine à Élise :
OBJET : bravo pour ton idée !

Beau désastre hier soir. David complètement torché. N'ose même pas rappeler parents. Aurais mieux fait d'amener vrai Barnabé... Pouvait pas être pire, de toute façon... DELPH.

Qu'est-ce que je peux répondre à ça ?

Dès le premier soir

MAIL : De Élise à Delphine :
OBJET : RE-bravo pour ton idée !

Veux-tu faire un apéro-débriefing-remontage-de-moral ? T'embrasse. E.

MAIL : De Delphine à Élise :
OBJET : RE-RE-bravo pour ton idée !

Aimerais bien mais suis super-nase. Ai bien mal au crâne à cause des mélanges blanc, rouge, rosé. Pars en réunion maintenant, te rappelle dans l'aprèm si n'ai pas fait une rupture d'anévrisme d'ici là ! Biz. D.

Qu'est-ce que j'y peux si ça s'est mal passé ? C'était son idée, non ? Moi, je l'ai juste aidée à trouver un remplaçant. David : ce n'est pas l'intello du siècle mais il me paraissait pas mal pour ce qu'elle voulait. Rendez service aux gens, ils ne sont jamais contents. J'ai allumé Europe 1 pour écouter l'émission de J. M. Morandini et me suis rallongée dans mon lit avec ma tasse de Nescafé. Pas de stress.

Une heure plus tard dans un lycée parisien

Depuis que ses parents avaient divorcé quatre ans auparavant, Agnès vivait chez son père. Sa mère était partie s'installer au-dessus de Marseille avec un promoteur immobilier et elle allait les voir de temps en temps, pour les vacances essentiellement. Barnabé, son père, était *persona non grata* dans tout le midi de la France depuis qu'il avait mis son poing dans la figure du nouveau mari de sa mère.

Dès le premier soir

Une soirée qu'Agnès ne préférait pas se remémorer. Si elle était restée à Paris avec son père, c'était surtout pour poursuivre ses études à H-4 (lycée Henry-IV). Son grand lycée était une sorte de couvent où les élèves bénéficiaient d'une liberté totale mais ne pensaient qu'à bosser, contrairement aux boîtes à bac. Ici, il aurait été inconcevable de sécher ou de ne pas assimiler un cours et c'est pour cette raison qu'Agnès, malgré la fatigue due à sa fiesta de la veille, se faisait violence depuis une heure pour suivre son cours d'histoire. Elle n'avait pas le choix. Mais sa résistance et son désir d'apprendre avaient des limites. Comment aurait-elle pu ne pas penser à hier soir ? Elle avait été ravie que Florent, ce jeune homme qu'elle avait rencontré en allant chercher son père à la radio, l'appelle et lui propose une soirée. Comme il était supposé se lever vers quatre heures et demie du matin, Agnès avait imaginé un McDo sur le pouce et à dix heures tout le monde serait rentré... Pas du tout. Il l'avait emmenée à une soirée d'anniversaire, où des jeunes gens qui arrivaient pour la plupart de Biarritz l'avaient accueillie, échevelés, bière à la main, chantant, hurlant, se remémorant ou même mimant leurs souvenirs de surf dans l'Atlantique. Apparemment, cette joyeuse bande n'était autre que des amis d'enfance de Florent, nouvelle petite vedette de la radio, venu se pavaner devant ses vieux potes avec la fille de son patron. Jusque-là, ça allait. Son cerveau embrumé arrivait à resituer la première étape. Après il y avait eu ces whiskies mélangés au Coca et ces petites pilules que lui avait données Florent pour se détendre... Et tout s'était enchaîné très vite ! Elle avait bien ressenti la détente ainsi que la chaleur qui s'étaient empa-

Dès le premier soir

rées d'elle. Adieu malaise, appréhension, timidité ou trac, mais adieu aussi à raisonnement juste, bon sens ou réflexion logique. Florent lui plaisait atrocement. Elle avait eu envie de lui et de s'amuser. Profiter de la seconde présente et au diable le reste. Le regrettait-elle ? Sûrement pas ! Depuis son réveil, ce matin, elle ne voyait que Florent, ne pensait qu'à Florent. Elle avait le petit copain le plus beau et le plus drôle qui soit et son père n'allait sûrement pas être content, ce qui rajoutait un peu de Tabasco à ces sentiments inattendus. Elle l'aimait. Elle en était sûre. Et une chose comptait à présent : qu'on la laisse vivre son histoire d'amour. Peut-être que, comme Juliette, il allait falloir un peu ruser pour retrouver Roméo, sans que les pères s'en mêlent. Le sien surtout. Mais Agnès en était persuadée, cette année de terminale serait marquée par le sceau de l'amour et du bonheur.

Évidemment, ce que ne savait pas la douce Agnès, c'était que si sa conception du romantisme absolu s'apparentait plus à *Roméo et Juliette* (Shakespeare), celle de Florent s'accordait plus vers *Hôtesses en chaleur* (Marc Dorcel). Là était le problème et la fameuse Juliette n'avait pas couché dès le premier soir sous ecstasy, debout dans une cuisine, au milieu d'une fête de surfeurs biarrots. Mais pour l'instant, Agnès ne voyait que ce qu'elle voulait et ce qu'elle souhaitait, avant tout, c'était de l'émerveillement et de la poésie dans ses journées grises. Elle avait toute la vie pour devenir cynique ou même juste lucide...

Dès le premier soir

Au même moment à Paris FM

Florent, le Roméo trash des années 2005, avait fini de travailler et disposait à présent de sa journée. Il avait décidé d'aller télécharger quelques musiques sur Internet et pour cela il avait besoin du bureau et du Macintosh de Christophe, le mec des infos. Il était à peu près certain que s'il lui demandait la permission, l'autre répondrait non sans hésiter. Évitant un nouveau conflit, Florent décida de se passer de son autorisation. Tout en faisant le clown avec d'autres animateurs dans les couloirs, il attendit jusqu'à 10 heures 45 le départ de Christophe pour squatter son bureau et son ordinateur. Une fois à l'intérieur, il s'enferma à clef et sortit de son sac à dos un CD vierge. Il ralluma le Mac, tapa le mot de passe de Christophe (Thibault, le prénom de son fiston. Pas très original) et se mit à la recherche d'anciens et récents tubes.

À 10 heures 52, Barnabé et ses chroniqueurs avaient terminé leur revue de presse ainsi que la préparation de l'émission. Ils se levèrent pour aller s'installer dans le studio « Macha Béranger » qui accueillait le public. Comme à l'accoutumée, Barnabé Clusot avait jalonné son billet d'humeur de références à Bourdieu. Ces citations plaisaient beaucoup au public qui, pour une fois, avait la sensation qu'on « le tirait vers le haut » et ne manquait jamais d'applaudir à chaque fois. Autour de la grande table et de Barnabé : Anastasia, Tanguy et Gérald, ses apôtres, prirent place en classant leurs feuillets, plaçant leur casque sur une oreille seulement (c'étaient les pubs), envoyant quelques

Dès le premier soir

pichenettes aux micros situés devant eux et quelques regards d'approbation au réalisateur en régie. Deux minutes avant le début de l'émission, Barnabé salua le public sous « les applauses » et sentit comme d'habitude le trac lui envoyer plusieurs fléchettes à l'estomac. Elles allaient partir dès que son micro serait ouvert, ce n'était pas grave et c'était tellement bon...

À la même heure,
dans une grande boutique Optic 2000
du dix-septième arrondissement

Anne-Charlotte alluma son poste de radio, discrètement situé derrière la caisse. Elle avait prévenu Clémence, sa jeune vendeuse, qu'elle allait partir plus tôt aujourd'hui : « Un truc important à faire vers midi. Pas de problème ? – D'accord », avait répondu Clémence qui ne pouvait guère dire autre chose. C'était elle la patronne... Après avoir demandé l'adresse aux renseignements, Anne ouvrit son plan de Paris et constata avec satisfaction que Paris FM était dans le quartier, à la frontière de Levallois-Perret. Elle n'allait pas mettre longtemps. Elle releva la tête pour se faire le trajet mentalement et son regard tomba comme d'habitude sur l'immense poster de Johnny Hallyday qui vantait les mérites de leur marque depuis un bout de temps maintenant. Anne-Charlotte en avait ras le bol de cette photo...

QUELQUES MINUTES PLUS TARD, David, le plus beau des comédiens souffrant de la plus belle des migraines qui soit,

Dès le premier soir

fulminait, pestait, et injuriait l'employé de la fourrière qui ne retrouvait pas son 4 × 4 Mercos.

À PARIS FM, le tonitruant Barnabé et sa bande étaient lancés. Premier sujet : Les biographies interdites qui sortaient en ce moment. A-t-on le droit de tout savoir sur les personnages publics ? Surtout lorsque ceux-ci n'ont pas donné leur accord ? Ces fausses bios ne sont-elles pas des tissus de conneries ne servant qu'à faire mousser leurs auteurs ? Le débat fut mouvementé.

DANS LA BOUTIQUE D'OPTIQUE, Anne-Charlotte et Clémence s'occupaient d'une cliente astigmate qui hésitait entre deux paires de lunettes. Anne avait hâte de partir à la rencontre du type de la radio et même, si elle arrivait à l'approcher, de lui raconter comment elle avait assisté à un dîner où un bellâtre s'était présenté sous son identité, mais malheureusement pour cet imposteur, il n'avait pas une once de son talent de tribun. Cette anecdote allait sûrement l'amuser. Une fois la cliente servie, Anne-Charlotte rajusta son serre-tête et enfila son manteau.

L'heure avait sonné, *Alice détective* allait entrer en scène. Elle adressa une bise de loin à Clémence, lui signifiant qu'elle serait de retour pour 14 heures et sortit d'Optic 2000, pour se diriger vers sa voiture...

DANS LE BUREAU DE CHRISTOPHE, Florent téléchargeait tout ce qu'il pouvait trouver. Il lui suffisait de taper le titre d'une chanson pour qu'elle arrive. Il s'était fait un CD de raps américains pour ses soirées « potes » et un CD de slows

Dès le premier soir

et de musiques plus calmes pour ses soirées « câlins ». Ces airs langoureux allaient pouvoir donner un ton romantique à ses futures coucheries : *Many rivers to cross* de Jimmy Cliff, la dernière téléchargée, serait parfaite pour re-baiser la fille de son patron, par exemple, et même d'autres... Florent sortit le CD du Mac, content comme s'il sortait de la FNAC sans avoir rien payé et il allait refermer l'ordinateur lorsqu'il eut une petite pulsion de curiosité et cliqua sur la boîte de mails de Christophe. Pour connaître quelqu'un, rien de mieux que de lire les messages qu'il a envoyés et reçus, et ce Christophe, qui partageait l'antenne avec lui de si bonne heure le matin, était quelqu'un de terriblement réservé. Un peu trop au goût de Florent, qui vivait dans une époque où la transparence était de rigueur : livres confessions, témoignages chocs, télé-réalité (et biographies interdites), aujourd'hui, on doit tout savoir des gens. Sans l'ombre d'un sentiment de culpabilité, Florent se mit à lire en ricanant les mails envoyés par Christophe, le mec des infos, comme il l'appelait...

DANS SA GOLF, Anne-Charlotte avait branché sa radio sur Paris FM et poursuivait l'écoute de Barnabé et sa bande. C'était au tour de Tanguy de faire sa chronique. Elle était parfaitement dans les temps et allait arriver avant la fin de l'émission. Impossible de le rater. Anne souhaitait vraiment en avoir le cœur net et puis il fallait organiser l'après : comment annoncer à sa belle-sœur que son fiancé n'était pas celui qu'il prétendait être ? Qui était-il vraiment ? Comment Delphine allait-elle réagir ? Il fallait organiser la rupture, consoler Delphine, etc. Anne avait du boulot. Au feu

Dès le premier soir

rouge, elle consulta son plan sur le siège passager. À la radio, Barnabé répondait à Tanguy : « À la mort de Cioran, je me rappelle d'un dessin de Jacques Faizan dans *Le Monde* qui le montrait en train de dire : "Même la mort est décevante !" » Au feu vert, elle passa la première et écouta les chroniqueurs débattre sur cette phrase. Elle était presque arrivée...

DANS LE BUREAU squatté, Florent, l'intrus, découvrait avec plaisir les petits secrets de son aîné, Christophe. Ces derniers temps, celui-ci avait échangé pas mal de mails avec le directeur d'antenne de France Info. Apparemment, Christophe désirait ardemment rejoindre une équipe plus sérieuse que celle du matin sur Paris FM. Il était un vrai journaliste, lui, et méritait une place dans cette station réputée. Il faisait part de sa lassitude de se lever à 4 heures tous les jours, sa vie familiale en pâtissait, et puis surtout : « Bosser avec ce sublime crétin ébouriffé de vingt et un ans qui braille des conneries avec plein de fautes de français après mon premier bulletin d'infos à 6 heures du matin devient au-dessus de mes forces et c'est de pire en pire chaque jour ! Il se permet même de m'insulter à l'antenne quand on parle trop de l'Irak et pas assez du dernier mec de Britney Spears, ce qui est pour lui essentiel dans l'actualité ; enfin tu vois le genre... »

Florent écarquilla les yeux et sentit les battements de son cœur s'accélérer. Il poursuivit sa lecture en sentant la colère monter. Christophe suppliait son copain de France Info de faire quelque chose pour lui, le plus vite serait le mieux étant donné qu'il n'allait pas tenir avec ce connard jusqu'au mois de juin...

Dès le premier soir

Abasourdi, Florent resta quelques secondes devant l'écran puis cliqua sur les mails réponses. Le type de France Info lui avait écrit qu'il n'engageait pas de nouveaux arrivants en cours d'année (« bien fait ! ») mais lui promettait de voir ce qu'il pouvait faire pour la rentrée prochaine. Il lui demandait d'être patient, effectivement il avait écouté « le jeune con du matin » sur Paris FM et comprenait parfaitement son désarroi...

Hébété, Florent, qui se prenait pour une star fraîchement auréolée de succès (L'audience avait vachement grimpé depuis septembre ! Grâce à qui ?), se sentit pitoyable tout d'un coup. Il sortit sa boulette de shit de sa poche pour se refaire un petit pétard et cliqua sur le mail suivant. Il provenait d'une certaine Béa qui lui écrivait :

« Mon amour, j'ai bien repensé à ce que tu m'as dit au téléphone et je te promets d'arrêter de parler de ton éventuel divorce. Fais ce que tu veux mais réfléchis bien. Je repars cette semaine en tournage dans le sud de la France et rentrerai dimanche soir. J'espère qu'on déjeunera lundi chez moi comme d'habitude. Tu me manques déjà. Je t'aime. Béa. »

Béa, c'était qui ça ? Sa femme s'appelait Hélène, Florent l'avait vue deux fois à la radio. Revigoré subitement à l'idée d'en savoir plus qu'il ne le devrait, Florent cliqua sur « Imprimer » et écouta le léger bruit de l'imprimante se mettre en route tandis qu'il roulait son joint de la main gauche. Il allait garder sur papier une preuve de ses découvertes. (Alors Christophe, petit cachottier et sale emmer-

Dès le premier soir

deur ! On a envie de changer de boulot et de femme ?)
L'imprimante lui sortit les feuilles de la correspondance
secrète. Florent les plia et les rangea dans son sac à dos
avec les CD. Il le tenait par les c... Cher Christophe, je
vais te les faire ravaler, tes airs méprisants. Il ne savait pas
encore très bien ce qu'il allait faire de tout ça... Florent
sortit du bureau et grimpa rapidement les marches qui le
menaient au rez-de-chaussée, il poussa quelques portes et
aperçut la lumière du jour. Il avait hâte de respirer un peu
d'air frais et surtout d'aller se coucher. Il était crevé. Depuis
hier soir, il avait enchaîné une bringue bien alcoolisée, une
baise express, et trois heures d'antenne en direct. Il était
exténué et les pétards n'arrangeaient rien. Il allait sortir
quand la standardiste de la station, siégeant à l'entrée,
l'appela :

– Florent ? Il y a du courrier pour toi !

Il revint sur ses pas et recueillit les grandes enveloppes
qu'elle lui tendait.

Encore des fans qui lui demandaient des photos dédi-
cacées. Il en recevait pas mal ces derniers temps contrairement à Christophe. Lui ne devait jamais en recevoir. Il était
en train de décacheter la première enveloppe quand il
heurta une jeune femme devant la porte d'entrée. Florent
s'excusa et avisa une petite bourgeoise très chic qui avait
l'air un peu paumé :

– Bonjour, lui dit-elle, sauriez-vous où je pourrais trouver le vrai Barnabé Clusot, s'il vous plaît ?

– Pourquoi, il y en des faux ? répliqua Florent en riant.
Vous suivez le couloir, il est au fond, dans le studio « Macha

Dès le premier soir

Béranger », c'est indiqué partout. Je ne vous accompagne pas, j'ai aucune envie de le recroiser aujourd'hui...

— Merci. Bonne journée, répondit la blondinette en partant.

Elle était pressée, apparemment. Sûrement une bourge catholique qui venait manifester son indignation envers les propos irrespectueux de Barnabé sur la religion, les curés ou le Vatican. Elles n'écrivaient plus, elles se déplaçaient carrément maintenant. Florent s'en foutait pas mal de toute façon. « Plus il aura d'emmerdes et plus je serai content ! » pensa-t-il en sortant. Il jeta son joint dans le caniveau, bâilla un bon coup et héla un taxi qui passait. Vraiment hâte de rentrer se coucher...

LE STUDIO « MACHA BÉRANGER » était au rez-de-chaussée. Anne-Charlotte avançait d'un pas rapide dans le couloir en suivant les flèches et se retrouva devant une double porte bleue en haut de laquelle un voyant rouge était allumé, signe que l'on ne pouvait entrer. Anne patienta sagement sans oser bouger. Subitement, la porte du studio s'ouvrit et un grand type aux cheveux bouclés en sortit. Il considéra la jeune femme d'un air de dire : « C'est à quel sujet ? » Anne-Charlotte, se sentant obligée d'expliquer sa présence, lâcha timidement :

— Je viens voir Barnabé Clusot...

— Je suis son assistant, chuchota le grand type. On termine dans trois minutes. Vous avez rendez-vous ?

— Heu... Non...

— Si vous voulez une photo dédicacée, laissez votre adresse à l'entrée. On vous en enverra une...

Dès le premier soir

– Non. Je veux lui parler, le coupa Anne. C'est important...

– Je peux savoir ?

– Non, c'est personnel...

– Bon. Attendez que l'émission se termine, soupira le type en s'éloignant.

Anne patienta jusqu'à l'extinction du voyant rouge. Une minute plus tard, elle entendit des applaudissements et les deux lourds battants de portes s'ouvrirent. Elle laissa passer les gens du public qui sortaient, la mine réjouie, et entra à son tour dans le studio. Elle s'avança vers la grande table ronde, les chroniqueurs étaient debout mêlés au public qui venait leur parler et dans la foule Anne avait bien du mal à distinguer les personnes travaillant à la radio. Finalement, elle se renseigna auprès d'une jeune fille encore assise à la table :

– Savez-vous où je pourrais trouver Barnabé ?

La fille lui adressa un signe du menton :

– Il est devant vous...

Anne avisa un petit groupe de personnes autour d'un homme à la carrure imposante qui leur signait des bouts de papier.

« J'en étais sûre ! » pensa Anne. Le type avait des cheveux un peu longs, une barbe naissante et même s'il n'avait rien à voir avec le beau mec du dîner, Anne lui trouva beaucoup de charme. Elle continua d'observer le « vrai » Barnabé qui serrait des mains en prononçant des « Merci d'être venus » qu'Anne-Charlotte authentifia tout de suite comme étant la véritable voix de la radio : enfin ! Elle entama son approche tandis que les gens quittaient le studio sans précipita-

Dès le premier soir

tion. À présent, Barnabé rangeait ses affaires dans une sacoche. Anne se planta devant lui :

— Je peux vous parler ?

— Vite, parce que je m'en vais. Qu'est-ce que tu veux, ma belle ?

Anne-Charlotte accusa la familiarité du ton et se lança en essayant de se détendre :

— Ça va probablement vous paraître étrange, j'ai dîné hier soir chez ma belle-famille et figurez-vous que ma belle-sœur Delphine est arrivée avec son fiancé qu'elle nous a présenté comme étant Barnabé Clusot de Paris FM, annonça Anne en émettant des petits rires...

— Effectivement, c'est bizarre, répliqua Barnabé de sa grosse voix. Comment elle s'appelle la fille ?

— Delphine. Delphine Bénin.

Barnabé s'arrêta subitement de ranger et l'observa :

— Mais je connais une Delphine Bénin !

— Ah bon ?

Tous les deux se dévisagèrent sans comprendre. Finalement Barnabé lâcha :

— Accompagne-moi cinq minutes dans mon bureau.

Il s'empara de sa sacoche, alluma une gauloise, lança des « Au revoir et à demain ! » aux gens restés là et sortit du studio suivi d'Anne-Charlotte qui se demandait si elle n'était pas en train de commettre une belle boulette...

Une fois dans son bureau, Anne qui n'avait plus rien à perdre se lança dans la narration du dîner avec l'imposteur, tout en répondant aux questions de la star de Paris FM : « Oui, Delphine... c'est bien elle ! qui bosse dans une boîte de com... C'est ça ! Une brune aux yeux noirs ! Trente-cinq

Dès le premier soir

ans, oui... assez drôle !... Oh si ! Je suis mariée avec son frère... Le fiancé ? Heu, physiquement impressionnant, un très beau mec avec des yeux turquoise magnifiques ! »

Barnabé faisait les cent pas derrière son bureau. Inutile de lui faire un dessin, il avait compris. Il se remémora un bout de conversation qu'il avait eue avec Delphine sur le trajet qui les conduisait en Normandie pour le nouvel an : « T'es vraiment insortable, lui avait-elle dit, je ne te présenterai jamais à mes parents, par exemple... » Sur le moment, il n'y avait pas prêté attention. Il se foutait pas mal de rencontrer ses parents. Il n'en était pas question de toute façon... Mais de là à amener quelqu'un d'autre à sa place, ça ne lui serait jamais venu à l'idée ! Les bonnes femmes étaient vraiment perverses !

– Écoute, je sors bien avec une Delphine en ce moment, expliqua Barnabé à Anne-Charlotte, oh pas depuis longtemps ! Mais j'imagine qu'elle a pensé que je ferais tache dans vot' décor et elle vous a présenté quelqu'un d'autre ! Ne lui dis pas que t'es venue me raconter l'histoire, d'accord ? Je réglerai ça avec elle. J'ai bien envie qu'elle me l'avoue elle-même, sinon...

Barnabé n'osa terminer cette phrase devant la belle-sœur, elle avait l'air un peu tétanisé.

Anne lui serra la main et son front heurta la porte en sortant :

– Désolée de vous avoir dérangé...

– Il y a pas de mal, ma belle, fais gaffe à la porte, t'as eu raison de venir...

Anne-Charlotte partie, Barnabé prit son téléphone et appela Simon. Il fallait qu'il lui raconte les dernières conne-

Dès le premier soir

ries de sa fille et la dernière vacherie de « sa gonzesse ».
Bonne matinée.

Quelque temps plus tard
Je vais voir mes parents pour faire
un Scrabble avec ma chère mère

Lorsque j'arrivai chez mes parents, Danièle, ma mère,
était en train de lire le catalogue Cyrillus en buvant une
tisane. J'étais en retard, elle avait prévu de se coucher vers
21 heures. J'avoue que son côté rock'n roll me fascine :

– Alors Cathy Guetta, lui lançais-je, comment ça va ?
Tu comptes les refaire tes soirées « Fuck me, I'm famous ! »
cet été à Ibiza ?

– Qu'est-ce que tu racontes ? T'as vu tes yeux, toi ? T'as
encore fait la bringue avec tes copines ? Quand est-ce que
tu te mets au régime ?

De mauvais poil. Pour changer. Juste avant que j'arrive,
elle avait encore eu une petite altercation avec mon père.
Depuis quelque temps, ma mère était fan d'un programme
sur TF1 qui s'intitulait *Queers : 5 garçons dans le vent*. On y
découvrait une bande d'homosexuels survoltés qui venaient
« relooker » appartement, maison et même dressing d'hété-
ros dont les goûts en matière de décoration d'intérieur
laissaient à désirer. En regardant la collection de soldats de
plomb de mon père, ma mère lui avait déclaré qu'elle
appellerait bien volontiers les Queers pour « qu'ils foutent
par la fenêtre toutes ces merdes ! Et tant qu'ils y sont, s'ils
pouvaient aussi balancer ces horreurs de moulins à café qui

Dès le premier soir

traînent et ces vieux 33 tours qui ne servent plus à rien, ce ne serait pas du luxe ! Toutes tes saloperies poussiéreuses en haut de cette étagère, je ne peux plus les voir ! ». Mon père avait rétorqué que « si les pédales de TF1 déboulaient chez eux et touchaient aux moulins à café de sa grand-mère, il leur péterait la gueule un par un ! ».

J'imagine déjà l'émission. « Et puis il faudrait repeindre les murs, avait ajouté ma mère... en violet ! Les Queers ont dit qu'il fallait mettre de la couleur ! » « Bien sûr, avait répondu mon père, et pourquoi pas en rose aussi ? »

Il voulait bien repeindre le plafond mais en blanc. Pour lui, les murs se devaient d'être blancs aussi. « Ce que tu peux être conformiste ! » lui avait lâché ma mère en haussant les épaules.

Bonne ambiance.

— Bon, on le fait ce Scrabble ?

— Oui, chérie...

— Et laisse-la gagner ! avait crié mon père de la cuisine. Sinon elle va encore m'en ch... une pendule !

— On t'a demandé quelque chose, à toi ? avait riposté ma mère.

— Bon arrêtez, maintenant ! ai-je dit à mes parents.

N'est-ce pas beau l'amour au bout de trente-cinq ans de mariage ? À côté de ça, dès qu'il a cinq minutes de retard après son tennis, elle lui laisse douze messages sur son portable. J'ai un peu de mal à comprendre ces relations, mais j'ai rarement été installée dans le quotidien avec un homme, faut dire ce qui est. Je suis restée bloquée dans le couloir « séduction-flirt », là je m'en sors pas trop mal. Dès

Dès le premier soir

qu'il s'agit d'évoluer et de passer dans le couloir adulte : « engagement-quotidien », c'est la fuite. Je préfère le premier.

Souvent dans les questionnaires administratifs, une question revient régulièrement : « Combien de personnes avez-vous à charge ? » À charge : on entend déjà le poids. J'ai l'impression de voir écrit : « Combien de boulets vous sentez-vous obligé d'entretenir ? » Je suis ravie à chaque fois de dessiner un gros zéro en face de cette question. Une amie psy m'avait dit que j'aurais forcément du mal à devenir mère car j'étais encore une fille et il fallait, pour construire ma propre famille, que je coupe le cordon avec Danièle dont la forte personnalité m'étouffait. Lorsque j'en ai parlé avec ma mère, elle avait simplement rétorqué : « De quoi elle se mêle, celle-là ? Allez, finis ta soupe que ton père t'as préparée avec amour... » Cette phrase, elle ne me l'a pas dit à douze ans. Non, c'était la semaine dernière...

Delphine n'avait pas fait de rupture d'anévrisme, l'autre jour, mais elle était rentrée chez elle sur les rotules et s'était même endormie devant *Hollywood Stories* sur Paris Première. Notre apéro-débriefing était remis à plus tard. Pas de nouvelles de Barnabé pour le moment. Ce qui inquiétait légèrement Delphine :

– Élise, il ne peut pas être au courant de mon dîner échangiste ? Il ne m'a pas appelée ni hier, ni aujourd'hui, bizarre...

– Et David ? Pas de nouvelles ?

– Non. Mais lui, ce n'est pas plus mal !

La mort de David

Dans le petit monde de la télévision, un événement majeur se préparait. David allait quitter sa série *Au fil des jours...* où il incarnait depuis des années le très séduisant chirurgien Tristan Vauthier. David en avait ras le bol d'aller tourner trois semaines par mois dans le sud de la France et, surtout, il venait d'accepter une proposition au théâtre. Ravi de remonter sur les planches parisiennes et de quitter ses camarades (il faut dire que son personnage avait fait le tour de toutes les filles de la série), c'est pourvu d'une certaine autosatisfaction, mêlée de joie, qu'il apparut sur la plage Saint-Tropez pour le tournage de son dernier épisode qui allait sûrement rester légendaire.

Pour l'occasion, photographes et journalistes d'hebdos télé avaient fait le déplacement. Ce départ méritait des explications, les fans allaient être bien tristes. David, sachant que des reportages allaient être faits sur lui, était descendu avec sa petite famille. Ah oui ! aurais-je omis de le signaler ? David vivait avec quelqu'un depuis dix ans et avait deux fils de cinq et huit ans. La femme de David était décoratrice. L'on peut imaginer que c'était quelqu'un de

Dès le premier soir

très patient et qui devait avoir beaucoup de chance... Ses deux fistons étaient deux hyperactifs complètement secoués. Le petit se prénommait Hugo et l'aîné Adrien. À l'arrivée de la petite famille sur le plateau de tournage, deux paparazzi accoururent en les photographiant mais David, jouant avec Hugo sur ses épaules, fit mine de les ignorer. Le réalisateur, arrivé sur les lieux, leur demanda de reculer un peu. Il fallait qu'il parle à David, ils avaient du boulot.

Synopsis

Pour son dernier épisode, David alias Tristan Vauthier, le plus beau des chirurgiens, allait se faire tuer par une de ses infirmières qu'il avait allègrement cocufiée. Ils devaient partir en bateau tous les deux pour une tendre escapade mais, une fois au large, la femme bafouée sortait un revolver, lui annonçant qu'elle savait tout de ses trahisons multiples. David tentait de s'expliquer mais, malheureusement, il s'enfonçait encore plus. L'infirmière, à bout de nerfs, lui tirait dessus et balançait son corps à la mer.

Triste fin pour ce don juan de la Côte d'Azur, mais après David serait libre ! Libre d'aller tourner d'autres films, d'autres séries ou... rien, ce qui est souvent le cas chez les comédiens mais lui était confiant dans l'avenir, et puis il avait le théâtre...

David avait exigé une doublure car il était hors de question qu'on le balance à la flotte au mois de janvier. Un cascadeur allait donc prendre sa place. En dehors des feuil-

Dès le premier soir

letons policiers, lorsqu'un personnage se fait tuer dans une série française, il s'agit la plupart du temps d'un acteur qui ne veut plus renouveler son contrat. David n'échappait pas à la règle, mais ne se sentait guère attristé par sa mort. Il ne comptait plus revenir, de toute façon. Il embrassa sa femme qui ramenait les gamins à l'hôtel pour « laisser papa travailler » et monta dans la caravane maquillage-coiffure. Béatrice Bey, une jolie brune aux yeux bleus, qui jouait l'infirmière jalouse, était déjà installée avec le scénario dans les mains et des rouleaux sur la tête. David lui déposa un tendre baiser sur le front. Elle lui sourit dans le miroir.

– Alors, dernier jour ? dit-elle. Tu vas nous manquer.

– Je sais, répondit David en prenant place à son tour devant le grand miroir. Dites adieu au docteur Tristan Vauthier, lança-t-il à la maquilleuse, la coiffeuse et l'habilleuse qui s'affairaient dans la caravane.

« C'en est fini de toi, mon bonhomme ! » se dit-il à lui-même dans la glace.

« Tant mieux ! Pas trop tôt ! » pensa Patricia, la maquilleuse, tandis qu'elle lui passait délicatement une petite éponge de fond de teint sur la joue.

Deux heures plus tard, David était coiffé, maquillé et habillé pour sa dernière croisière. Il avait, dans le même temps, donné une interview pour *Télé 7 Jours*, une pour *Télé Star* mais la fille du journal *Public*, venue faire un petit reportage, allait devoir patienter jusqu'à la fin de sa scène. Le réalisateur, exaspéré d'attendre et de voir toute son équipe grelotter sur la plage, avait ordonné sa présence immédiatement. Soit on la tournait maintenant, soit un

Dès le premier soir

autre acteur allait raconter dans le prochain épisode que le docteur Tristan Vauthier était parti sur un coup de tête au Zimbabwe et qu'il s'était fait bouffer par des lions. Voilà, ça coûterait moins cher ! S'il y en a un qui préférait franchement cette solution, c'était le cascadeur : l'eau était à douze degrés.

De mon côté à Paris, c'était l'effervescence

En cette journée de janvier, un film tiré d'un de mes romans sortait sur les écrans. Aboutissement d'un long travail et d'une belle aventure entre producteurs et scénaristes, je recevais depuis le matin : fleurs, mails d'encouragements et textos de félicitations de la part de copains proches ou éloignés, mais cette joie teintée d'excitation et d'appréhension fut de courte durée quand ma mère me téléphona pour me dire :

– Dis donc, en allant chez ton frère à midi, j'ai vu l'affiche de ton film : elle est immonde ! Ça ne donne vraiment pas envie d'y aller ! Marchera jamais ton truc... À part ça, j'ai gardé mon petit Léo cet après-midi que j'ai été cherché à l'école, t'aurais vu comme il était mignon... Je te signale que ta belle-sœur va bientôt accoucher... Je suis allée chez le coiffeur refaire mes mèches, tu me diras ce que t'en penses... Tu viens faire un Scrabble ce soir ?

J'ai raccroché et suis allée me recoucher. L'affiche n'est pas immonde, elle est juste... surprenante ! Ce n'est pas RIEN d'avoir un livre adapté au cinéma, et elle s'en contrefout ! Je ne sais plus quoi faire pour l'épater. « Tu com-

Dès le premier soir

prends pourquoi je ne veux plus venir en vacances chez toi, m'avait dit Delphine. Ta mère, elle me glace le sang ! » Cela dit, à trente-cinq ans, il serait peut-être temps qu'on parte en vacances toutes seules...

Pendant ce temps-là, au large de Saint-Tropez

Le tournage d'*Au fil des jours* se déroulait périlleusement. La mer était très agitée et David avait beau jouer les grands navigateurs, laissant le vent et les embruns fouetter son visage, son regard bleu profond balayant cette mer grisâtre et menaçante, comme il avait vu Olivier de Kersauzon le faire dans un reportage sur France 5, il n'en menait pas large, en réalité. Il avait encore plus mal au cœur que le lendemain du dîner avec Delphine, ce n'était pas peu dire. Les nausées commençaient à lui donner un léger teint verdâtre et le froid intense l'avait fait bafouiller à plusieurs reprises. Idem pour sa partenaire, Béatrice Bey, qui pointait vers lui un revolver tremblotant et qui, du bout de ses lèvres bleuies, murmurait des : « Je ne peux plus vivre comme ça, Tristan... » sans desserrer les dents et que personne n'entendait, surtout pas l'ingénieur du son. L'équipe technique aux alentours, obligée de se remettre en place pour recommencer la prise chaque fois, les maudissait tous les deux. S'il en avait eu la possibilité, le réalisateur aurait probablement demandé à l'accessoiriste de mettre de vraies balles dans le flingue de l'actrice afin d'en finir pour de bon avec David...

Seul dans la couchette du bateau, le cœur au bord des

Dès le premier soir

lèvres, le cascadeur attendait qu'on le balance à la mer en enfilant sa combinaison de plongée...

À quelques kilomètres de là, dans un très bel hôtel de Port-Grimaud, une partie du staff de la série *Au fil des jours...* installait, avec l'aide de quelques serveurs, un joli buffet pour le pot de fin de tournage de David. Dans le cinéma ou la télévision, tout commence et se termine par des fêtes. La soirée pour le dernier épisode de David promettait d'être très réussie. Certains comédiens, autres récurrents de la série, étaient même descendus pour l'occasion. Petits-fours et champagne en abondance, rien ne manquait et le régisseur avait même invité les journalistes présents. Subitement, un des serveurs, qui plaçait les coupes et disposait les plats sur la grande table, s'arrêta net. Il se dirigea lentement vers la grande baie vitrée du restaurent et héla ses collègues :

– Venez voir, il neige ! Ça alors, c'est rare dans le coin...

Les autres accoururent. Effectivement, de légers flocons tombaient sur un paysage bien plus habitué aux brûlures du soleil qu'à celles du froid... Ils restèrent quelque temps immobiles et silencieux devant la blancheur qui s'appropriait doucement le panorama. C'était beau...

Ça l'était beaucoup moins en pleine Méditerranée, où ça tanguait et grêlait sévèrement. Béatrice Bey venait de vomir pour la deuxième fois en jetant le cascadeur, déguisé en David, par-dessus bord. Non content de plonger dans cette eau glaciale, le cascadeur y avait en plus atterri avec des parcelles du déjeuner de l'actrice dans les cheveux. Il fallait refaire la prise. Béatrice était au bord de la dépression

Dès le premier soir

nerveuse. En pleine hypothermie, le cascadeur ressemblait vraiment à un cadavre, le deuxième assistant tremblait tellement qu'il n'arrivait plus à actionner le clap de départ et le réalisateur, se prenant pour James Cameron en train de filmer le naufrage du *Titanic*, hurlait et éructait des « MOTEUR ! » en mouchant les stalactites de son nez.

Dans la couchette du bateau, David, qui avait terminé sa scène et la série, se réchauffait à l'aide d'une thermos de café et de couvertures. « Pour une dernière, c'était une sacrée dernière... jamais vu un temps pareil ici ! » avait-il assuré à Élodie, une jeune stagiaire mise en scène de vingt-trois ans, venue prendre soin de lui. Élodie s'agenouilla entre ses cuisses, envoyant ses boucles blondes en arrière, et lui prit les mains pour lui souffler de l'air chaud dessus. Pourquoi les filles étaient si gentilles avec David ? Assez ému par le réchauffement buccal de la jeune fille sur ses doigts, il ne put s'empêcher de se demander s'il aurait le temps de la baiser. Mais les autres là-haut allaient bientôt terminer la séquence, et puis il était trop frigorifié, et puis ça remuait trop... Et ce soir ? Il y avait la soirée en son honneur et... merde, sa femme qui était là !! Pour une fois qu'il en trouvait une sur cette série avec qui il n'avait pas encore fricoté ! Normal, elle était nouvelle ! Ce n'était vraiment pas de chance. Il l'embrassa très succinctement sur la bouche, néanmoins, mais sans l'ouvrir parce qu'on ne sait jamais, avec toutes les nausées qu'il avait éprouvées...

Dès le premier soir

La Fiesta

C'est aux alentours de 19 heures 30 que l'équipe du bateau débarqua dans le hall de l'hôtel en poussant cris et soupirs de soulagement au premier contact de la chaleur. L'équipe tomba dans les bras de l'équipe de la production, restée à l'hôtel. Tous se mirent à narrer leur après-midi dans la tempête, ce froid polaire, les difficultés du tournage, le bateau qui avait failli se retourner (certains exagéraient un peu), les vomissements de Béatrice et ce pauvre David pour sa dernière scène... et bla bla bla... Très vite, le hall de l'hôtel fut le siège d'un joyeux brouhaha pour tous ces gens heureux de se retrouver. Certains avancèrent jusqu'au restaurant où le magnifique buffet les attendait, pour un scotch sans glace tout de suite, mais les autres préféraient monter dans leur chambre prendre un bain chaud et se changer avant de redescendre pour la fiesta. David faisait partie de ceux-là. Il voulait voir ses enfants et prendre une douche et puis il avait encore une interview à faire. Où était passée la fille de *Public* ? Il se dirigea vers les ascenseurs et attendit devant avec la scripte qu'il taquina un peu en la prenant par les hanches et en lui susurrant dans l'oreille des : « Alors ? je vais te manquer à toi aussi ? » Ils entrèrent dans l'ascenseur en flirtant gentiment...

Le cascadeur, surnommé Hibernatus par toute l'équipe, était vraiment furieux. Il avait décidé qu'il ne viendrait pas au pot de fin de tournage du bellâtre qu'il avait doublé. Lors de la dernière prise (enfin la bonne !), l'équipe avait failli l'oublier dans l'eau congelée. Il en était sûr. Il avait

Dès le premier soir

entendu les moteurs des bateaux se remettre en route alors que le réalisateur criait : « Elle est bonne ! On rentre ! » et lui, le courant l'avait emporté à vingt-cinq mètres des bateaux. Il s'était mis à hurler, seul dans la mer déchaînée, calculant son espérance de vie qui ne dépasserait pas le quart d'heure si on ne le repêchait pas immédiatement. Un des bateaux avait alors exécuté un demi-cercle dans l'eau pour le reprendre, mais il avait eu une belle frayeur ! Ces gens étaient vraiment de sacrés égoïstes, dès qu'ils n'ont plus besoin de vous...

– Jean-Pierre, tu viens boire un coup ?

Patientant lui aussi devant les ascenseurs, le cascadeur se retourna : c'était Momo, le premier assistant qui lui posait la question.

– Non, je vais dans ma chambre !

– Tu redescends ?

– Non.

– Mais viens ! Allez, je te jure qu'on t'avait pas oublié ! C'était une petite blague !

– Tu parles...

Le premier assistant réal se retourna et envoya à la cantonade :

– Il y a Hibernatus qui nous fait la gueule !

Tout le monde fit des « ho ! » faussement désolés, ce qui ne fit qu'accroître le sentiment d'injustice qu'éprouvait Jean-Pierre. Ces imbéciles se moquaient bien de lui. On ne dirait pas comme ça, mais les cascadeurs sont des gens qui détestent qu'on mette leur vie en danger. Et encore... il ne voulait même pas parler de l'autre idiote qui lui avait dégobillé dessus. Les portes de l'ascenseur s'ouvrirent et le

Dès le premier soir

cascadeur laissa sortir des clients de l'hôtel : un grand type à l'allure très dandy et une belle femme brune en manteau de fourrure...

À 21 heures 30, tout le staff d'*Au fil des jours* était réuni autour d'un verre dans le grand restaurant largement ouvert sur le hall d'entrée du bel hôtel de Port-Grimaud. Édouard, qui jouait son meilleur ami et anesthésiste dans la série, était descendu spécialement pour la fête alors qu'il ne tournait pas avant la semaine prochaine. Mais dès qu'Édouard entendait le mot fête ou pot de fin de tournage, il avait les dents qui poussaient. Pour rien au monde il aurait loupé une « teuf » et surtout pas celle de son copain David avec qui il avait partagé tellement d'aventures durant de nombreux épisodes. Le producteur avait préparé un petit discours qu'il relisait discrètement entre deux coupes de champagne.

David, roi de la fête, souriait aux photographes. À ses côtés, sa femme discutait avec Béatrice Bey qui lui racontait que malgré la terre ferme et les comprimés de Nautamine que lui avaient donnés le régisseur, elle continuait à avoir mal au cœur. Hugo et Adrien, les deux gamins, étaient présents eux aussi, jouant à cache-cache sous les tables et David, très vigilant sur leur éducation, leur envoyait des « Arrêtez de faire les cons ! » tandis qu'ils gambadaient dans les jambes des convives. Au total, une soixantaine de personnes s'agglutinaient autour des buffets, bien disposés à fêter le départ d'un des héros les plus charismatiques de la série.

Certains étaient tristes, pour d'autres, ce n'était pas une grande perte, mais la plupart de ses collègues comédiens

Dès le premier soir

l'admiraient de briser ses chaînes qui, malgré tout, le faisaient vivre. Eux ne s'en sentaient pas le courage. L'avenir était trop incertain et c'était déjà un miracle, dans ce boulot, d'avoir du fric tous les mois.

– À David ! hurla Nanou, la directrice de casting qui commençait à être éméchée.

Tout le monde l'imita et leva son verre : « À David ! »

– Pour David : Hip hip hip ! lança Édouard et tout le monde cria : « Hourra ! »

David apprécia intensément ce beau moment et sentit les larmes lui monter aux yeux...

Les trouble-fête

Au même instant, devant l'hôtel, un taxi déposait le très élégant couple qui avait croisé Hibernatus deux heures plus tôt.

– C'était bien la peine de descendre dans le Midi pour être sous la neige ! pestait Paloma en s'agrippant à sa zibeline. On aurait mieux fait d'aller directement à Megève !

– Mais darling, on en revient de Megève ! rétorquait Gonzague, contrarié. Ce n'est pas toi qui disais : « Saint-Tropez au mois de janvier, il n'y a rien de plus chic ! »

– Jamais dit ça ! Tu sais que je suis italienne et que je ne peux pas vivre sans soleil...

Le chauffeur de taxi les interpella :

– Et moi, je fais quoi ?

Si avant de s'engueuler, ils pouvaient le payer, ça l'arrangeait...

Dès le premier soir

— Va le payer, moi je monte ! décréta Paloma, autoritaire.

Gonzague retourna sur ses pas en direction de la voiture tandis que le portier s'effaçait devant Paloma pour lui ouvrir la porte. Une fois à l'intérieur, elle se dirigea vers la réception :

— Je voudrais ma clé, la 19. Qu'est-ce qu'il se passe, ici ? demanda-t-elle en se retournant et avisant la foule dans le grand salon. Vous avez un mariage ?

— Non, répondit le concierge en lui donnant sa clef, c'est la série *Au fil des jours*, ils tournent dans le coin en ce moment et ils font une petite fête.

— Vous croyez qu'on peut se joindre à eux, s'enquit Paloma, heureuse de voir un peu d'animation dans ce patelin désert.

— Non, je ne crois pas, répondit le concierge. C'est comment dire... un peu privé...

Vexée, Paloma tourna les talons et se dirigea vers les ascenseurs sans adresser le moindre regard à ces trublions audiovisuels. Ils ne la méritaient pas. Qu'ils restent entre eux !

Installé dans un des fauteuils, David écarquilla les yeux et devint blême en voyant passer la jeune femme brune en fourrure. La femme du cousin ! Qu'est-ce qu'elle foutait là ? Des flashes de ce dîner qu'il voulait absolument oublier lui revinrent. Il ne fallait surtout pas qu'elle le voie !

David se rua sans réfléchir sous une des grandes tables du buffet.

— On peut savoir ce que tu fous ? lui demanda sa femme en soulevant la nappe.

Dès le premier soir

– Je joue à cache-cache avec mes enfants, j'ai le droit, non ?

Il rabattit la nappe.

Édouard, qui avait vu son pote filer sous la table, s'agenouilla pour le rejoindre.

À quatre pattes, il glissa à son tour sous le buffet :

– Qu'est-ce qui t'arrive ?

– Tu te rappelles quand on était au Costes, il y a deux filles qui sont venues nous rejoindre à la fin. Il y en a une qui voulait que je joue son mec chez ses parents...

– Ah oui ! Comment ça s'est passé, au fait ?

– L'horreur ! Et je viens de voir passer une des nanas qui étaient à ce dîner. Une brune en manteau de fourrure, dans le hall, dis-moi si elle est encore là ?

Édouard souleva un pan de la nappe :

– Elle est devant les ascenseurs. Ça y est, elle entre dedans. C'est bon, elle t'a pas vu...

– Ouf...

David sortit de sa cachette et se releva suivi d'Édouard.

– Oh, l'angoisse ! soupira-t-il en époussetant ses genoux, fallait vraiment pas qu'elle me voie celle-là parce que...

Il ne put finir sa phrase : son regard venait de croiser celui de Gonzague qui entrait dans l'hôtel. Le fringant cousin se figea en le reconnaissant :

– Ça alors, Barnabé ! Quelle bonne surprise !

L'allure toujours empreinte d'un certain dandysme, élégant costume et foulard de soie autour du cou, le très distingué cousin s'avança vers David en ouvrant les bras :

– Qu'est-ce que vous faites dans la région ? C'est mort en cette saison ! Vous vous êtes bien remis de notre dîner

Dès le premier soir

la dernière fois, mon cher ? Vous étiez saoul comme une barrique ! On peut dire que vous avez fait sensation chez mon oncle ! Il riait en lui tapant l'épaule, d'un air supérieur.

David ne bougeait pas, tétanisé et blanc comme un bidet. Il l'aurait moins été si sa femme, dont il sentait le regard suspicieux par-dessus son épaule, n'avait été présente.

— Je ne pensais pas vous recroiser si vite à vrai dire ! Quelle belle surprise ! Ah cher ami ! Vous avez vu ce temps ? meublait Gonzague, étonné du silence de l'autre. Et qui sont tous ces gens, sans vouloir être indiscret ? C'est une « party » ? Votre anniversaire peut-être ? Ma cousine est là ?

— Sécurité ? héla David d'une voix agonisante.

Il y avait bien des vigiles quelque part qui allaient le débarrasser de cet emmerdeur.

— Qui est-ce ? intervint sa femme, tu le connais ?

— Absolument pas, répondit David, malhonnête...

— Mais enfin, Barnabé, c'est moi Gonzague ! insista le fâcheux.

— Sécurité..., continua David.

Édouard, qui avait compris la situation, s'interposa :

— Écoutez, il ne vous connaît pas, alors partez maintenant !

Entre gens de la bonne société, on ne se parlait pas comme ça. Gonzague était stupéfait, choqué et outré. De plus, cet homme, c'était bien lui, il n'était pas fou, était un menteur et le ridiculisait devant tout ce monde.

— Mais enfin je le connais ! s'indigna Gonzague en reculant. C'est le fiancé de ma cousine Delphine !

Dès le premier soir

« Oh, le con ! » encaissa David en fermant les yeux...

Édouard s'avança vers Gonzague et l'empoigna par son beau foulard en soie.

– Écoute-moi bien Monte Cristo ! Ou tu dégages ou on te pète la gueule !

– Il a même dîné dans ma famille et renversé une bouteille de vin sur le tapis de ma tante ! se justifia Gonzague.

Des gens commençaient à l'encercler, alertés par les éclats de voix. Il fallait bien qu'il rafraîchisse la mémoire de ce type. Il était gentiment venu le saluer et voilà que ce gougnafier le faisait passer pour un encombrant désaxé aux yeux de tous. Cette attitude était inexplicable.

Deux types de la régie avaient décidé de passer à l'action. Ils prirent Gonzague par les aisselles et le firent glisser jusqu'à la réception.

– C'est bon, ne me molestez pas, je m'en vais !

Gonzague se redressa en rajustant sa veste.

– T'es à l'hôtel ? C'est quoi le numéro de ta chambre ? demanda un des stagiaires régie.

– Le 19. Mais qui vous a autorisé à me tutoyer ?

– Allez, monte dans ta chambre ducon et qu'on ne te revoie plus ici !

Les deux hommes le laissèrent là et regagnèrent la soirée. Mais qui étaient ces gens ? Ils étaient fort mal élevés. Gonzague les observa un moment, essayant de se remettre de ses émotions. À ses côtés, accoudé à la réception, un type était au téléphone. Gonzague l'ignorait mais c'était le réalisateur qui tentait de convaincre le cascadeur qui boudait dans sa chambre :

Dès le premier soir

– Allez descends Jean-Pierre, c'était une blague ! On n'a jamais voulu te laisser en pleine mer... Viens boire un coup, on est tous là...

Le réalisateur observa le jeune homme qui venait de se faire refouler de la fête et eut pitié de sa mine déconfite.

– Qu'est-ce qui se passe ? lui demanda-t-il, toujours au téléphone.

– Si je le savais, gémit Gonzague. C'est incompréhensible. Ce type là-bas, dit-il en montrant David du menton, c'est le nouveau fiancé de ma cousine, je l'ai rencontré à un dîner il n'y a même pas une semaine, eh bien figurez-vous qu'il fait mine devant ses amis de ne pas me reconnaître ! C'est à croire qu'il est tombé sur la tête et est devenu amnésique...

– Attends deux secondes Jean-Pierre. C'est lequel ?

– Le type avec la chemise blanche...

– David ?

– Non, Barnabé.

– Il n'y a pas de Barnabé ici. Le type avec la chemise blanche s'appelle David Baulieu. C'est un des héros de la série *Au fil des jours*... qu'on est venus tourner ici. La rousse un peu frisottée à côté de lui, c'est sa femme depuis dix ans. Ils ont deux enfants... Bon Jean-Pierre, tu descends oui ou merde ?

Gonzague encaissa ces révélations comme s'il venait de prendre un coup de poing dans le ventre...

– Ce n'est pas possible, murmura-t-il.

Le réalisateur l'observa. Le pauvre type semblait anéanti. Il ne bougeait plus et fixait les gens dans le grand salon. Cachant de sa main le bas du combiné, il enchaîna :

Dès le premier soir

– Ça fait neuf ans qu'il tourne cette série, et vous ne le connaissez pas ? Elle passe tous les mercredis à 18 heures sur TF1, trente-trois pour cent de part de marché ! Faut vous réveiller, mon grand ! Il joue le docteur...

« Tristan Vauthier ! » hurla Paloma en se redressant dans son lit. Mais oui, le chirurgien dans la série ! Voilà où elle avait vu le mec de Delphine. Elle venait de s'assoupir devant la télé et depuis qu'elle était rentrée à l'hôtel, son inconscient semblait vouloir lui indiquer quelque chose. C'est quand le concierge avait prononcé le titre : *Au fil des jours...* ça avait dû faire tilt quelque part dans ses neurones. Bien sûr qu'elle connaissait la série ! Depuis le temps qu'elle cherchait, elle était soulagée d'avoir enfin trouvé ! Il fallait qu'elle en parle à Gonzague, mais où était-il ? Il mettait combien de temps pour payer un taxi, lui ? Paloma décida de descendre à la fête, si un des héros de cette série faisait partie de la famille de son mari, on allait bien lui offrir une coupe de champagne à présent...

La femme de David s'appelait Michelle et, contrairement à l'homme de sa vie, elle faisait ses quarante ans bien tapés. Cette injustice physique n'échappa guère à Élodie, la stagiaire aux boucles blondes, qui avait réchauffé les mains de David dans le bateau. Depuis le début de la soirée, elle lui tournait autour et à plusieurs reprises leurs regards s'étaient croisés. David connaissait ce genre d'attention. En tant que prédateurs sexuels, les humains n'ont pas besoin de se renifler les urines, seuls des regards suffisent, et c'est tant mieux. Élodie attendait que sa légitime s'éloigne un

Dès le premier soir

peu pour aller lui parler, mais celle-ci ne décollait pas de son compagnon. À contrecœur, Élodie s'avança vers Béatrice Bey qui, malgré ses nausées, commandait un gin tonic, pour les faire passer...

– Béatrice, t'as vu la femme de David ? On dirait sa mère !

– Elle est très gentille, répondit Béatrice en posant la main sur son estomac.

– T'es toujours malade ?

– Je ne comprends pas, ça ne passe pas...

À deux mètres de là, David tentait de rassurer sa femme qui se posait bien des questions sur le jeune damoiseau venu le saluer :

– Tu l'avais jamais vu ?

– Jamais. Il me confondait avec quelqu'un d'autre...

– Il est toujours là, à l'accueil, il nous regarde, dit-elle en se retournant, la bouche cachée derrière sa flûte de champagne.

– Écoute, Mimi, on s'en fout de ce mec. Il ne me connaissait pas, il s'est trompé de prénom. Je ne sais même plus comment il m'a appelé...

– Barnabé...

– Tu vois bien !

Michelle eut une moue dubitative.

– Mais avec qui peut-il te confondre ?

– Ça suffit, Mimi ! Comment veux-tu que je le sache ! Je m'en tape...

– Ça y est, il s'en va.

– Pas trop tôt !

Dès le premier soir

Toujours un peu hébété par l'empoignade inattendue et ces nouvelles révélations, Gonzague monta lentement dans l'ascenseur. Il fallait qu'il aille raconter tout ça à Palo, elle allait tomber des nues. Et puis Delphine aussi. Dire qu'il avait une autre femme et des enfants. Ils formaient un couple si charmant au dîner, enfin au début... Il devait l'appeler, la prévenir, qu'elle cesse sur-le-champ toute relation avec ce beau salaud à la double vie ! Sûrement le plus grand menteur de France ! Il avait même menti sur son prénom, c'est dire si c'était pathologique chez lui...

Alors que le premier ascenseur renfermant Gonzague s'élevait, les portes du deuxième s'ouvrirent et Paloma, parée de ses plus beaux bijoux, fit son apparition.

Personne ne remarqua sa présence car les convives du salon étaient en train de se mettre en cercle autour d'un homme qui était monté sur l'un des fauteuils avec ses chaussures, constata Paloma.

– Taisez-vous, hurla Édouard. Vas-y Paulo...

– Cher David, commença le producteur...

Tout le monde fit des : « Chut ! Plus fort ! On n'entend rien dans le fond ! »

Le producteur se racla la gorge et recommença, son petit papier à la main :

– Cher David, voilà bientôt neuf ans que sous les traits du docteur Tristan Vauthier, tu donnes beaucoup d'émotion et de bonheur aux téléspectatrices de TF1... (Certains poussèrent quelques acclamations, les autres imaginèrent la ménagère de moins de cinquante ans en pleine pâmoison.) Le courrier qu'on reçoit chaque semaine en est la preuve. Je

Dès le premier soir

voulais te dire, au nom de tous tes camarades ici présents, à quel point tu as été un formidable compagnon de travail, un formidable médecin dans la série et l'on se demandait avec les scénaristes comment *Au fil des jours...* allait pouvoir survivre à ton départ... (Il essuya une petite larme, pourvu que l'audience ne s'effondre pas !) Tu as autant de talent que de charme, David, une présence étonnante à l'écran, en plus d'un physique très avantageux. (Certains se mirent à rire, les autres se demandaient si le prod n'était pas un peu homo, des fois...), et on voulait te dire à quel point ton travail nous a été précieux dans l'évolution de la série et des personnages. Tu resteras toujours dans nos cœurs, David, et dans celui des téléspectateurs. (Il s'essuya l'autre œil.) Nous te souhaitons beaucoup de succès pour l'avenir. On pense tous qu'une formidable carrière t'attend aussi bien à la télévision qu'au cinéma et même au théâtre puisque je me suis laissé dire que tu commençais les répétitions d'une pièce bientôt. (Certains applaudirent pour l'engagement théâtral, les autres pour mettre fin à cette diarrhée verbale.) Nous sommes ta famille, David, et nous le resterons pour toujours, alors sache que si jamais tu as besoin de quoi que ce soit, tu pourras toujours revenir dans la série si tu...

— Mais il est mort ! hurla la maquilleuse.

— Oui, mais on n'a pas retrouvé son corps ! se justifia le producteur. Il est peut-être juste évanoui et un cargo qui passait par là l'a peut-être repêché.

(Certains pensèrent « n'importe quoi ?!! », les autres aussi.)

— Un cargo dans la baie de Saint-Tropez, persifla la maquilleuse et pourquoi pas un pétrolier ?

Dès le premier soir

Adossé à une colonne, le réalisateur ferma les yeux et pria pour ne jamais avoir à tourner un épisode sur le retour du docteur décédé.

– Enfin cher David, continua-t-il, je lève mon verre à ta future et belle carrière et c'est au nom de tous ici, que je peux enfin te le dire : nous t'aimons David ! Et tu nous manques déjà !

Tonnerre d'applaudissements, cette fois. Ouf c'était fini ! Le producteur descendit de son fauteuil en pleurant pour de bon et Édouard se jeta dans les bras de David qui, fier et ému, recueillait de petites tapes dans le dos de la part de tous ceux qui passaient derrière lui pour regagner le bar. Il était temps d'aller reboire un verre et vite ! Valait mieux entendre ça que d'être sourd. Enfin... quoique...

Toute seule et un peu perdue, Paloma essayait de se mêler à la foule mais personne ne lui adressait la parole. Elle chercha des yeux « le beau fiancé » sans arriver à l'apercevoir pour l'instant. Et Gonzague ? Il devait probablement être dans les parages...

Au bar, Patricia, la maquilleuse, était hilare.

– Manquerait plus que ça qu'il revienne ! ironisait-elle avec l'habilleuse.

– Tu m'étonnes, j'ai déjà rendu ses fringues, moi !

Patricia avait beaucoup de mal à supporter David, dont elle connaissait les caprices depuis longtemps. Il y a deux ans, David avait refusé d'aller tourner à cause d'un bouton rouge qu'il avait sur le nez et il avait osé l'accuser, elle ! Parfaitement, c'était de sa faute et de celle de ses produits ! Tout ce fond de teint et ces poudres avec lesquels « elle lui tartinait la tronche à longueur de journée ! ». Patricia avait

149

Dès le premier soir

rétorqué, furieuse, que s'il avait des boutons sur la gueule, c'était peut-être plutôt à cause de son hygiène de vie qui laissait à désirer et les cuites qu'il se prenait ! Ça avait fait tout un drame, à l'époque...

— Allez, adieu connard ! s'exclama-t-elle en trinquant avec l'habilleuse.

Les deux femmes entrechoquèrent leurs verres sans se rendre compte de la présence d'une grande brune très chic juste derrière elles...

David embrassa Michelle, sa compagne, sous les crépitements des flashes de photographes restés sur place pour « casser la croûte gratuitement », mais l'enlacement fut de courte durée car Hugo, qui voulait faire pipi, réclamait sa mère. Michelle se dirigea vers les toilettes, main dans la main avec son petit dernier. Au fond du salon, Élodie la jeune et belle stagiaire se redressa : « Ça y est, la cerbère foutait le camp, enfin ! » Elle traversa le grand salon de sa démarche de panthère, ne quittant plus David des yeux. Adrien, l'autre fiston, qui attendait que personne ne le surveille pour finir les fonds de whisky traînant sur les tables, fut interpellé par son père :

— Bois pas ça ! cria David en lui arrachant le verre des mains. Tu ne sais même pas ce que c'est ! Viens, il y a du jus d'orange au bar.

Et il entraîna son fils vers le buffet.

Derrière eux, Élodie s'avançait, jugeant le moment propice pour lancer ses deuxièmes signaux de désirs sexuels...

Gonzague en était sûr, il ne s'était pas trompé de chambre et pourtant Palo avait disparu. Il tenta de joindre Del-

Dès le premier soir

phine pour lui raconter l'attitude de son soi-disant fiancé mais son portable émit quelques sonneries sans qu'elle décrochât. Il écouta sa messagerie, hésita puis se ravisa et raccrocha. Il valait mieux lui parler de vive voix, la pauvre. Et où était Paloma ? Mon Dieu, si elle était descendue à la soirée, elle allait très certainement s'en faire jeter manu militari comme lui ! Preux chevalier, Gonzague remit sa veste et partit au secours de sa femme, espérant arriver à temps pour lui éviter l'humiliation qu'il venait de subir...

Mais dans le grand salon, Paloma ne se faisait pas jeter, elle tentait même de sympathiser avec la maquilleuse et l'habilleuse, ainsi qu'avec la comédienne Béatrice Bey. Paloma, qui suivait un peu la série, l'avait reconnue. La pauvre n'allait pas fort, elle s'agrippait aux tables et fauteuils car pour elle ça continuait de tanguer comme sur un paquebot. Paloma lui avait expliqué qu'elle avait eu la même chose lors de sa dernière croisière en Sardaigne...

— Mais vous ne faites pas partie de l'équipe de tournage ? s'enquit Patricia, la maquilleuse.

— Non, je suis une cliente de l'hôtel, mais votre héros là, c'est le fiancé de la cousine de mon mari, dit-elle en prenant un petit-four qu'elle goba d'un coup.

— Votre mari est le cousin de Michelle ?

— De Delphine...

La maquilleuse et l'habilleuse se dévisagèrent avec un petit sourire d'ironie.

C'est vrai qu'avec David, il y avait de quoi s'y perdre mais tout de même !

— Écoutez, évitez de parler de votre Delphine ici, parce

151

Dès le premier soir

que son officielle est là ce soir ! Ah, là, là ! pauvre Mimi, faudrait lui offrir une grille de loto en ce moment, je suis sûre qu'elle nous trouverait les six bons numéros !

— Son officielle ? Quelle officielle ? questionna Paloma.

À quelques mètres de là, David notait sur une serviette à cocktail, le numéro de portable de la belle Élodie. Il lui avait aussi demandé le numéro de sa chambre car, sait-on jamais, il allait peut-être pouvoir clore le dossier dès ce soir. Il déposa une main innocente, mais exploratrice, sur ses reins tandis qu'elle lui susurrait des mots doux à l'oreille... On lui tira subitement le bras, David se retourna.

— Où est ma femme ? s'insurgea Gonzague.

(Oh non pas lui ! pas deux fois dans la soirée !)

— Mais j'en sais rien et je m'en branle ! se révolta David.

— Quelle vulgarité, je m'en étais déjà rendu compte chez mon oncle, mais là ! Ne croyez pas un mot de ce qu'il vous raconte mademoiselle ! dit-il à Élodie. C'est un vrai mythomane. C'est le Arsène Lupin de l'amour, une nouvelle identité et une nouvelle profession pour chaque conquête ! Faudrait peut-être prévenir ses proches qu'ils le fassent soigner...

David l'empoigna par le col de sa veste et lui articula très fermement dans l'oreille :

— Écoute-moi bien ducon, pour ta cousine, je peux tout t'expliquer. C'est ELLE qui a voulu tout ça. ELLE avait honte de son vrai mec et ELLE a préféré que je le remplace au dernier moment ! Tu piges, tête de nœud ? ELLE avait peur de vos jugements hâtifs de petits-bourgeois de merde...

Dès le premier soir

Il lui postillonnait dans l'oreille. Choqué, Gonzague se dégagea et le repoussa un peu brusquement. David aperçut sa femme qui revenait des toilettes avec son fils. Il ne fallait pas que ce dadais lui parle. Dans un mouvement de panique, David repoussa violemment Gonzague qui lui partit à la renverse, s'écroulant avec fracas contre une des tables. Le pot de fin de tournage se transforma alors en soirée dans *La Tour infernale* quand les convives apprennent qu'il y a le feu. Les gens accoururent, s'affolèrent. Béatrice Bey profita du mouvement de panique pour rendre sur la moquette canapés de saumon et gin tonics. Gonzague se releva au milieu des débris de verre et repoussa brutalement David qui s'effondra à son tour contre le buffet, provoquant moult dégâts. Les serveurs, les types de la régie et Édouard se jetèrent sur Gonzague pour séparer les adversaires. Le pauvre Gonzague fut encore copieusement insulté et molesté. Paloma accourut en hurlant pour ôter les sales pattes des serveurs de son mari et de sa veste Yves Saint Laurent. Gonzague semblait groggy, un filet de sang s'échappait d'une de ses narines. La musique s'était arrêtée et les gens formaient un cercle autour de la bagarre. Arrivée sur place, Michelle, glacée, protégea ses deux fils.

— Je monte coucher les enfants, déclara-t-elle à David. Inutile de les traumatiser plus longtemps...

— Écoute, chérie je n'y comprends rien. C'est cet abruti qui est revenu à la charge pour me casser les c...

— C'est bon David, je monte. Rejoins-moi quand tu auras fini de saccager le restaurant...

Elle tourna les talons et se dirigea vers les ascenseurs avec ses deux enfants collés contre elle. Elle ne fut pas la seule

Dès le premier soir

à vouloir regagner sa chambre, certains convives plus émotifs que d'autres, chez qui la moindre altercation provoquait des palpitations, désiraient monter se coucher aussi, la fête était gâchée.

D'autres invités, moins impressionnables, se proposèrent de terminer la soirée dans la chambre de Momo, le premier assistant, qui avait profité de la bousculade pour piquer deux bouteilles de grands crus. Lentement, le grand salon se dépeupla.

Dans l'ascenseur, Michelle rassurait ses enfants. Papa avait mis son poing dans la figure d'un monsieur mais c'était pour rire, comme tout ce que faisait papa, c'était pour de faux.

– Tu sais maman, commença Adrien, quand j'étais au bar avec papa, il y a une blonde qui lui a donné son numéro de téléphone et papa, il lui a demandé dans quelle chambre elle était, parce qu'il a dit qu'il passerait la voir tout à l'heure... Pourquoi il a dit ça ?

– C'était pour rire aussi, mon ange...

Michelle se regarda dans le miroir de l'ascenseur. Certes, elle était plus âgée que David et, durant leur dix ans de vie commune, elle avait volontairement fermé les yeux sur ses infidélités. Elle ne voulait pas savoir et encore moins qu'on lui apprenne, mais ce soir, elle pouvait cesser de se voiler la face. Elle était certaine que David connaissait le blanc-bec avec qui il venait de se battre. Il lui avait menti, mais elle le connaissait par cœur... Si en plus, il avait l'intention d'aller se taper la jeune blonde qui lui tournait autour (ça aussi elle l'avait vu !) alors qu'elle était là ! Avec

Dès le premier soir

les enfants ! Dans l'hôtel ! Alors là ? Ce n'était pas la Sainte-Michelle, aujourd'hui ?

Dans le grand salon, assis dans un fauteuil, David se remettait doucement de l'altercation et de la montée d'adrénaline avec l'aide de quelques amis fidèles. Élodie et Béatrice se chamaillaient pour savoir laquelle allait lui ôter, à l'aide d'une serviette mouillée, le sang séché sur son arcade sourcilière. David préférait que ce soit Élodie qui le fasse, elle était plus délicate et puis l'autre sentait le vomi. Il demanda à Béatrice de passer derrière son fauteuil pour lui masser le dos, car il s'était fait mal en tombant dans le buffet. Devant lui, Élodie s'agenouilla entre ses cuisses, comme elle l'avait fait dans le bateau, et lui tamponna l'arcade très sensuellement avec une serviette qu'elle avait trempée dans un seau à champagne. David décida qu'il allait la baiser dès ce soir. À ses côtés, Édouard tournait en rond et s'en voulait :

– Je ne l'ai pas vu revenir, l'enfoiré !

– Ce n'est pas grave, Doudou. Je suis assez grand...

Plus loin, Gonzague, à moitié allongé par terre, le nez ensanglanté, n'avait pas toute une cour autour de lui comme David mais juste Paloma qui braillait qu'elle allait porter plainte.

Au milieu des deux petits groupes ennemis, les serveurs nettoyaient, d'un air placide, la nourriture tombée sur la moquette et balayaient les débris de verre. Il y en avait partout...

Les portes de l'ascenseur s'ouvrirent et Jean-Pierre, le cascadeur, en sortit dans un beau costume bleu marine. Il

Dès le premier soir

avait pris un bain chaud et s'était laissé convaincre par le réalisateur de se joindre aux invités. Perplexe, il avisa le restaurant qui ressemblait plus à une salle d'*Urgences* qu'à une soirée.

Apparemment, la fête était finie.

— Tiens, v'là Hibernatus ! murmura Édouard.

— Il est vivant ? demanda David.

Jean-Pierre tourna les talons et remonta dans l'ascenseur.

David se baissa légèrement pour atteindre les lèvres d'Élodie qui le soignait amoureusement. Devant toute sa petite cour, le roi David embrassa sa favorite d'un soir. Impassible, Béatrice Bey continuait de lui masser les cervicales. Autour de lui, Édouard, Nanou la directrice de casting et Fred, le deuxième assistant, les amis fidèles, observaient la scène sans bouger. C'était un beau moment de donjuanisme, version 2005. Édouard sentit la jalousie lui titiller la moelle épinière. Certes, il aurait préféré sa place plutôt que celle du fidèle Sganarelle, place à laquelle David l'avait relayé depuis toujours. Surtout que la belle Élodie, il avait bien tenté de la draguer un peu depuis qu'elle était arrivée pour son stage à la mise en scène, mais elle l'avait gentiment envoyé sur les roses. « T'es gentil, Édouard mais je suis là pour bosser ! » et maintenant, voilà qu'elle roulait des pelles au premier rôle devant tout le monde.

Ce tendre moment fut interrompu par l'arrivée fracassante et échevelée de la journaliste de *Public* avec ses bagages :

— Dieu merci vous êtes encore là ! Trois heures pour

Dès le premier soir

revenir de Saint-Raphaël ! La neige a complètement bloqué les routes, vous avez vu la tempête ? Quelle horreur ! Véronique de *Public,* vous vous rappelez de moi ? On s'est vus tout à l'heure. J'ai eu la mauvaise idée, en vous attendant, d'aller rendre une petite visite à ma sœur et là, le piège !! Impossible de revenir ! Jamais vu les routes comme ça. Que je suis contente que vous soyez encore là ! Bon, où j'ai mis mon Dictaphone, moi ? Ah ! le voilà ! un deux, un deux ; ça marche ! Et mon cahier à questions ? Il est là ! J'en ai une dizaine à peu près alors essayez de ne pas me répéter exactement ce que vous avez dit à la fille de *Télé 7 Jours,* ce serait gentil, ni au type de *Télé Star* ! D'accord ? Allons-y. C'est bon, il n'y a pas trop de bruit. Première question :

– David Baulieu, qu'est-ce que ça vous fait de quitter votre série en plein succès ?

David approcha son visage du sien et lui répondit très fermement :

– Je m'en bats les couilles. Fin de l'interview.

Il se leva, imité par sa cour :

– J'ai une journée de tournage éreintante dans les pattes, se justifia David. Je viens de me battre avec ce type là-bas qui est venu foutre sa merde dans ma soirée et je n'en peux plus ! Ce n'est vraiment plus le moment de me faire chier avec vos conneries, pigé ? Viens chérie, on va se coucher, dit-il en relevant Élodie.

– Qu'est-ce que je dis à mon patron ? demanda la journaliste, anéantie.

– Tu te démerdes...

– Moi aussi, j'ai eu une journée épouvantable !

Dès le premier soir

— Comme ça on est deux, répondit David en s'étirant le dos.

Il était fracassé. Il attrapa sa veste d'une main et passa son autre bras sur l'épaule d'Élodie. Le petit groupe se dirigea vers les ascenseurs en ignorant la journaliste.

De l'autre côté du restaurant, Gonzague lui aussi se remettait debout, soutenu par une Paloma qui lui demandait pour la soixante-quinzième fois s'il voulait une ambulance, mais il s'y opposait. Ce n'était pas nécessaire, il souhaitait juste un peu de repos. Il traversèrent le grand salon en claudiquant quand la journaliste bondit vers eux, plaçant son dictaphone sous le menton de Gonzague.

— C'est vous qui vous êtes battu avec David Baulieu ? Pourquoi ?

Il fallait bien qu'elle ramène quelque chose à son journal.

— Ah non, ça suffit ! cria Paloma en repoussant violemment son bras, laissez-le tranquille ! Tout ça à cause de cet imbécile et de son harem ! Ah, le malhonnête !!

— Quand vous dites « cet imbécile et son harem » qu'est-ce que vous entendez par là ? Vous pouvez m'en dire plus ? Il a beaucoup de femmes ? Combien ?

— Une chatte n'y retrouverait pas ses petits ! marmonna Gonzague, épuisé.

Ils tracèrent pour regagner leur chambre et Véronique resta seule dans le grand salon déserté. Elle s'effondra dans un des fauteuils.

— Vous servez encore à boire ? demanda-t-elle à un des serveurs qui rangeait...

Dès le premier soir

David et son petit groupe étaient passés par la chambre de Momo, le premier assistant qui prolongeait la fiesta. Un tiers des convives s'y étaient réunis et l'air enfumé y devenait irrespirable. David était venu répondre aux nombreuses questions que se posait l'équipe du tournage sur son agresseur. Certains croyaient que c'était un fan qui avait pété un câble et David ne s'était pas franchement démené pour démentir la rumeur : « Oui ! c'est un pauvre type... Je ne sais pas trop ce qu'il voulait... » Au bout de trois minutes, il abandonna Édouard et les autres et décida d'aller continuer à soigner son arcade sourcilière dans celle d'Élodie.

Elle avait la chambre 22. Il l'embrassait un peu dans le couloir tandis qu'elle cherchait sa clef lorsque Gonzague et Paloma arrivèrent. Leur chambre, la 19, était située juste en face de la 22.

— C'est pas vrai, ils me poursuivent ! grommela David.

— Voilà le tombeur, s'écria Paloma, t'as vu ? Encore une autre ! fit-elle en observant Élodie.

— Vous en avez combien de femmes ? s'enquit Gonzague en se souvenant de la question de la journaliste.

— Plus que tu en auras jamais, lâcha David en entrant.

Il claqua la porte derrière lui...

David s'écroula sur le lit et sur Élodie qu'il commença à déshabiller lentement d'une main experte.

MAIN EXPERTE : Se dit de la main gauche d'un serial lover, qui explore, caresse et fait sauter la fermeture d'un soutien-gorge sans même que la fille ne s'en rende compte, car concentrée sur son baiser...

Dès le premier soir

RÉSULTAT : La fille se retrouve à moitié nue sans avoir trop compris comment. Élodie venait d'en expérimenter la technique et elle n'était pas mécontente. Elle laissa ses cinq sens la diriger dans la découverte de ce corps masculin, se laissant progressivement envahir par l'excitation pour s'abandonner complètement dans les bras de David. Le désir, elle l'avait eu au premier regard. À ses yeux, il était un fantasme vivant et un défi personnel. En faisant l'amour avec lui, elle avait la sensation d'être projetée dans la série et non pas derrière la caméra, à sa place habituelle. (Même si la série était un programme familial, il y avait eu quelques scènes chaudes récemment.)

Toutes les filles sont des adeptes du *Premier Soir* mais tout dépend avec *QUI*. Là est la question. Certains hommes sont faits pour ramer, pour la cour assidue, les dîners aux chandelles, les bouquets de fleurs et au final un râteau une fois sur deux. D'autres sont plus demandés que demandeurs, c'était le cas de David et de bien d'autres acteurs, évidemment. Dans la vie, les grands séducteurs se sentent en haut de la pyramide humaine, le nec plus ultra de la chance, ils le ressentent tous les jours. Soyez sympa dans cette vie et peut-être qu'à votre prochaine réincarnation vous serez quelqu'un de suffisamment charismatique pour que les filles les plus désirables vous tournent autour sans que vous n'ayez rien à faire car vous n'aurez rien à faire. Il vous suffira juste d'être là, d'exister, d'observer les battements de cils, et d'écouter les battements de cœur, puis vous vous laisserez gentiment approcher, guider et n'oublierez pas la capote évidemment...

« Elle est un peu serrée », pensait David, mais il s'y était habitué avec le temps. Accoutumé aux préservatifs, suren-

Dès le premier soir

traîné à découvrir de nouvelles peaux, de nouveaux corps et de nouveaux sexes et faire comme s'il les connaissait depuis toujours, à la fois tendre et viril, car la tendresse devait faire intégralement partie de la sexualité du premier soir, il le sentait pour Élodie : Boucle d'Or devait être une romantique, même si elle allait vite en besogne.

Elle transpirait, haletait...

Allongé sur elle, David sentit ses ongles lui érafler le dos. Pas de ça ! Il lui repoussa violemment les bras et prit appui dessus. Réflexe d'homme marié ou vivant en couple. Pas question qu'il remonte dans sa chambres avec le dos labouré de griffures. En ce mois de janvier, il n'aurait pas pu expliquer qu'il faisait du jardinage torse nu et qu'il était malencontreusement tombé dans un nid de rosiers très agressifs...

Quelques minutes plus tard, Élodie sentit l'orgasme arriver. Il lui parvenait par bribes de plus en plus importantes chaque fois, elle allait exploser...

Dès le premier soir, c'était génial. Ce matin, David ne la connaissait pas et ce soir, il était là en elle... Féerique. Mais elle le connaissait. Depuis longtemps. Quand le directeur de production l'avait informée qu'elle avait obtenu son stage à la mise en scène, c'est le visage de David qui lui était apparu tout de suite, le mec le plus mignon de la série, seulement elle arrivait un peu tard, ayant appris consternée, que le héros allait quitter l'aventure et qu'il ne lui restait plus qu'une scène à tourner. C'était ce soir ou jamais. Si elle avait dû attendre, l'appeler et tenter de le revoir : elle dans le Sud et lui à Paris, scs chances auraient été nulles.

Dès le premier soir

Un vrai désir est un désir immédiat. Il est des soirs où le sexe est comme une pile de repassage : inutile de le remettre à plus tard.

Ses gémissements se muèrent en cris et le mouvement de ses hanches s'accéléra : « Viens..., lui souffla David dans l'oreille, viens... »

Il n'allait plus tenir longtemps, lui non plus...

Et Élodie vint. Foudroyée comme par une décharge électrique qui lui traversa le bas-ventre...

Au même moment dans la chambre d'en face, Gonzague ouvrait la porte pour y accrocher la fiche du petit déjeuner sur la poignée. Il s'arrêta pour écouter les cris de bête qui lui parvenaient. Ça venait de la 22, évidemment : « C'était la petite blonde qui hurlait ? Mais qu'est-ce qu'il lui faisait ? Ce type n'était vraiment pas structuré sentimentalement. » Gonzague referma sa porte, écœuré...

Élodie étant parvenue à l'orgasme, David accéléra le mouvement à son tour et puis subitement, il se redressa, ôta la capote d'un claquement de fouet et lui éjacula sur les seins...

La fin de la séance amoureuse fut moins romantique que le début. Élodie ne s'attendait pas à ça.

— Je peux rouvrir les yeux ? demanda-t-elle.

— Oui, oui, répondit David.

Il avait visé un peu haut. Elle en avait jusque sur le menton.

— Je vais aller te chercher des kleenex, se proposa-t-il.

— Non, j'y vais, dit-elle en se levant.

Dans la salle de bains, Élodie entièrement nue contempla son nouveau collier de perles dans le miroir. Elle

Dès le premier soir

s'empara d'un *Demake-up,* en ratissa un peu sur le haut de son corps et commença à se démaquiller avec. Contente d'elle, elle sortit de la salle de bains en montrant le coton maculé de rimmel à David :

– Regarde, je me démaquille avec ton sperme, ça marche !

Allongé sur le lit, David l'observa quelques secondes, interdit, et alluma une cigarette. C'était bien la première fois qu'il servait de démaquillant. Cette vision lui procura un nouveau début d'érection mais il se sermonna, ça suffisait pour ce soir, fallait qu'il rentre. Il était dans quelle chambre déjà ?

Dans le couloir, Michelle, la femme de David, rôdait à la recherche de la chambre 22. Elle avait appelé le concierge pour lui demander le numéro de chambre de la blondasse en expliquant que cette conne avait oublié son portable et qu'elle devait absolument lui rendre au plus vite car elle partait tôt demain matin. Inutile de raconter qu'elle cherchait son compagnon, apparemment, suffisamment de gens avaient l'air au courant de son « cocufiage » sans qu'elle en rajoute. Devant la 22, elle posa son oreille contre la porte. Aucun son n'en sortait. Elle allait frapper mais son bras se bloqua. Elle se ravisa : Pour quoi faire ? Où cela pouvait-elle la mener ? Encore un esclandre ? Il y en avait peut-être assez eu pour ce soir ? Et puis ses enfants étaient là, elle n'allait pas revenir dans la chambre en se disputant avec David. Elle hésita encore quelques secondes, essayant de se convaincre toute seule qu'il n'était pas derrière cette porte et puis elle fit demi-tour. Non, elle ne voulait pas

163

Dès le premier soir

savoir. Elle continuerait à avoir de la boue dans les yeux si tel était son destin et la seule façon de le retenir. Elle remonta dans sa chambre au bord des larmes...

En ce qui concerne la séduction et l'amour, David était excellent. Excellent sur l'avant, le pendant, mais l'après le gonflait. Il n'avait souvent qu'une envie : se rhabiller et se tirer.

BREF RÉCAPITULATIF ET NOTATION SUR 20 :

Approche et première impression : 18 (très bon look).

Séduction (manière de s'exprimer et qualité de la conversation) : 14, même si la conversation a tendance à pas mal tourner autour de lui et de ses projets, il arrive à en distiller un certain intérêt. À part ça, possède un avis sur tout et l'exprime de façon assez autoritaire.

Humour : 14. Ce n'est pas Laurent Baffie mais il lui arrive d'avoir des réflexions assez marrantes.

Qualités pouvant faire naître le désir : généreux, plaisant, aimable.

Défauts pouvant faire naître le désir : superficiel et égocentrique. (Ceux-ci n'empêchant pas les autres.)

Acte amoureux : 18, à part avec Delphine où il s'est endormi, alors ça ne compte pas...

Comportement post-coïtum : 4.

C'est ce qui faisait chuter sa moyenne. Comme pas mal d'hommes, il lui arrivait d'être un peu mal à l'aise et comme beaucoup d'hommes, ce qu'il redoutait le plus pouvait être l'attitude de la fille, car très souvent une fille séduite pense que le mec lui est redevable. Genre de phrase que les

Dès le premier soir

hommes détestent entendre : « C'est bon, t'as eu ce que tu voulais ? On fait quoi maintenant ? »

Questions de fille peu sûre d'elle et qui sent que le type ne va jamais la rappeler. Il faut alors sous-entendre un début de liaison, une promesse de régularité dans les rencontres futures.

David ne voulait rien sous-entendre, lui, et ne souhaitait rien promettre. Il venait de prendre une douche rapide et, tandis qu'il s'essuyait, Élodie lui parlait de ses désirs de réalisatrice. Son stage à la mise en scène, c'était bien, mais elle se voyait Danièle Thomson dans pas longtemps. Elle avait fait des études de cinéma et travaillait sur un scénario. Une comédie. C'est ce qu'il y avait de plus dur à faire. Tout ça passionnait David qui cherchait son pantalon sous le lit. Élodie enfila un tee-shirt en continuant son monologue. Ce qu'elle aimait, c'était les films « bande de copains », genre *Un éléphant ça trompe énormément, Nous irons tous au paradis*, tu vois le style ? Et les films de Claude Sautet aussi... Enfin bref, tout ce qu'avait écrit Jean-Loup Dabadie était génial ! Sans parler des chansons ! Celles pour Reggiani, par exemple ! Oh ! là, là !

À présent rhabillé, David remontait les manches de sa chemise, face au lit.

— Eh bien, appelle-moi quand tu feras ton film !

Il se trouvait déjà sympa de dire ça car si elle lui avait annoncé qu'elle adorait Bergman, il ne se serait même pas avancé.

— On peut peut-être se revoir avant, non ? Je n'ai même pas fini le scénario !

Dès le premier soir

– Comme tu veux. Tu sais que moi j'ai terminé ici. Demain, je remonte à Paris et basta...

– Je sais, t'es mort cet après-midi...

– Hein ? Ah oui... Horrible cette dernière scène. Comment on s'est pelés !

– T'es ma première histoire sur ce tournage, dit-elle avec un grand sourire.

– T'es arrivée quand ?

– Il y a deux semaines.

– Ben ça va, il n'y a pas de temps de perdu !

– T'as eu beaucoup de filles toi, ici ?

– Bof. (Il n'avait pas envie de lui dire : quasiment toutes sauf les thons !) Tu sais, ça faisait quand même neuf ans...

– J'arrive quand tu pars, c'est vraiment dommage...

David s'approcha d'elle et lui caressa la joue d'un revers de doigt.

– Ça va ta peau ?

Sa séance de « démaquillage » l'avait un peu impressionné.

– Ça tire un peu !

– Faut que j'y aille, dit-il en riant et en l'embrassant, je t'appelle...

Elle se releva pour l'accompagner à la porte. Elle avait encore tant de choses à lui dire mais c'était trop tôt ou trop tard...

– À bientôt !

– À bientôt !

Elle lui envoya un sourire grand comme le Canada et referma la porte. Dans la chambre d'en face, Paloma qui se faisait les ongles des pieds entendit le bruit de la porte.

Dès le premier soir

Elle réveilla Gonzague qui s'était endormi malgré ses cotons dans chaque narine :

– Ça y est, il part !

– Mmmh, bougonna-t-il, assoupi. Il va en retrouver une autre !

– Tu crois qu'elles le paient ?

David regagna sa chambre au pas de course, il ouvrit la porte sans bruit et, dans l'obscurité, il se dirigea sur la pointe des pieds dans le petit salon, transformé en chambre d'enfants pour l'occasion. Il se pencha au-dessus des petits lits et déposa des baisers sur le front de ses fils en les recouvrant. Une fois dans la chambre, il se (re) déshabilla et se glissa dans les draps à côté de Michelle qui faisait semblant de dormir...

Le lendemain

Une partie de l'équipe d'*Au fil des jours...* remontait à Paris pour le week-end par l'avion de dix heures. C'était aussi le cas des journalistes venus en reportage. Les autres, notamment les acteurs, ceux qui tournaient lundi, demeuraient sur place. Heureusement, ils allaient tourner en intérieur et retrouver leur cher décor hospitalier où tous allaient devoir jouer la consternation et le chagrin en apprenant la disparition de Tristan Vauthier. Il était même prévu qu'une ou deux patientes tombent dans les pommes en apprenant la nouvelle. Béatrice Bey, l'infirmière meurtrière, ne revenait que dans quinze jours pour tourner la scène où elle

Dès le premier soir

allait se faire arrêter par les gendarmes de Saint-Tropez (pas par Galabru, ni de Funès, malheureusement !) et finir au trou. Une partie des ouvriers du tournage étaient d'ailleurs déjà en train de lui fabriquer sa cellule...

Michelle, la femme de David, qui ne supportait pas l'avion, repartait par le train avec ses enfants et David. Si celui-ci ne décidait pas au dernier moment d'aller trombiner une assistante quelconque, c'est ce que pensait Michelle, de fort méchante humeur, ce matin. La bagarre inattendue de la veille l'avait fortement contrariée et ne parlons pas du fait que David ait mis trois heures à réintégrer leur chambre... En revanche, lui semblait bien guilleret aujourd'hui et, tandis que Michelle vérifiait les valises des enfants, elle l'entendit chanter sous la douche : *Je me voyais déjà en haut de l'affiche*, la chanson de Charles Aznavour.

Édouard avait une belle gueule de bois. Il avait dormi par terre dans la chambre de Momo et ne se rappelait pas trop de la fin de la soirée. Il fut réveillé par un coup de pied dans les flancs de la part du premier assistant.

— Faut se lever Doudou ! Hé, j'espère que vous allez me rembourser toutes les petites bouteilles que vous m'avez chourées dans le mini-bar, toi et les autres, parce que bonjour ma note !

— Où suis-je ? demanda Édouard comme s'il sortait de trois semaines de coma.

C'est le visage d'Élodie qui lui revint en premier. Elle était partie bras dessus, bras dessous avec David hier soir

Dès le premier soir

et ce départ l'avait profondément attristé. Il ressentait les effluves de la jalousie lui serrer l'estomac. Ou bien c'était la vodka. Il décida néanmoins de se lever, d'aller se raser dans sa chambre et de descendre dans la salle du petit déjeuner. Il fallait qu'il aille dire au revoir à David. S'il l'adorait, ce n'était pas la première fois qu'il lui soufflait une gonzesse sous le nez, mais celle-là ! Comme David partait et que lui et Élodie restaient ici, c'était peut-être rattrapable...

Dans le grand salon, transformé en salle pour le petit déjeuner, il ne restait ni traces des festivités de la veille, ni vestiges de la bagarre. David était devant le grand buffet, son assiette à la main, hésitant entre les œufs brouillés et le jambon de pays. Il opta pour les deux et fut rejoint par le fidèle Édouard, qui après lui avoir fait la bise, lui lâcha :

– Belle gueule deb !

– Moi aussi, lui répondit David. Mange un truc, faut colmater !

Édouard attrapa une assiette au bout de la grande table.

– Ça va mieux ton arcade ?

– Oui, heureusement que je ne tourne plus... Le café est là, si t'as le courage. Moi, ça me donne envie de gerber. Vous avez fini tard dans la chambre de Momo hier soir ?

– Je ne sais pas trop... Et toi avec Élo ?

Il était sûr que la réponse allait le torturer :

– Très sympa. On est allés dans sa chambre... Elle est drôle cette fille, **tu** sais quoi ?

David agrippa Édouard par le bras et lui murmura dans le creux de l'oreille :

169

Dès le premier soir

— Elle s'est démaquillée avec mon foutre, j'ai adoré...
Édouard reposa son assiette. Il n'avait plus faim. David
regagna sa table où l'attendait sa petite famille. La nappe
se trouvait déjà maculée de saletés, les gamins ayant fait
une bataille de céréales, mais Mimi ne disait rien. Elle
l'observait derrière sa tasse de thé, qu'elle buvait comme
une Anglaise, et n'avait pas prononcé un mot depuis le
matin. David pensa que le trajet en train allait être long si
elle gardait ce mutisme exaspérant. Il pria pour ne pas voir
débarquer le cousin-cata et sa Ritale comme il les appelait,
à savoir Gonzague et Paloma, car si ces deux-là descen-
daient, il était à peu près certain que Michelle allait recou-
vrer la parole d'un coup et aurait deux trois questions à
leur poser.

Mais le jeune couple, un peu honteux des événements
de la veille, prenait le petit déjeuner au lit. À vrai dire, ils
ne voulaient surtout plus croiser quiconque de cette équipe
de tournage, car il suffisait de s'adresser à quelqu'un pour
faire une gaffe sur les conquêtes de David et finir dans le
décor, le nez en compote :
— On va tout de même pas rester enfermés toute la
journée ? protesta Paloma.
— Il y a peut-être une sortie de secours, non ? répondit
Gonzague.

David abrégea ce petit déjeuner en famille. Sa femme
l'agaçait trop à le dévisager comme ça, sans rien dire. Si
c'était pour la baston : ce n'était pas de sa faute ! Pour
Élodie : elle ne pouvait pas être au courant. Alors quoi ? Il

Dès le premier soir

avait laissé entendre ce matin qu'il avait continué la fête avec les autres dans la chambre du premier assistant. Normal qu'il ait eu envie de prolonger la discussion et les adieux avec ces gens, c'était aussi sa famille, comme l'avait rappelé le producteur, et il n'allait peut-être plus les revoir ! Peut-être plus jamais ! Mimi lui avait alors lancé un regard signifiant : « Arrête, tu vas me faire pleurer ! » mais n'avait rien rétorqué.

– Les bagages sont à l'accueil, annonça David. Allez on y va, les enfants ! Faudrait pas rater le train, hein ? On rentre à la maison. Qui c'est qui va être content de revoir sa chambre et ses jouets ? s'écria-t-il en se penchant pour chatouiller Hugo.

Vraisemblablement, il cherchait à détendre l'atmosphère. Sur le chemin, il distribuait des « Au revoir, on s'appelle ! » et des embrassades chaleureuses aux membres de l'équipe qu'il croisait, quand subitement il entendit crier son nom :

– Monsieur Baulieu ! Attendez !

David et Michelle se retournèrent. C'était la gouvernante de l'hôtel qui arrivait au pas de course. David espéra qu'elle n'allait pas lui demander des autographes pour toutes les femmes de ménage de l'établissement, comme il avait dû le faire une fois, parce qu'il n'était pas d'humeur...

– Ouf, vous êtes encore là ! souffla-t-elle, vous aviez oublié votre veste dans la chambre 22, dit-elle en la lui tendant.

David encaissa en fermant les yeux : « Oh, la conne ! »

– C'est la petite jeune fille qui l'a remise à la...

– C'est bon, merci ! la coupa David.

Mais qu'est-ce qu'il se passait depuis deux jours ? En dix

Dès le premier soir

ans, il ne s'était quasiment jamais fait gauler et là, deux fois de suite ! Apparemment les dieux protégeant l'adultère venaient de le lâcher. Il roula sa veste en boule et la casa nerveusement dans son sac. En se relevant, il croisa le regard chargé de mépris de sa femme. Elle n'était pas près de lui reparler un jour ! Bon, il n'avait rien à payer ? Tout était aux frais de la prod ? Et Didier de la régie qui devait les accompagner à la gare, il était où ? Ah, le voilà !

– Édouard, je t'appelle ! T'embrasseras Paulo pour moi, je ne l'ai pas vu ce matin ! Hé, vous viendrez me voir au théâtre, hein ? Allez salut tout le monde !

Dieu qu'il allait être long ce trajet en train...

Au même moment à l'aéroport de Toulon

Véronique de *Public* jeta encore un œil à son billet et leva les yeux vers les moniteurs qui annonçaient Paris-Orly Sud. Elle était dans les temps et n'allait pas louper l'avion. Heureusement parce qu'avec l'interview qu'elle rapportait, on ne peut pas dire que le séjour nécessitait une prolongation ! Super interview : Une phrase. Et quelle phrase ! Elle ne décolérait pas depuis ce matin. Par deux fois, elle avait tenté de joindre l'attachée de presse de la série pour lui rapporter le comportement innommable de l'acteur, mais elle n'avait pas réussi à la joindre. Elle s'apprêtait à appeler sa direction pour leur raconter qu'elle revenait bredouille de toutes confidences télévisuelles lorsqu'elle vit passer Barbara de *Télé 7 Jours* avec sa petite valise à roulettes. C'était peut-être la Providence.

Dès le premier soir

Elle courut derrière elle :

— Barbara ! cria-t-elle. Attends-moi ! Barbara, faut que tu m'aides !

Elle arriva, essoufflée, à sa hauteur :

— Tiens, salut ! répondit l'autre journaliste qui s'était arrêtée, comment ça va ?

— Assez mal, merci. Je n'ai pas réussi à faire mon interview de l'autre con, elle était pourtant prévue depuis quinze jours mais je suis arrivée trop tard hier soir et il ne voulait plus. Il m'a envoyée ch... comme une m... Enfin bref, je me disais que tu pouvais peut-être m'aider. Toi, t'as réussi à en avoir une donc, heu... si tu pouvais me laisser pomper sur toi...

— Hein ?

— On doit avoir à peu de choses près les mêmes questions ! Si tu me donnes ses réponses, j'arriverai à me débrouiller pour pondre ce foutu papier. Là, je n'ai rien ! Rien à part : « Je m'en... » non, je préfère même pas te dire. Ce qui est sûr, c'est que je vais avoir du mal à faire deux pages avec ça !

— Tu ne peux pas broder ? Vous avez l'habitude chez vous, non ?

— Mais je brode quoi ? Je le connais pas ce mec ! Je ne l'ai jamais regardée sa putain de série ! Elle est pire que *Santa Barbara*, ça n'en finit pas de finir ! Vous le mettez pas en couv' ?

— Non, faut pas exagérer, répondit Barbara de *Télé 7 Jours*. Bon écoute, je vais voir ce que je peux faire...

Une fois dans l'avion, Véronique de *Public* et Barbara de *Télé 7 Jours* négocièrent avec les hôtesses pour se mettre

Dès le premier soir

l'une à côté de l'autre. Barbara, qui avait eu son entretien lorsque David se trouvait au maquillage, était par la suite rentrée à l'hôtel pour retranscrire l'interview sur son ordinateur portable. Une fois l'avion dans les airs, elle ouvrit son ordinateur sur la tablette et l'orienta vers Véronique qui commença à recopier sur son petit cahier les propos de David :

– Je te remercie infiniment, tu m'enlèves une épine...

– Dépêche-toi, je n'ai presque plus de batteries...

Véronique se mit à noter à grande vitesse sans relever la tête.

C'était gentiment consensuel, bien politiquement correct, parfait pour du magazine télé :

« La série était épatante. Elle avait été un merveilleux tremplin pour David et sa carrière. C'est avec une immense douleur qu'il la quittait, mais l'appel des planches était le plus fort. La pièce qu'on lui proposait était sensationnelle. Travailler à nouveau à Paris allait être génial et lui permettre d'être plus proche de sa famille car c'était tout pour lui, sa famille. Il était très heureux en ménage, sa femme était sa première fan et son plus grand soutien. Il ne faisait rien sans lui demander son avis. Le cocooning à la maison était son plus grand bonheur. Il n'aimait pas sortir, il se méfiait des mondanités. Son truc, c'était le sport, car en plus il ne buvait pas une goutte d'alcool... »

À la question de Barbara : « *Beau, gentil, sportif. Vous êtes une sorte d'homme idéal, en définitive ?* »

Il avait répondu : « Oui, on peut le dire, j'y travaille en tout cas... »

Dès le premier soir

Véronique reposa son crayon. Elle n'avait pas envie d'écrire ça.

— Tu sais, dit-elle à Barbara, je ne l'ai vu qu'une minute hier soir, mais je peux te dire qu'à ses yeux brillants et la façon dont il m'a jetée, il n'avait pas sucé que de la glace... Bon, on s'en fout, c'était sa soirée et il ne conduisait pas après, mais quand je suis arrivée, il y avait l'autre comédienne, la brune là...

— Béatrice Bey...

— Oui. Elle lui massait le dos pendant qu'il en bécotait une autre ! Je te jure ! Une blondinette qui était agenouillée par terre et qui le regardait comme si c'était le Christ... ça n'avait l'air d'étonner personne !

— Je sais, chuchota Barbara, il est même rentré avec elle. C'est une fille de l'équipe technique, il paraît. Mon photographe qui était dans la chambre du premier assistant après la fête m'a dit qu'ils étaient repartis tous les deux. Il paraît qu'une demi-heure plus tard, elle ameutait tout l'étage, tellement elle gueulait...

— Oh ?

Cette anecdote laissa les deux filles rêveuses quelques secondes. Barbara regardait par le hublot, Véronique réfléchissait.

— Tu sais qu'il s'est battu à la soirée ?

— M'en parle pas, j'étais à trois mètres en train de discuter avec le réalisateur. Tout d'un coup, j'ai vu un type valdinguer dans les tables... Personne ne sait qui c'est, ni pourquoi. T'as des infos ?

— Une histoire de femmes, je crois... encore...

— Fidèle, mon cul !

Dès le premier soir

– Oui. Tu peux virer ce mot-là de ton papier, en ce qui le concerne. Je n'arrive pas à croire comment ce mec peut se « la péter » autant... Quand tu penses que la semaine dernière, j'ai fait Mat Damon au Ritz, tu sais qu'il est à Paris pour la promo d'*Ocean's Twelve* ?

– Je sais, on l'a fait aussi. On a eu Brad Pitt en plus, nous...

– Il était génial, super-sympa et quand je vois ce trouduc' d'une série française qui me parle comme si j'étais moins qu'une m... et qui m'envoie bouler. Franchement, tu trouves ça normal, toi ?

– Non, non, répondit Barbara. Et moi aussi, je suis sûre qu'il m'a prise pour une conne...

Les deux journalistes restèrent silencieuses quelque temps. Les hôtesses avançaient dans l'étroit couloir avec leurs chariots de théières et de cafetières. Véronique, toujours exaspérée, réfléchissait à une petite vengeance :

– La blonde qu'il s'est tapée hier soir, elle n'est pas comédienne ?

– Non. Stagiaire à la mise en scène, je crois.

– C'est la brune, sa partenaire à l'écran. Comment tu dis qu'elle s'appelle ?

– Béatrice Bey...

– Je vais annoncer son mariage avec elle ! s'écria Véronique en rouvrant son petit cahier.

– Quoi ?!

– Ça lui apprendra à me parler sur un autre ton. Il y réfléchira à deux fois la prochaine fois avant de me faire déplacer pour rien. Il m'a dit lui-même : « Tu te démerdes », et ben voilà, c'est fait... Épelle-moi son nom.

Dès le premier soir

– B.E.Y. Mais nous, on va sûrement publier des photos de lui avec sa femme !

– Essaie de faire passer des photos de lui tout seul ou avec cette Béatrice. Des photos du tournage. On s'en fout de sa bonne femme ! Elle fait quoi, d'abord ?

– Elle est décoratrice, il me semble.

– C'est bien ce que je disais, on s'en fout... Je vais mettre : *David Baulieu et Béatrice Bey, un couple à la ville comme à l'écran !*

– Tu sais qu'à l'écran, elle finit par le tuer !

– Leur mariage est programmé pour... Qu'est-ce que je mets ? Mois de mai, juin ? Oui, c'est bien le mois de juin pour les mariages.

– Mais fais gaffe ! Tu punis aussi Béatrice. Elle a peut-être quelqu'un dans sa vie ! La pauvre, hier elle était malade, elle n'a pas arrêté de dégueuler et...

– Quoi ? s'exclama Véronique en se redressant. Attends, je vais mettre qu'elle est enceinte ! C'est bon, ça...

Les traîtres

Coup de téléphone de ma meilleure amie de plus en plus inquiète :

– Élise, c'est moi Delph ! Barnabé me rappelle toujours pas ! ça fait cinq jours maintenant. J'ai laissé trois messages...

– Attends un peu, ai-je répondu.

Mais je savais que l'heure était grave : Trois messages sans « rappelage » équivaut à : Pomme Q. Game over : Je ne dois plus jamais t'adresser la parole et je commence déjà à travailler, devant le miroir, mon regard plein de mépris pour la fois où je te croiserai par hasard. C'était une règle d'or ! Moi, je l'appliquais même à UN SEUL message non retourné.

– Il doit se douter de quelque chose. Élise, au pire, si jamais il apprend le plan qu'on a... que t'as échafaudé, tu crois qu'il peut m'en vouloir ? À ton avis, c'est vexant comme truc ?

– Oh non, je pense pas... Puis c'est de sa faute, il n'avait qu'à être plus présentable...

Dès le premier soir

Comment imaginer à ce moment-là qu'Anne-Charlotte avait joué les *Alice détective privé* à Paris FM. On ne le savait pas et elle s'était bien gardée de le raconter à Delphine. Elle l'avait juste dit à Arnaud. Ce qui avait rassuré le frère de Delphine. Si elle et le « type du dîner » avaient monté cet arrangement d'un commun accord, c'était préférable... Ce qu'il redoutait le plus, c'était l'imposteur mythomane psychopathe. Ce n'était juste qu'un bellâtre alcoolique et inculte, c'était déjà mieux. Ce que ne comprenait pas Arnaud, c'est que si sa sœur était réellement avec le chroniqueur de Paris FM, pourquoi ne le leur avait-elle pas présenté ? Arnaud l'avait encore écouté ce matin. Il le trouvait épatant...

Barnabé cherchait l'amour. Seule une partenaire solide et équilibrée pouvait lui calmer ses angoisses (en dehors de sa boulimie). Or, en ce moment, il se posait beaucoup de questions sur la fiabilité et la loyauté de Delphine. Une fille qui avait monté un pareil plan pouvait-elle se dire amoureuse ? Elle le lui avait laissé entendre sur ses derniers messages. Il ne savait plus trop quoi penser. Il avait besoin d'un petit peu de temps et n'avait pas envie de lui parler pour l'instant, disons qu'il ne savait pas quoi lui dire... Il l'imaginait arriver chez ses parents avec ce type au physique impressionnant (c'était les mots de la belle-sœur !) et ça lui portait un coup au cœur à chaque fois... Oui, il avait besoin d'un peu de temps...

David voulait tout. Un foyer, des enfants, des maîtresses, des rôles, des copains, de l'argent, la gloire, des 4×4, des

Dès le premier soir

fans et des fêtes où l'on s'arrose au champagne. Il voulait plaire. Aux metteurs en scène, aux filles et à tous les gens susceptibles de lui apporter un peu de bonheur. La séduction était sa drogue. C'était toujours mieux que la coke et ça faisait moins mal au nez...

Simon, comme son meilleur ami Barnabé, cherchait la stabilité et il était mal tombé avec moi. Il aimait autant l'organisation et les choses établies que j'affectionnais une vie mouvementée. Il voulait des rapports égalitaires dans le couple, de la confiance, de la régularité, de la routine et tout un tas de trucs sur lesquels je ne m'étendrai pas parce que ça me saoule rien que d'en parler. Après mon texto : « Je ne suis pas ta nounou ! » Il m'avait rappelée pour « réagir suite à ces SMS qu'il n'avait pas trop compris », mais moi je n'ai pas envie de l'entendre réagir à quoi que ce soit et j'ai tourné là page... Pas de regret : je ne pouvais pas rester avec un type qui porte des pantalons en velours et qui bouffe des lentilles, de toute façon...

Vincent, mon journaliste animateur, voulait coucher avec moi et il avait bien raison car ça marchait à tous les coups. Je suis encore allée dormir chez lui ce week-end et je me suis encore insultée en sortant. Quand j'ai émis le souhait de cesser cette relation stérile (car elle l'était, contrairement à moi qui ne prenais plus de pilules contraceptives), il m'a appelée trois fois dans la journée. Hier soir, il s'est produit un miracle, on est restés une heure au téléphone à parler de tout... (ne jamais ajouter *et de rien derrière*). Je lui ai parlé de mon écriture et de mon roman qui avançait bien,

Dès le premier soir

il m'a dit : « Tu voudras que je te relise quand tu auras fini... » Je me suis raclé la gorge pour lâcher un : « Bof... heu... non, j'ai des gens dans ma maison d'édition qui s'en chargent... » Qu'est-ce que je pouvais dire d'autre ? Quoi qu'il en soit, on doit se voir demain. Il va finir par vraiment s'attacher. Dix ans que je pense ça...

Le mercredi suivant à Paris FM

Florent, le jeune animateur tout fou du 6-9, était de plus en plus atterré par l'attitude de Christophe, le mec des infos. Il foutait une sale ambiance dans l'émission : il ne réagissait à aucune de ses vannes, n'avait aucune repartie et ne lui adressait carrément plus la parole. D'accord, il le détestait, ça Florent l'avait bien compris en lisant ses mails, mais à l'antenne, il pouvait au moins faire semblant, donner le change, comme on dit. Ce n'était pas professionnel. Après chaque bulletin d'infos, il se levait et repartait dans son bureau pour revenir pile à l'heure suivante. Ce matin, Florent avait dû s'initier à la météo, car même ça, Christophe ne voulait plus le faire, c'était indigne de son niveau journalistique et il n'avait pas fait Sciences-Po pour ça ! Heureusement Florent l'avait fait n'importe comment, sollicitant Manu, le réalisateur, quand il ne savait où situer les endroits dont il parlait : « Jusqu'à moins six aujourd'hui en Meurthe-et-Moselle. C'est quoi ce machin ? C'est en France, ça ? Tu connais, Manu ? C'est à l'ouest, à l'est ? Ils ont l'électricité, tu crois ? Rien que le nom, on dirait un trou à Amish ! Ils se déplacent en roulotte, non ? Comme

Dès le premier soir

dans *La Petite Maison dans la prairie* ? En tout cas ils vont se geler les miches, les Amish ! Va falloir casser l'eau du puits pour se laver ce matin... »

En entendant ça dans son bureau, Christophe s'était penché vers sa table pour s'y taper le front trois fois de suite et avait décidé de reprendre la météo en main. Tout, chez ce crétin ébouriffé, étant prétexte à raconter des conneries, on ne pouvait décidément pas lui abandonner le moindre bout de terrain.

À neuf heures comme tous les jours, Florent rendit l'antenne en disant au revoir aux auditeurs de plus en plus nombreux, ainsi qu'à ses collègues : « À demain Cricri ! avec de nouvelles infos mais toujours ton balai dans le cul et ta tronche de trente-six pieds de long ! » Christophe avait failli lui sauter à la gorge. Manu avait vite éteint les micros derrière sa vitre pour que l'altercation n'ait pas lieu à l'antenne mais Florent était sorti du studio en courant et ricanant. Ce prétentieux de Christophe n'altérait en rien sa bonne humeur matinale. S'il voulait faire la gueule, c'était son problème. Lui se sentait surexcité : la veille, Agnès l'avait appelé. Elle quittait le lycée à 11 heures le mercredi. Son père étant à l'antenne à ce moment-là, elle avait proposé à Florent de la rejoindre chez elle : l'appart' serait rien qu'à eux. Florent était ravi de découvrir l'appartement de son patron et d'aller y baiser sa fille. C'était quand même génial ! Il avait un peu de temps jusqu'à 11 heures. Il se mit en quête de bureaux vides pour y télécharger quelques « ziks-mu » mais il y avait, ce matin, au minimum une ou deux personnes dans chaque.

Dès le premier soir

Il se dirigea vers celui de Valérie la psy, comme elle était à l'antenne en ce moment, son bureau serait forcément désert, mais la garce l'avait fermé à clé. Désemparé, Florent erra un peu dans le couloir puis se décida à monter au premier étage. La porte du bureau de Barnabé était légèrement entrouverte. Florent la poussa en frappant :

– Bonjour patron !

Barnabé releva la tête du *Canard enchaîné* qu'il parcourait en prenant des notes et ôta ses lunettes :

– Bonjour.

Le ton était méfiant. Barnabé n'avait pas recroisé Florent depuis leur entrevue menaçante et sa mise en garde à propos de sa fille. Quant aux visites de courtoisie du jeune animateur, elles étaient suffisamment rares pour être signalées. Le patron en profita néanmoins pour lui donner ses appréciations sur l'émission :

– C'était glacial ce matin avec Christophe. Qu'est-ce qui se passe ?

– Je n'en sais rien. J'ai l'impression qu'il ne me supporte plus...

« Comme je le comprends ! » pensa Barnabé.

– Faites attention. Les auditeurs n'ont pas à être témoins de vos problèmes internes. D'autre part, Florent, si vous voulez faire la météo, évitez de le faire en vous foutant du monde. En venant ce matin, j'ai failli avoir un accident en vous écoutant dans ma voiture. Ce n'est pas parce que vos connaissances en géographie sont lamentables, comme le reste, que vous pouvez vous moquer des habitants ou des noms des départements. Depuis que le réseau est national, on a des auditeurs dans tout le pays maintenant...

Dès le premier soir

– C'était pour déconner...

– Je sais. C'est votre rayon, ça ! Il n'empêche que c'est intolérable ! J'espère que je n'aurai pas à vous le redire ! Compris ?

– Ouais, maugréa Florent.

Voilà, il venait poliment dire bonjour et il se faisait encore engueuler.

– Pour Christophe, continua Barnabé, je déjeune avec lui à midi, je lui parlerai...

« Moi, je vais aller déjeuner chez toi », pensa Florent.

– D'accord, approuva le jeune animateur. Demandez-lui pourquoi il est après moi, en ce moment... Bon, je sais qu'il cherche à partir mais ce n'est pas une raison...

– Partir ?

– Il voudrait aller à France Info. C'est nettement plus sérieux qu'ici...

– Quoi ?

– Oui, il correspond avec un type de là-bas. Je suis tombé par hasard sur ses mails où il racontait qu'il n'en pouvait plus de travailler ici... Enfin, ne lui dites pas que c'est moi qui vous l'ai dit, d'accord ? L'ambiance n'est pas géniale en ce moment, alors si en plus...

– Non, non...

– Moi, je fais ça pour vous. Pour vous prévenir, c'est tout...

– Merci, balbutia le patron.

Barnabé était franchement surpris et déçu. Il avait l'intention de confier une émission à Christophe pour la rentrée. Décidément, les trahisons arrivaient de tous les côtés cette semaine.

185

Dès le premier soir

– Bon, je vais y aller, moi. À plus, lança Florent en refermant la porte, bonne émission tout à l'heure !

– C'est ça !

Le ton subitement mielleux de l'insolent ne lui disait rien qui vaille. Barnabé rechaussa ses lunettes et tenta de se concentrer sur sa revue de presse. Il fallait qu'il parle à Christophe. Il se demanda quelle serait la prochaine personne en qui il avait confiance à lui planter un poignard dans le dos et s'empara de sa sacoche pour y chercher sa plaquette de Xanax...

Aux alentours de 11 heures

Non loin du jardin du Luxembourg, Florent patientait sur un banc devant l'adresse que lui avait donnée Agnès, lorsqu'il la vit sortir de la bouche de métro. Elle s'avança vers lui en souriant et Florent rangea son portable, sur lequel il faisait des jeux depuis un quart d'heure, pour se lever. Ils restèrent plantés quelques secondes l'un devant l'autre, émus et timides, ne sachant trop comment se dire bonjour. Finalement, ils optèrent pour deux bises.

– C'est là, annonça Agnès en lui montrant la porte d'un immeuble en pierres de taille.

– Je te suis, répondit Florent.

Il était plus anxieux que la dernière fois. L'ambiance n'était pas la même que lors de la fête. La première chose qu'il allait faire en entrant serait de rouler un petit pétard pour détendre l'atmosphère. Il suivit Agnès qui cherchait

Dès le premier soir

ses clefs dans son sac à dos. Elle aussi semblait un peu nerveuse.

Une fois à l'intérieur, Agnès enleva son manteau et se dirigea vers sa chambre tandis que Florent examinait les photos aux murs, découvrant ainsi quelques moments heureux de la vie passée de son patron, de ses amis et de sa famille. Il se mit à visiter l'appartement en ouvrant toutes les portes qui se trouvaient sur son chemin et finit par découvrir la chambre de Barnabé : un grand lit, une bibliothèque désordonnée, une pile de journaux au pied du lit et une photo d'Agnès, avec un petit chat dans les bras, encadrée sur la table de nuit.

– Viens, on n'a qu'à rester là, dit-il en entrant.

– C'est la chambre de mon père ! protesta la jeune fille. Tu ne veux pas aller dans la mienne, plutôt ?

– On est bien, là !

Florent déposa son sac, referma les lourds rideaux et sauta sur le lit. Agnès hésita puis se résigna. Là ou ailleurs, de toute façon... Florent observa la pièce, satisfait, et son regard tomba sur le radio-réveil de l'autre table de nuit. Il se mit à tripoter les boutons et la voix de Barnabé s'éleva dans la pénombre. Florent augmenta le volume.

– Pourquoi tu mets la radio ? demanda Agnès, surprise.

Elle avait envie de beaucoup de choses à cet instant précis, mais écouter son père n'en faisait guère partie.

– J'avais amené des CD mais il n'y a pas de chaîne, ici...

– Elle est dans le salon.

– C'est bien la radio... T'as des clopes ? Je vais rouler un pet, dit-il en retirant son sweat-shirt.

Agnès alla lui rechercher une Marlboro dans le salon et

Dès le premier soir

la lui rapporta. Florent avait ouvert le lit et se glissait dans les draps en caleçon.

– Viens, dit-il à Agnès.

À son tour, elle ôta pull et jean pour le rejoindre. Assis confortablement contre les oreillers, Florent, qui s'était emparé d'une biographie de Jean-Paul Sartre, trouvée à terre, commença à éventrer sa cigarette dessus. Du tabac tombait dans le lit :

– Fais gaffe, murmura Agnès.

– Ça m'excite d'être dans le pieu de ton père, tu peux pas savoir...

– Moi pas trop, répondit-elle, inquiète.

– Ça m'excite de l'écouter à la radio.

– Moi pas du tout, avoua Agnès.

Nus et tendrement collés l'un contre l'autre, les deux ados fumèrent en silence. Ce qu'ils entendaient n'était pas porté sur le glamour. À la radio, la voix rocailleuse de Barnabé émettait :

« Bourdieu s'arrogeait le droit d'intervenir sur tous les théâtres d'opérations. En cela, il était l'héritier des intellectuels de la fin des années cinquante, qui avaient le souci d'être de tous les combats. Il y avait pourtant une contradiction entre son activisme porteur d'espoir de changement et une sorte de pessimisme culturel profondément ancré en lui. Bourdieu a toujours véhiculé l'idée que les structures sociales étaient immuables et... »

– T'as remarqué ? Ton père, quand il parle, il y a des fois on comprend rien de ce qu'il raconte...

– Ben si... Il est un peu intello... J'aime bien les intellos.

Dès le premier soir

J'ai envie d'être journaliste politique plus tard, dit-elle en lui caressant le ventre.

– Ah bon ?

Florent chassa de son esprit ses mauvais souvenirs d'école et l'humiliation vécue lorsque ses profs lisaient à voix haute « les perles » extraites de ses devoirs :

« Un septuagénaire est un losange à sept côtés. »

« Quand deux atomes se rencontrent, on dit qu'ils sont crochus... »

« De toutes les pièces de Molière, *Les Pierres précieuses ridicules* est la plus connue... »

« L'histoire du Moyen Âge nous est bien expliquée par Christian Clavier dans *Les Visiteurs 1 et 2.* »

« Les empereurs romains organisaient des combats de radiateurs. » (Ça, il avait juste été un peu vite en l'écrivant !)

« Clovis mourut à la fin de sa vie. »

« Le général de Gaulle est enterré dans deux églises à Colombey. »

« Le cerveau des femmes s'appelle la cervelle... » (Bon là, il était un peu jeune.)

Florent écrasa le joint dans le cendrier en évacuant ses douloureuses pensées scolaires. Il n'était peut-être pas journaliste politique mais ça ne l'empêchait d'être un super-animateur qui avait sa propre émission le matin, et elle cartonnait, en plus. Il se retourna et grimpa sur la fille de son patron...

Dès le premier soir

À Paris FM

Christophe, la vraie référence journalistique de Paris FM, attendait que Barnabé ait terminé son émission pour aller déjeuner avec lui. Mentalement, il préparait sa diatribe sur Florent. Il fallait qu'il explique à son patron l'exaspération qu'il ressentait et l'emprisonnement sous-culturel dans lequel le confinait ce petit con. Il arrivait à Christophe d'avoir honte en sortant du studio. Il n'arrivait plus à participer, à cautionner les inepties exaltées du jeune timbré. À chaque fois qu'il avait voulu lui en faire la remarque, Florent avait toujours répondu : « Cauet fait pire... Cauet a dit pire... » L'animateur de TF1 et de MCM était devenu sa source d'inspiration. Et cela n'en était franchement pas une pour Christophe qui rêvait de France Info ou de LCI. Il allait refermer son ordinateur quand les petites notes annonçant un mail se firent entendre. C'était Béa, sa maîtresse...

Pendant ce temps-là chez Barnabé Clusot

Florent n'avait pas tenu deux minutes en faisant l'amour avec Agnès. Il était trop excité par les circonstances et l'environnement, mais il lui avait promis de recommencer dès qu'il aurait mangé un petit truc. Florent enfila un tee-shirt trouvé sous l'oreiller de Barnabé et se dirigea vers la cuisine pour préparer un petit plateau : pain, saucisson et bières. « Fais comme chez toi ! »

Seule dans le lit, Agnès l'attendait. Elle avait franchement hâte que l'émission de son père se termine parce que

Dès le premier soir

faire un câlin en entendant la voix paternelle, c'était injouable. Elle se demandait comment Florent arrivait à être aussi émoustillé par cet accompagnement sonore. Tout sourire, il revint dans la chambre, tenant le plateau.

– Pause bouffe ! annonça-t-il en le posant sur le lit.

Il se réinstalla aux côtés de sa dulcinée et tous deux attaquèrent le pain pour se faire des petits sandwiches.

– C'est bien ici ! commenta Florent la bouche pleine. Et ta mère ? Elle ne vit pas avec vous ?

– Elle s'est remariée. Elle vit dans les Bouches-du-Rhône !

– C'est quoi ce machin encore ? C'est où ?

– Au-dessus de Marseille...

– Ah ! Moi, à part Paris et Biarritz, je connais pas grand-chose. C'est marrant, j'ai eu une petite conversation avec ton père à ce sujet ce matin... Il m'a dit que j'étais nul en géo. Pas besoin de lui pour le savoir. Il a pas un peu grossi ces derniers temps ?

– Il a des soucis, je crois... Il avait une nouvelle nana, mais j'en entends plus parler depuis quelque temps. Il rentre tous les soirs, l'air abattu... Il me fait de la peine.

– Il n'est pas abattu à la radio, je peux te dire ! Tu l'as déjà vue la meuf ?

– Je l'ai croisée une fois. Ils ont passé le réveillon ensemble...

– Belle ?

– Pas mal...

– Quel âge ?

– Vieille... Au moins trente ans !

Cette histoire en rappela une autre à Florent :

– Tiens, je vais te montrer un truc.

Dès le premier soir

Il bondit hors du lit et attrapa son sac à dos. Il l'ouvrit pour en extraire deux feuilles sur lesquelles il avait imprimé les mails de Christophe :

— Les petits secrets du type avec qui je bosse, annonça-t-il en les brandissant. Il sauta à nouveau sur le lit.

— Je t'en ai parlé, non ? Du prétentieux qui fait les infos dans MON émission !

— Je l'ai déjà entendu, en tout cas. C'est un copain de mon père. Il fait bien son boulot, je trouve. C'est vrai qu'il est sobre.

— Il est quoi ? Bon, bref : c'est un casse-burnes de première qui se la pète comme j'ai jamais vu. Il veut se tirer de la station, regarde... Non regarde pas là. Il dit du mal de moi, c'est pas la peine. Passe tout ce qu'est « l'autre crétin ébouriffé qui braille des conneries », tout ça tu peux passer. Regarde en bas... non plus bas, là il m'insulte encore. Voilà, lis ça...

Agnès s'empara des feuilles et se mit à lire :

— Il veut partir sur France Info ? Remarque, il a peut-être raison, c'est sûrement plus intéressant pour lui !

— C'est un méga-traître, non ? Derrière le dos de ton père ! Attends, c'est pas fini, dit-il, surexcité, en lui montrant la deuxième page. Il a une autre meuf, ce n'est pas sa femme ! Regarde ce qu'elle écrit : « Mon amour... » Elle doit pas être très nette pour l'appeler comme ça, ce n'est pas un amour : c'est un chieur !

Agnès entama sa lecture à voix haute et surjoua le message d'une voix langoureuse et théâtrale...

192

Dès le premier soir

Dans le même temps

Loin d'imaginer que les deux ados se foutaient de sa gueule avec sa correspondance professionnelle et intime, Christophe attendait Barnabé dans un restaurant près de porte de Champerret. Ils avaient rendez-vous entre midi et quart et la demie. Il se repassa mentalement son petit discours tout en consultant le menu et commanda une bouteille d'eau pétillante.

Barnabé était sur le chemin, la marche lui faisait du bien même s'il respirait avec difficulté. Il fallait vraiment qu'il arrête les gauloises. Il repensa à ces trahisons auxquelles il devait faire face en ce moment. Les gens étaient décevants, oui décevants et pas fiables... sûrement indignes de l'estime qu'il leur portait. Dans l'ordre :

1) Celle qui l'inquiétait le plus : sa fille. Aberrant qu'elle s'entiche d'un Florent ! Il persistait à penser qu'il était hors de question que ce doux dingue la fréquente. N'importe qui sauf lui.

2) Celle qui le peinait le plus et le vexait : sa copine. La machiavélique Delphine qui le jugeait pas assez bien pour elle. « Imprésentable » à sa famille ! Allant jusqu'à en amener un autre plus beau à sa place. Belle garce, celle-là ! Si elle avait honte de son embonpoint ou de sa façon de se conduire, il en trouverait bien d'autres qui seraient fières, au contraire. Ça devait exister... Comme cette jeune fille qui venait tous les jours de Rouen pour assister à l'émission et qui le regardait avec tant d'admiration. Le problème, c'est qu'elle n'était pas trop son type physiquement. Il

Dès le premier soir

aimait les très minces. On recherche toujours ce qu'on n'a pas. Et cette intrigante de Delphine l'était. Même si elle se plaignait de ressembler à une crêpe après chaque câlin, elle lui plaisait vraiment : son corps fluet, son rire, sa façon de tendre son verre en attendant qu'on le lui remplisse. Sa manière de couper la parole aux gens ou encore d'emmerder le monde en récitant des poèmes de Victor Hugo de dix pages, pour prouver la qualité de sa mémoire. Elle avait une personnalité tellement attachante, mine de rien... Il ne fallait plus qu'il y pense...

3) Celui qui l'étonnait le plus : son employé. Christophe qui avait tant fait pour se faire engager à Paris FM. Barnabé en était content. C'était un très bon journaliste. Ils étaient devenus amis par la suite et voilà que maintenant il envoyait des mails derrière son dos à une autre radio pour se faire embaucher... Il aurait pu l'en avertir, essayer d'en discuter avec lui. Mais non, au moindre problème, c'est la fuite...

Les gens étaient décevants, vraiment... Tout ça ne l'énervait même pas, non, ça le rendait juste triste. Barnabé entra dans le restaurant, confia son manteau au maître d'hôtel, et rentra son ventre pour passer entre les tables. Il prit place en face de Christophe.

Au même moment chez Barnabé

Agnès et Florent avaient à nouveau fait l'amour dans le lit paternel. Florent avait tenu un peu plus longtemps que la première fois, au moins cinq minutes, et il se reposait

Dès le premier soir

en fumant et contemplant la pièce. En réalité, il n'en revenait pas d'être là. Tout ça l'amusait beaucoup. Agnès avait sa tête posée sur son torse comme dans les films. Il trouvait ça très cool. Mais cette tendre posture adulte fut de courte durée car, toujours stimulé par son incorrigible curiosité, le jeune homme repoussa Agnès sur le côté et se pencha pour ouvrir les tiroirs de la table de nuit. Après les petits secrets de Christophe, c'était au tour des secrets de Barnabé de se révéler au grand jour.

Agnès se réveilla.

– Qu'est-ce que tu fais ?

– Rien, je regarde. Qu'est-ce que c'est que toutes ces pilules ? s'enquit Florent en considérant l'intérieur du tiroir.

– Les tranquillisants de mon père, ses somnifères, antidépresseurs et tout ça !

– Oh, la vache ! C'est une vraie pharmacie. Il se shoote, ma parole ! L'autre jour il m'a gaulé avec un pétard dans le studio. Il a voulu que je l'écrase mais lui, il ferait mieux d'en prendre de la beu.

Il s'empara des flacons et tenta de décrypter ce qu'il y avait écrit dessus. C'était compliqué ces noms...

Au restaurant

Christophe et Barnabé dégustaient chacun un haddock poché et la conversation entre eux deux était assez animée. Elle tournait bien évidemment autour de l'émission du matin.

Dès le premier soir

– Tu sais, lui avoua Barnabé, l'année dernière, l'équipe du matin était beaucoup plus calme et beaucoup plus posée mais elle ne marchait pas fort. Des gens nous écrivaient qu'avec leur radio-réveil branché sur Paris FM, ils se rendormaient illico et arrivaient systématiquement en retard au boulot. Beaucoup ont changé de station, c'était pire que FIP... J'ai dû changer la fille, elle avait une voix hypnotisante qui vous plongeait dans le coma. Je l'ai mise dans l'équipe de nuit... (Barnabé réfléchit.) C'est peut-être dangereux s'il y a des routiers qui l'écoutent. Quoi qu'il en soit l'audience était moins bonne par rapport à aujourd'hui...

– C'est sûr qu'avec l'autre dingue, c'est impossible de se rendormir ! T'as vu comment il hurle debout derrière le micro. On dirait un DJ de boîte de nuit ! Et les conneries qu'il peut sortir ! lâcha Christophe en laissant tomber sa tête dans ses mains, je n'ai jamais vu ça... T'as écouté ce matin ?

– Oui, oui... C'est un style.

– Je peux plus, moi...

– Enfin... Bon... Sinon ce n'est pas le mauvais bougre, tenta de le rassurer Barnabé, loin d'imaginer que le jeune animateur était actuellement dans son lit en train de baiser sa fille et de jouer avec ses flacons d'antidépresseurs.

Il voulait réconforter Christophe. Il n'avait rien à gagner au départ de celui-ci. Au contraire.

– J'ai un copain qui bosse à France Info, avoua Christophe avec une pointe de jalousie dans la voix, et je lui ai demandé de voir si le patron pouvait me recevoir. J'ai envie de postuler...

Dès le premier soir

– Je sais, lâcha Barnabé, soulagé qu'il en parle le premier. Enfin un qui avouait...

– Comment ça tu sais ? Je ne l'ai dit à personne. Rien n'est fait en plus...

– Non, mais je sais...

– Comment ?

– Je ne peux pas le dire... Disons que j'en ai entendu parler, conclut Barnabé qui, lui, ne balançait personne. Pas même Florent.

Dans l'appartement de Barnabé

Florent avait renversé sur le lit le tiroir à médicaments. Il comparait les fioles et les plaquettes pour voir quel médicament son patron prenait le plus. Le lit se métamorphosait peu à peu en véritable chantier entre le plateau du déjeuner, les canettes de bière vides qui traînaient, le cendrier plein et maintenant le tiroir renversé. Il est certain que si Barnabé était rentré à ce moment-là, il aurait fait un infarctus en découvrant la scène... Après avoir fait des commentaires sur chaque flacon du genre : « Ça, ça doit être vachement fort, non ? tu crois pas ? » Il ouvrit le deuxième tiroir. Il renfermait carnets de notes, feutres et stylos. Apparemment, Barnabé notait la nuit des idées qui lui venaient, probablement pour son émission. Florent ouvrit un petit carnet au hasard mais eut un peu de mal à déchiffrer l'écriture de pattes de mouches de son patron.

– Moi, je prépare jamais rien pour mon émission, se vanta-t-il auprès d'Agnès. Je fais tout à l'impro...

Dès le premier soir

Il s'empara d'un des feutres, le décapuchonna et se retourna vers la jeune fille.

— Tu sais ce qu'il m'a dit ton père : que je pouvais faire une croix sur toi. Je peux t'en dessiner une sur les nichons ? Allez...

— Non !

— Allez, une petite... Au-dessus du nombril, alors ! dit-il en brandissant le marqueur.

Agnès se débattit en riant. Florent mit des traînées de feutre un peu partout en chahutant et la joyeuse lutte s'acheva en bataille d'oreillers.

Au restaurant

Barnabé proposa un autre café à Christophe mais celui-ci déclina. Il faisait une sieste l'après-midi. Ça l'aidait pour se lever à quatre heures du matin. Barnabé, qui lui n'arrivait pas à dormir que ce soit l'après-midi ou le soir, en recommanda un autre en demandant l'addition. Il était plutôt satisfait de ce déjeuner. Christophe était un type bien. Il ne pouvait que comprendre son exaspération. D'ailleurs celui-ci ne se gênait pas pour continuer l'énumération des vannes les plus « trash » de Florent mais au bout de cinq minutes Barnabé le stoppa :

— Bon, arrête Christophe, je sais tout ça... Moi aussi, il m'horripile. Pour rien te cacher, je cherche à le virer. C'est un peu personnel. Ce qui a fait déborder le vase, c'est qu'il est sorti un soir avec ma fille. Je ne sais pas ce qu'elle a

Dès le premier soir

foutu avec lui, mais elle est rentrée à trois heures vingt du matin...

– Ça ne m'étonne pas. Il y a des jours où il ne dort pas de la nuit. Il arrive direct de discothèque. Il tient grâce à l'ecstasy.

Barnabé recracha son café sur la nappe. Il se précipita sur une serviette et entama une belle quinte de toux. Christophe attendit patiemment que ça se termine. Barnabé était tout rougeaud.

– Qu'est-ce que tu racontes ? ahana-t-il, la serviette encore devant la bouche.

– Mais tout le monde le sait, répondit Christophe, sincèrement étonné.

Ça commençait à faire beaucoup dans la balance et pas du bon côté...

Chez Barnabé

C'était vraiment le souk, à présent. Après la bataille d'oreillers, Agnès et Florent avaient fait une bataille d'eau dans la salle de bains et la jeune fille, relativement sérieuse quand elle n'était pas sous l'influence néfaste de son nouvel amant, eut un léger moment de panique en constatant l'heure sur la pendule de la cuisine : bientôt 15 heures ! Son père n'allait pas tarder à rentrer de son déj et sa chambre était un véritable pucier :

– Faut ranger ! hurla-t-elle en traversant le salon toujours toute nue. Faut tout ranger ! Nettoyer le plumard ! cria-t-elle en courant.

Dès le premier soir

Florent, qui avait mis du rap à fond dans le salon, dansait en caleçon debout sur le canapé, imitant les rappeurs.

Toujours nue, Agnès retraversa le salon dans l'autre sens, ouvrit la porte d'un placard, s'empara d'un aspirateur qu'elle embarqua avec elle dans la chambre de son père. Il y avait des miettes de pain et du tabac plein le lit. Elle rangea tous les flacons de gélules encore présents sur le dessus-de-lit et commença à passer l'aspirateur.

Florent, qui était revenu dans la chambre, l'observa un instant. Il eut aussitôt envie de jouer « au client de l'hôtel et à la soubrette à poil ». Agnès s'y opposa, vu l'heure, mais Florent se colla contre son dos et entreprit de la chevaucher par-derrière. Agnès s'écroula sur le lit mais, consciencieuse, continua de passer l'aspirateur. Il n'en avait pas pour long-temps, de toute façon...

Une minute trente, ce coup-ci. Florent s'excusa brièvement pour sa vélocité de lapin en matière de sexe, mais le côté « aspirateur à levrette » l'avait surexcité. Agnès retourna dans la salle de bains en le priant de se rhabiller maintenant.

Sans commentaire.

Devant le restaurant

Sur le trottoir, Christophe serra la main de Barnabé en le remerciant pour le déjeuner. Il prenait la direction opposée. En réalité, le jeune journaliste retournait à Paris FM ayant quelques petites choses à vérifier. Il remercia aussi Barnabé d'être un patron compréhensif et bienveillant en plus d'être

Dès le premier soir

un type intelligent, sensible et cultivé. Ce qui le changeait de l'autre branleur. Christophe devait être en train de développer une fixation, mais il n'empêche, Barnabé se sentit requinqué par ses compliments et c'est galvanisé par ces éloges qu'il regagna sa voiture pour rentrer chez lui.

À *Paris FM*

Christophe se dirigea vers les locaux de Paris FM. Un truc le tracassait. Comment son patron pouvait-il être au courant de ses envies de mutation ? Il avait échangé cinq mails avec le type de France Info et n'en avait parlé à strictement personne ! Ce n'était certainement pas François, son contact à France Info et ce n'était pas lui... donc c'était son ordinateur. Quelqu'un l'avait forcément piraté pour le balancer ensuite. Certes, il avait bien une idée de qui ça pouvait être. Une fois à l'intérieur de Paris FM, il se dirigea droit vers la standardiste, à l'accueil :

– Il est encore là, Manu ?

– Je crois, je ne l'ai pas vu sortir, dit-elle en relevant la tête de ses mots fléchés.

Christophe se précipita vers l'escalier. Son réalisateur travaillait aussi sur une émission qui était à l'antenne de midi à 14 heures. Première heure consacrée à l'info, deuxième heure sur les sorties cinématographiques et littéraires. C'était cette tranche horaire et cette émission qu'aurait aimé avoir Christophe... Mais non, lui : on lui avait refourgué le matin avec l'autre crétin ! Fallait qu'il arrête d'y penser, ça devenait obsessionnel.

Dès le premier soir

— Manu ? héla-t-il en tapant sur la vitre.

Le réalisateur posa son sandwich et sortit de sa cabine régie.

— T'es encore là ?

— Manu, dis-moi un truc, c'est important. Tu ne t'es pas servi de mon ordinateur, par hasard ?

— Ça ne va pas, non ? J'ai le mien et puis si j'avais eu besoin du tien, je t'aurais demandé...

— Je te dis ça parce que je crois que quelqu'un s'en est servi sans me demander justement... Tu ne vois pas qui ça peut être ?

— Il n'y a quasiment que Florent qui n'a pas de bureau, ici, et vu ce qu'il bosse, c'est pas la peine. Je sais qu'il cherche toujours des ordis performants pour télécharger des trucs. Il a bien un ordinateur chez lui mais il est vieux et il m'a expliqué que comme son immeuble n'était pas câblé, il n'avait pas le haut débit et je ne sais plus quoi... Valérie m'a raconté qu'elle l'avait surpris un jour dans son bureau, il était sur le site de George Lucas : il voulait voir la bande-annonce du troisième épisode de *Star Wars*, il paraît qu'elle a eu toutes les peines du monde à l'en dégager, depuis elle ferme toujours son bureau à clef et...

Manu ne put terminer sa phrase, Christophe courut vers son bureau en hurlant :

— Ah, le sale petit enfoiré !

Après avoir violemment poussé la porte, il tenta de se calmer et observa quelque secondes son beau petit Mac. Il avait la sensation d'avoir été violé. Il l'ouvrit délicatement et tapa son mot de passe mais subitement ses palpitations reprirent de plus belle quand il réalisa qu'il avait gardé

Dès le premier soir

certains mails de Béa à la suite de ceux de François de France Info. Il consulta sa boîte mails. Effectivement, ils étaient bien là.

– Oh non ! souffla-t-il en s'asseyant.

Il se prit la tête à deux mains et se tira sur les cheveux en poussant un cri rauque. Si cet imbécile immature n'avait pas hésité à raconter à Barnabé qu'il voulait changer de radio, il pouvait aussi bien aller raconter à sa femme qu'il y en avait une autre dans sa vie. Il n'était plus à ça près...

On frappa à sa porte. Manu passa sa tête dans l'entrebâillement :

– Je peux entrer ?

– Ouais. Je vais le flinguer ce mec, annonça Christophe au réalisateur.

– Tu penses qu'il a téléchargé des trucs ?

– Ça, à la limite, je m'en fous. Ce qui me rend dingue, c'est qu'il a été regarder dans ma boîte mails. J'avais des trucs un peu privés... Exactement tout ce que je voulais qu'il ne sache pas, tu vois le genre...

– Il peut te faire des ennuis ?

– Il a déjà commencé...

– J'ai peut-être un truc pour toi... Tu m'attends deux secondes...

– D'accord...

Manu sortit du bureau, laissant Christophe à ses pensées de meurtre. Il revint même pas une minute plus tard avec une cassette à la main :

– Tiens, si tu veux je te la donne. T'en auras peut-être plus besoin que moi. Là-dessus, j'ai enregistré Florent le jour où il s'est fait remonter les bretelles par Barnabé à

Dès le premier soir

propos de sa gamine. Tu te rappelles ? Non, t'étais déjà parti ! Eh bien, figure-toi qu'il raconte comment il a tringlé sa fille debout contre un évier dans une fête où il l'avait amenée après lui avoir refilé des ecstasys mélangés à des whiskies Coca... sympa, non ?

Christophe s'empara de la cassette, sidéré. Il n'en revenait pas que Florent ait pu raconter ça. Qu'il l'ait fait semblait encore plus invraisemblable. Et Manu, soi-disant son pote, qui l'avait enregistré ! alors là...

– Je croyais que tu l'aimais bien. J'avais l'impression que tu le protégeais, que vous étiez toujours tous les deux contre moi...

– Mais non ! Il se fout toujours de ma gueule, de ma coupe de cheveux, de mes fringues ! Hier, il a passé dix minutes à décrire mes pompes aux auditeurs... Il me ridiculise sans arrêt ! ma mère en est malade chaque fois...

– Comme t'en rigolais avec lui, je croyais que tu le prenais bien.

– Ça dépend des jours, en fait...

Manu sortit du bureau, laissant Christophe avec sa cassette dans la main. Voilà une belle monnaie d'échange que la Providence lui envoyait. Décidément, cette radio, entre les espionnages, les indiscrétions et les trahisons, on aurait pu la rebaptiser Judas FM...

Chez Barnabé

Barnabé tourna sa clef et poussa la porte. L'appartement était étrangement calme et toutes les fenêtres étaient ouver-

Dès le premier soir

tes. Il passa devant la chambre d'Agnès, celle-ci travaillait sagement à son bureau.

– Comment ça va ma beauté ? lui lança-t-il. Dis donc, c'est toi qui as ouvert les fenêtres, mais ça caille !

– Oui, mais ça sentait un peu le renfermé quand je suis rentrée.

– Je les ferme si tu veux bien parce qu'il fait aussi froid dans le salon que dehors...

Agnès attendit, pétrifiée derrière son bureau. Pas de réflexion sur l'odeur de pétard. C'est bon, elle était partie. Barnabé revint la voir en enlevant son manteau :

– Tout va bien ?

– Ça va, dit-elle. J'ai un devoir à faire sur Albert Camus, tu m'aideras ?

– Si tu veux... Bon, je vais travailler dans mon bureau. On dîne tous les deux, ce soir ?

– OK. Tu ne vois pas ta copine ?

– Je prends un peu de recul, en ce moment... À tout à l'heure.

Agnès attendit quelques instants, figée, puis se détendit. Pas d'exclamations ni interrogations. Apparemment, elle avait bien tout rangé.

Delphine

Rentrant d'un déjeuner professionnel en voiture, Delphine s'arrêta à un feu rouge. Elle attrapa son portable dans son sac et le regarda, désespérée : aucun appel, aucun message.

205

Dès le premier soir

Elle tenta de répondre à cette question insupportable, cette torture psychologique que détestent toutes les filles : *Pourquoi il n'appelle pas ?*

Évidemment, elle se sentait de plus en plus amoureuse de Barnabé depuis qu'elle subissait son éloignement. Elle ne l'avait pas jugé « enfoiré affectif » durant les premières semaines passées ensemble, alors que signifiait ce silence ? dire qu'il appelait tous les jours, avant...

Elle cliqua sur « créer SMS » et m'envoya :

Besoin apéro-débriefing. Pas trop le moral. 19 heures chez moi ? Ai toujours caisse de rosé au frais...

Une fois dans son bureau, elle déposa sa veste sur le rebord de sa chaise et s'aperçut qu'elle avait un nouveau mail. Pleine d'espoir, elle pria pour que ce soit Barnabé mais non : c'était Gonzague. Elle cliqua dessus, plus découragée que jamais :

Salut Cousine,
Quelles sont les nouvelles ? J'espère que tu vas bien. Moi, de mon côté, ça va pas trop mal si ce n'est que j'ai croisé, par hasard, « ton fiancé » dans un hôtel à Saint-Tropez, lieu où il tournait sa série car figure-toi :
1) Ton fiancé est acteur.
2) Il ne s'appelle pas Barnabé mais David.
3) Il est marié et a deux enfants.
4) Il m'a pété le nez dans le restaurant de l'hôtel.
Il m'a aussi dit que tu savais tout ça car c'était toi qui avais organisé cette mascarade de dîner chez tes

Dès le premier soir

parents. Il paraît que tu avais, je cite le gougnafier : « peur de nos jugements hâtifs de petits-bourgeois de merde ! ».
Est-ce vrai, cousine ?
Biz
Gonz.

PS : Palo veut que j'aille porter plainte contre lui. Qu'en penses-tu ? Je ne sais pas trop quoi faire, c'était la première bagarre de ma vie. Je vais cet après-midi passer une radio de mon crâne...

Qu'est-ce que c'était que cette histoire, encore ? Plus démoralisée que jamais, elle prit son portable et m'avança l'apéro-débriefing à 18 heures, puis elle se résolut à appeler Gonzague... Il fallait qu'il lui explique ce nouveau binz.

Apéro-débriefing. 18 heures chez Delphine

C'est totalement survoltée, en compagnie de sa bouteille de rosé et son tire-bouch dans l'autre main, que Delphine m'ouvrit la porte pour se lancer dans la narration de l'épisode Saint-Tropez que le cousin ne s'était pas gêné pour lui raconter par téléphone avec moult détails. Delphine semblait vraiment révoltée par David. Pour qui se prenait-il, ce mec ? Comment avait-il osé frapper son cousin ? Il était vraiment imbuvable, ça, elle l'avait toujours senti. Ils sont tous comme ça tes potes ? Non, ai-je répondu... Et encore, lui ce n'est pas le pire...

– Je ne comprends pas comment j'ai pu l'échanger

Dès le premier soir

contre Barnabé, même pour une soirée ! poursuivit-elle. Humainement, moralement, intellectuellement, il ne lui arrive pas à la cheville ! Et toi ? Tu ne regrettes pas Simon quand tu vois des mecs comme ça !

– Oh, pitié ! Ça n'a rien à voir. Moi, je l'aime bien David...

– Comme la fois où t'es arrivée ici, folle de rage après lui. C'était il y a deux ans, tu te rappelles ? J'ai dû descendre chez Nicolas, acheter un grand cru tellement t'étais dans tous tes états !

– Il m'avait dit : « Notre histoire n'a aucun sens ! »

– On m'a déjà dit pire, si ça peut te rassurer !

– Il me l'a dit alors qu'il était encore en moi !

– Oui, d'accord... Quel salopard ! Quand je pense que c'est toi qui me l'as conseillé pour mon dîner !

– Mais depuis deux ans, on était réconciliés ! On avait recouché ensemble sans qu'il me largue immédiatement après, c'était un vrai progrès...

– Bon. Pourquoi l'« autre » ne me rappelle pas, à ton avis ?

– Il y a plusieurs catégories de types qui ne rappellent pas : la première, les mecs qui ne veulent pas s'engager, qui ont la trouille de nous et de tout. C'est ce qu'on appelle les hétéros-fiottes. Le syndrome : j'ai peur de toi, ou de tes sentiments, ce qui revient au même. Tu me rappelles un peu Glenn Close dans *Liaison fatale*.

« La deuxième, des gars qui avaient commencé à s'engager mais qui font marche arrière parce que t'as dit ou fait un truc qui ne leur plaisait pas et ils n'osent pas te dire qu'ils pensent à rompre. Le syndrome : j'ai peur du téléphone,

Dès le premier soir

aucune envie de t'entendre pleurnicher pendant des heures, ça ne servira à rien en plus.

« La troisième catégorie, les hommes qui ont rencontré une autre fille et pas trop envie d'annoncer la mauvaise nouvelle. Ils préfèrent qu'on la devine. Le syndrome : j'ai peur de moi et de mon instabilité affective. Et puis ce n'est pas de leur faute, c'est un coup de foudre !

« La quatrième catégorie, les types qui sont... heu... décédés, mais on ne le sait pas encore... Ils aimeraient bien appeler mais ils sont à la morgue.

– C'est gai !

– Seule la quatrième catégorie est excusable... et encore !

– Barnabé n'est pas mort, on le saurait quand même...

– Il doit être dans le deuxième ou troisième groupe.

Je n'ai pas parlé des catégories annexes : les gens qui n'ont pas de réseau : mineurs de fond, conducteurs à la RATP ou spéléologues coincés dans une grotte, comme on n'en connaît pas...

J'avais évité de mettre dans ces catégories la plus évidente, la number one de toutes : les mecs qui ne rappellent pas parce qu'ils s'en foutent tout simplement. Cette catégorie est trop déprimante.

Delphine réfléchissait, son verre à la main.

– Je vais réessayer de rappeler, qu'est-ce que t'en penses ?

– Tu romps la règle d'or ! Tu ne serais pas folle amoureuse comme dans une chanson de Francis Cabrel, par hasard ?

– Il faut que je sache ce qu'il se passe. Je n'en peux plus d'attendre. Je finis mon verre et je me lance. Tu restes à côté de moi, hein...

Dès le premier soir

– Tu veux que je te tienne la main ?

– Oui.

Delphine appuya sur une touche de son portable et attendit.

– Messagerie, annonça-t-elle. Encore.

Elle allait raccrocher quand ses yeux s'écarquillèrent et son teint adopta un léger ton grisâtre. Après quelque longues secondes de silence, elle lâcha :

– Je le crois pas, écoute ça !

Elle cliqua à nouveau sur la même touche et me positionna son portable à l'oreille. J'écoutai concentrée :

« Vous êtes bien sur la messagerie de Barnabé Clusot. Vous pouvez me laisser un message si vous ne vous appelez pas Delphine Bénin. Si c'est toi, espèce de garce, raccroche, mais avant sache que si j'ai un dîner prochainement, j'amènerai une autre gonzesse à ta place parce que t'es franchement insortable, tu picoles trop et tu racontes vraiment trop de conneries ! J'ai tout de même un certain standing à tenir... À part ça, bonne journée à tous ! »

Delphine reprit son téléphone et le balança par terre. Il roula sous la table basse. Elle continua de le considérer, tétanisée, comme si c'était une mygale d'Amazonie :

– Comment il sait ? articula-t-elle. Je vais calancher !

– Ce n'est pas moi, je te jure...

L'important n'était pas la bêtise ou la trahison en elle-même. Ce qui est fait est fait ! Non, l'intolérable, c'était que la dernière personne qui devait être au courant y soit. Ça, c'était insoutenable, alors : Par qui ? Comment et pourquoi ?

Dès le premier soir

À l'époque, nous ne savions pas qu'Anne-Charlotte était passée à Paris FM.

— Il a vraiment l'air fâché. C'est rattrapable, tu crois ? En tout cas, ce n'est pas ce genre de réflexion qui va m'inciter à arrêter de boire, dit-elle en se resservant un verre de rosé.

— Je ne comprends vraiment pas ce qui a pu se passer, émis-je, incertaine, David et Barnabé ne se connaissent pas...

— Tu trouves que je picole trop ?

— Non......... non.........

— Insortable, il a dit ! Il ne s'est pas regardé !

— Quel enfoiré !

— Gros sac !

Nous passâmes en revue toute une liste d'insultes existant dans la langue française lorsque mon portable se mit à sonner. C'était ma mère :

— Allô, ma Lisa-Lisou ! C'est moi, ta mère. Je voulais te dire que j'étais en train de regarder ton fiancé à la télévision et...

— Heu, attends... Lequel ?

— Ben, Vincent ! Tu m'as dit que tu t'étais remise avec lui !

— Ah, oui ! (Elle parlait de mon journaliste présentateur.)

— Je voulais te dire que je suis à peu près sûre qu'il se teint les cheveux !

— Mais non, c'est sa couleur naturelle, il a toujours été comme ça et...

— Non, non.

— Mais enfin maman, je le connais mieux que toi...

Dès le premier soir

— Il se teint, je t'assure ! Cela dit, son émission est très bien.

— Bon, écoute, je suis chez Delph, là...

— Vous ne buvez pas ?

— Non......... Non.........

— Tu rentres à quelle heure ?

— Mais je n'en sais rien...

— Dis-lui qu'elle nous lâche, me chuchota Delphine. On n'est plus en cinquième !

— Qu'est-ce qu'elle dit, ta copine ?

— Rien, rien. Bon, maman, je te laisse...

— Tu viens demain soir faire un Scrabble ?

— Oui, oui, je t'embrasse, à plus...

— Embrasse Delphine et ne buvez pas trop...

Je raccrochai :

— Oh, la barbe ! Tu te rends compte qu'elle m'appelle pour me dire que Vincent se teint les cheveux !

— Tu le vois encore ?

— Je ne vois plus que lui, tu veux dire ! J'en suis à la troisième pilule du lendemain que je prends à cause de lui. Je me suis un peu fait engueuler par ma pharmacienne qui m'a dit d'arrêter de mettre une telle pagaille dans mon cycle. Mais c'est de sa faute. La dernière fois que j'étais chez lui, j'étais sur le point de partir quand il me rappelle de sa salle de bains. Je pensais qu'il avait un supertruc à m'annoncer. Je fais demi-tour et là, il me sort : « Élise ! Pas de bébé, hein ? » J'ai dit : « Non, non », toute miteuse. Je me suis sentie sale comme une Romano dans un film d'Emir Kusturica...

— Quel salopard ! compatit Delph.

Dès le premier soir

– Belle raclure !

Nous passâmes en revue une nouvelle liste d'insultes existant dans le Larousse. Mais il fallait néanmoins admettre que Vincent rappelait, lui. Il n'arrêtait pas, même. C'était le contraire d'un HF (hétéro-fiotte) qui avait peur de moi (first catégorie) ou un presque engagé qui faisait marche arrière (second catégorie), non, en réalité, je ne savais pas dans quel tiroir mettre Vincent car j'étais incapable de cataloguer notre relation. Comme j'avais bu un peu de rosé et que j'étais de bonne humeur, je pensais : assez régulière finalement. Il doit m'aimer, c'est sûr même s'il ne veut pas de bébé. Et puis je ne suis pas du genre à lui en faire un dans le dos même si, j'avoue, je n'aurais rien contre le fait qu'il me file une pension tous les mois. Ne serait-ce que pour les dédommagements de cette histoire d'amour qui m'a bien pris la tête pendant des années... et qui continue.

– Qu'est-ce que je peux faire pour ce message odieux ? reprit Delphine qui voulait recentrer le débat sur SON problème.

– Je ne sais pas.

– Qui a pu lui dire ? Il ne connaît personne de ma famille, réfléchissait-elle à voix haute. J'en suis malade.

– Tu voudrais te réconcilier ou te venger ?

– Un peu des deux.

– Faut choisir. Si on organisait ton suicide ? Ça le ferait revenir. Un faux, bien sûr. Il faudrait que ce soit un suicide un peu glamour comme dans une tragédie grecque, Antigone, Phèdre tout ça, mais tu n'auras pas besoin de déclamer des alexandrins avec des trémolos dans la voix quand

Dès le premier soir

tu prendras tous tes... T'as quoi, au fait, comme médicaments ici ?

– Des UPSA effervescents.

– C'est tout ?

– Sinon, j'ai des Lexomil, mais il ne m'en reste plus que deux.

– C'est tout ?

– Ben ouais ! Je dois avoir des vitamines C quelque part...

– Tu ne peux pas te suicider avec ça !

– Je n'ai qu'à pas le faire mais toi, tu pourrais appeler Barnabé en lui disant que je l'ai fait... Tu lui dis : après avoir entendu ton message horrible, Delphine a tenté de mettre fin à ses jours en avalant une boîte entière de Lexo avec un litre de rosé de Provence et puis...

– Et puis quoi ? T'es à quel hôpital ?

– Un pas trop loin de chez moi.

– Mais on ne peut pas se faire hospitaliser comme ça, si on n'a rien !

– On ne peut pas louer une chambre ?

– Ce n'est pas un hôtel !

– Faudrait corrompre un médecin ! Tu ne veux pas t'en charger ?

– Comment je fais ?

– Ben, je ne sais pas trop...

Temps de réflexion.

– Moi, ai-je repris, quand un mec ne me rappelle pas, je lui laisse comme message : Mais comment fais-tu ? Tu dois te faire violence. Je suis tellement irrésistible et demandée que...

Dès le premier soir

– Là, j'ai peur de m'enfoncer encore plus. Il n'a pas l'air d'être fan de mon humour en ce moment. Le suicide, c'est mieux. Super-idée. Tu n'auras qu'à l'appeler en disant que je suis sortie de l'hôpital le matin même, et qu'il était inutile de le prévenir avant parce que je n'avais pas droit aux visites. J'étais dans un tel état ! En pleine NDE !

Re-temps de réflexion.

– Tous les gens qui ont fait une NDE, on leur demande ce qu'ils ont vu. Le tunnel, la lumière blanche et tout ça. Certains ont raconté qu'ils avaient vu leur ange gardien qui était descendu spécialement pour eux...

– Je dirai que le mien était en RTT et c'est justement parce qu'il me surveillait pas que j'ai failli mourir. En vrai, le pauvre doit être épuisé avec toutes les conneries que j'ai pu faire dans ma vie...

– Et quand est-ce que je lui annonce la nouvelle à ce pauvre Barnabé ?

– Dans deux, trois jours...

– Bon...

Le lendemain

Bonne surprise, David m'a appelée ! Il venait de commencer ses répétitions au théâtre et il voulait me féliciter car, disait-il, tout Paris était envahi d'affiches du film tiré de mon livre. Il était très fier de moi. En allant au théâtre, il en avait vu au moins dix sur le trajet ! J'ai dit « merci, c'est cool », mais je devais raccrocher. J'ai pris David un peu de haut car je me trouvais à un déjeuner en présence

Dès le premier soir

d'amis, élite du milieu littéraire et intellectuel parisien et je ne pouvais décemment pas, devant eux, me lancer dans une conversation insipide avec un acteur de seconde zone. J'espère qu'il aura compris...

En réalité, David n'allait pas fort. Il avait été obligé d'admettre qu'il avait couché avec Élodie et, depuis son retour de Saint-Tropez, il dormait sur le canapé et souffrait d'un torticolis. Sa femme, qui lui refusait le lit conjugal, lui avait laissé entendre qu'elle changerait carrément les serrures à la moindre incartade. Au moindre pas de travers, à la moindre œillade sur une inconnue : c'était la porte. Michelle ne s'autorisait plus aucun soupçon. Elle en avait trop enduré. David avait accepté, adoptant subitement une attitude beaucoup plus caniche quand il était avec elle en public. Elle allait céder dans peu de temps, pensait-il, sa mauvaise humeur finirait par s'estomper, il allait réintégrer son lit et bientôt tout le raffut de Saint-Tropez ne serait plus qu'un mauvais souvenir...

C'était deux jours avant le lundi...

La presse people

Ce lundi-là, à neuf heures du matin, Christophe Gérard sortit du studio plus exaspéré que jamais. Il s'était pris une dizaine de vannes de la part de Florent à chaque bulletin d'informations. C'était la guerre. Il n'avait pas osé lui dire qu'*il savait* que cet abruti lui avait pillé ses mails de peur d'en venir aux mains. Il allait l'emplâtrer un de ces jours, c'était sûr...

Valérie, la psy, allait prendre place dans le studio d'à côté lorsqu'elle croisa Florent dans le couloir et s'arrêta un instant pour discuter. Christophe ne les entendait pas mais il vit Florent remonter son tee-shirt et lui exhiber son percing au nombril. C'était nouveau, ça, et il fallait qu'il le montre à tout le monde. Christophe réfléchissait au moyen d'utiliser la cassette que Manu avait faite des aveux de ses relations sexuelles avec la fille du patron. Et dire que Barnabé cherchait à le virer ! S'il entendait ça, il allait accélérer le processus très rapidement. Si seulement ce petit con pouvait dégager, Christophe travaillerait dans de meilleures conditions, peut-être aurait-il moins envie de partir... Il rangea les quotidiens qui traînaient sur son bureau, ferma

Dès le premier soir

son Mac qu'il débrancha pour le mettre dans un tiroir qu'il ferma à clé. Une pile de magazines s'agglutinait sur le sofa en face de son bureau, il entreprit de les ranger aussi. Faire un peu de ménage le calmait et l'aidait à se concentrer sur le moyen de balancer Florent à Barnabé. Il s'empara de la pile, mais un magazine s'en échappa et tomba à terre. Christophe posa le reste et le ramassa : C'était un journal trash people : *Public*. Tous les journalistes reçoivent presque tous les hebdos, qu'ils soient sérieux, politiques, télé ou people. En ce qui concernait celui-ci, Christophe n'y prêtait guère attention, généralement. Il parlait trop de gens issus de la télé-réalité que Christophe ne connaissait même pas. Il allait le balancer à la poubelle quand il lut en annonce sur la couverture : « Mariage surprise sur la série *Au fil des jours...* »

Il se rassit et ouvrit le journal...

Du côté de David

Comme chaque matin, David était de mauvaise humeur. Aujourd'hui peut-être encore plus que les autres jours. Il souffrait réellement de violentes douleurs en haut du dos et ne supportait plus le canapé sur lequel il dormait. Il avait la sensation que ses cervicales lui envoyaient des décharges électriques. Tout en se massant la nuque, il entra dans le café-tabac au coin de sa rue et fit la queue pour s'acheter des cigarettes. Mimi allait bientôt craquer et lever la punition. Avant la fin de la semaine, il aurait réintégré son lit, c'était sûr. Il se tenait super à carreaux. Il n'avait

Dès le premier soir

même pas tenté de séduire Gwendoline, la ravissante comédienne qui jouait dans sa pièce et ça faisait au moins trois jours qu'ils avaient commencé à répéter... Non, franchement, il faisait des efforts ! Ses cigarettes en main, David alla s'asseoir et commanda un café-crème. Une serveuse un peu grassouillette avec des boutons sur les joues le lui apporta. Comme elle était imbaisable pour lui, il ne calcula pas. Il lui jeta juste un regard ahuri quand la fille lui lâcha : « Toutes mes félicitations ! » avant de tourner les talons. Mes félicitations de quoi ? David pensa que les gens étaient peut-être déjà au courant de son retour au théâtre...

Paris FM

Dans son bureau, Christophe était en train de suffoquer. Vous l'aurez compris, la fameuse Béa des mails n'était autre que Béatrice Bey dont le mariage imminent avec son partenaire dans la série était annoncé dans *Public*. Dire que cette garce voulait le faire divorcer alors qu'elle s'apprêtait à épouser quelqu'un d'autre ! Cette fille adorable pour laquelle il craquait depuis huit mois, sa première infidélité depuis sept ans, celle qui était arrivée à mettre en doute les fondations de son mariage avec Hélène. Cette salope qu'il avait encore vue la veille au soir et qui lui avait redit qu'elle était folle amoureuse de lui, qu'elle ne le voulait rien que pour elle ! La comédie n'était pas un métier chez elle, mais sa véritable nature ! Combien avait-elle de mecs ? Christophe jeta le journal contre le mur, fit trois fois le tour de son bureau, récupéra le magazine par terre et

Dès le premier soir

rechercha l'article. Il n'arrivait pas à le croire. La photo déjà le stupéfiait : sur une double page, il pouvait voir en gros plan sa maîtresse embrasser à pleine bouche le héros de la série. Était-ce une photo du tournage ou de la vraie vie ?

Personne n'aurait pu le dire...

BÉATRICE BEY ET DAVID BAULIEU :
UN COUPLE À L'ÉCRAN COMME À LA VILLE !
par Véronique Félon

« Malgré les tempêtes de neige qui s'abattent actuellement dans le midi de la France, l'ambiance est merveilleusement douce et romantique sur le tournage de la série : *Au fil des jours...* Douce mais légèrement empreinte de tristesse car le sublime chirurgien de la série fait ses adieux à ses collègues et aux téléspectateurs après neuf ans de bons et loyaux services sur TF1. David Baulieu, qui répète actuellement une pièce au théâtre de la Gaîté-Montparnasse, achève ici son dernier épisode où, tenez-vous bien, il se fait tuer par celle qui n'est autre que sa fiancée dans la série et dans la vie. La magnifique Béatrice Bey l'avoue, les larmes aux yeux : "La série sans David ne sera plus jamais la même. Il va nous manquer à tous atrocement."

« Rassurez-vous pour elle, il ne lui manquera pas longtemps, les amoureux se sont aménagé de longs week-ends romantiques entre tournages, répétitions théâtrales et *préparatifs de leur mariage qui aura lieu début juin.* David serait même actuellement en train de chercher un appartement à Paris pour y abriter son nouvel amour et sa

Dès le premier soir

nouvelle petite famille. Eh oui, car Béatrice Bey ne peut plus cacher qu'elle attend un heureux événement. Elle vient récemment de découvrir *qu'elle était enceinte* et souffre de belles nausées sur le tournage. David, qui a déjà deux enfants d'un premier mariage avec une décoratrice, est fou de bonheur à l'arrivée de ce troisième. Tous deux espèrent une petite fille. "Pour moi, c'est mon premier, avoue Béatrice avec un sourire ému. Et j'ai confiance en David qui sait comment s'y prendre avec les nouveau-nés, il adore les biberons, les couches et tout ça..." »

Christophe jeta à nouveau le journal contre le mur et tenta de faire décélérer son rythme cardiaque. Il était au bord du malaise. Béa était enceinte ? Mais de qui vraiment ? Avant tout, il pria Dieu pour que ça ne soit pas de lui. Depuis deux mois maintenant il couchait avec elle sans capote (elle avait fait un test HIV et lui avait dit qu'elle prenait la pilule). Il imagina la tête de sa femme s'il lui apprenait qu'une autre fille attendait un enfant de lui. L'horreur, il chassa cette idée immédiatement. Ce n'était pas possible, il avait déjà assez de problèmes au boulot. Il fallait les résoudre un par un sinon... Christophe sentit l'ombre de la dépression nerveuse planer au-dessus de lui. Il tentait de relativiser en mettant en doute la véracité de cet article lorsque Florent passa sa tête ébouriffée dans l'entrebâillement de la porte :

— Tu pars vers quelle heure ?

— Qu'est-ce que ça peut te foutre ? Tu veux mon bureau ? Tu veux encore aller fouiller dans mon ordinateur ? Hein, sale petit con ?

Dès *le premier soir*

Sans lui laisser le temps de répondre, Christophe bondit violemment sur lui et se mit à l'étrangler de toutes ses forces contre le mur du couloir.

Florent suffoquait en appelant au secours et en cherchant un peu d'air mais Christophe serrait son cou de plus en plus fort, il allait réellement le tuer. Plus un atome d'oxygène ne passait dans ses poumons et Florent eut la sensation que ses yeux sortaient de leurs orbites. Il sentit ses jambes l'abandonner...

Ce sont les cris de Manu et les tapes qu'il lui donnait sur la joue qui le firent revenir dans le monde réel. Le réalisateur et quelques animateurs, sortis des bureaux, étaient venus à son secours, l'ôter de l'emprise de ce forcené. Tout le monde criait :

— Mais Chris, qu'est-ce qu'il t'a pris ? Flo, ça va ? Tu peux te remettre debout ? Respire mon grand !

Christophe, entouré de ses collègues, se massait les tempes adossé au mur d'en face et tentait lui aussi de reprendre un rythme de respiration normal.

— Je ne sais pas... Pardon, pardon, dit-il sans oser regarder Florent.

Aidé de Manu, Florent se remit debout tant bien que mal, les pattes tremblotantes comme celle d'un agneau qui vient de naître :

— Connard ! lança-t-il à Christophe.

Celui-ci bondit de nouveau et lui envoya un uppercut en pleine mâchoire. Florent repartit deux mètres en arrière et sa tête émit un bruit sourd quand elle heurta le sol...

Dès le premier soir

À quelques mètres de Paris FM

Barnabé sortit de sa voiture et se dirigea vers la station. Il était fort angoissé : ce matin en faisant un peu de rangement dans sa cuisine, il avait été stupéfait de découvrir le contenu d'une des trois poubelles. Sa fille tenait à trier les déchets et ce que renfermait la troisième était digne d'un parfait écolo, un baba-cool même : des canettes de bière (qu'il n'avait pas bues), des tas de mégots de cigarettes blondes (il fumait des brunes) et, parmi eux, deux mégots blancs carrément suspects : des joints (la dernière fois qu'il avait tiré dessus, c'était sous Giscard). Sa fille n'avait tout de même pas bu trois canettes de bière, fumé deux pétards et un paquet de clopes à la maison toute seule ! Elle n'avait pas fait de soirées récemment, n'avait invité personne... C'était vraiment étrange. Quand le prince Charles avait découvert qu'Harry avait fumé du cannabis, il l'avait emmené visiter un centre de désintoxication pour drogués. C'était peut-être ce qu'il fallait faire pour mettre en garde Agnès... En même temps, il ne l'imaginait pas une seconde succomber à de telles déviances. Elle était bonne élève, désireuse d'apprendre, espérait travailler à *L'Express* après ses études de journalisme. Peut-être épouser Christophe Barbier ? Pour Barnabé, sa fille était parfaitement équilibrée, impossible de l'imaginer en train de se déchirer toute seule... Non. Si elle l'avait fait, c'était parce que quelqu'un l'avait incitée. Pour le patron de Paris FM, la seule personne qui fumait ce genre de truc, c'était Florent. Il n'était quand même pas venu chez

Dès le premier soir

lui ! Fumer des pétards chez lui. Boire ses bières ? et peut-être pire encore... non, ce n'était pas possible. Pas sa fille ! Il poussa la lourde porte de Paris FM et vit la standardiste accourir vers lui, trébuchant sur ses talons aiguilles. Elle avait l'air paniqué :

— Monsieur Clusot, il faut que vite vous descendiez au sous-sol ! Un meurtre a failli être commis ! Christophe a étranglé Florent ! Heureusement on les a séparés à temps mais le pauvre a du mal à...

Barnabé n'attendit pas la suite et se précipita vers les escaliers.

Florent était allongé sur le sofa d'un des bureaux du sous-sol. Il avait un beau coquard sous l'œil et les traces des pouces de Christophe autour du cou. Quelques animateurs et employés de la station prenaient soin de lui et cherchaient des compresses à mouiller pour les lui mettre autour de la tête car il s'était fait une belle bosse en tombant.

Au bout du couloir, dans son bureau, Christophe expliquait à ses collègues, venus le soutenir, pourquoi il était furieux après Florent. Il avait discrètement rangé le magazine *Public*, inutile de les mettre au courant de la vraie raison de cette colère qui ne lui ressemblait guère. Lui, journaliste sérieux, si calme et posé, d'habitude.

Deux clans s'étaient formés dans le sous-sol de Paris FM : les pro-Florent et les pro-Christophe. Barnabé courut voir les premiers.

— Qu'est-ce qui s'est passé ? tonna-t-il de sa grosse voix en avisant Florent qui ressemblait à un blessé de 14-18.

— Il a failli me tuer, gémit le jeune animateur. J'ai juste

Dès le premier soir

été le voir dans son bureau pour lui demander à quelle heure il partait et là-dessus, il m'a sauté à la gorge comme un enragé... Il m'a étranglé méga-fort et après il m'a retapé dessus encore...

– Tu veux aller à l'hosto ? demanda Barnabé en s'approchant.

– Non, ça va aller, répondit Florent d'une petite voix. Je vais me reposer ici.

Il allait mieux depuis qu'il se sentait chouchouté et son patron venait de le tutoyer pour la première fois. Il lui était plus sympathique maintenant qu'il s'était pris un pain. Barnabé posa une fesse sur le sofa et tourna d'un doigt la joue de Florent pour admirer son œil qui noircissait au fur et à mesure. Il y a encore une heure, Barnabé aurait adoré faire partie de la police scientifique pour procéder à l'analyse ADN des mégots de pétards qu'il avait trouvés dans sa poubelle et le faire jeter en prison, et voilà que maintenant il jouait les infirmiers. Il faut dire ce qui est : Christophe ne l'avait pas loupé ! Barnabé se leva.

– Je vais aller voir l'autre, dit-il en quittant la pièce. Si t'as besoin de quelque chose, je suis là, lança-t-il à Florent.

Florent lui sourit d'un air de dire : c'est bon, je suis fort, je m'en remettrai. Intérieurement il jubilait : « Tu vas te faire over engueuler Christophe. J'espère que tu vas bien te faire virer et qu'on me trouvera vite un autre mec un peu moins mou du cul pour faire les infos dans MON émission... »

– T'es pas bien, toi ? gronda Barnabé en entrant dans le bureau de Christophe.

Dès le premier soir

Le journaliste, assis à sa table, se tenait la tête dans les mains. Les chroniqueurs de l'émission de Barnabé étaient tous autour de lui :

— Attends, répliqua Anastasia. Si j'apprenais que Florent est allé visiter mes mails, ça m'horripilerait aussi... Faut le comprendre...

— Il paraît qu'il utilise les ordinateurs de tout le monde, renchérit Tanguy. Dès que quelqu'un est à l'antenne, hop il file en douce dans son bureau !

— Pas une raison, tonitrua Barnabé. T'as vu dans quel état tu me l'as mis ? dit-il en s'adressant à Christophe. Il a la marque de tes doigts autour du cou !

— Je t'avais prévenu que je ne pouvais plus le supporter, dit Christophe en relevant la tête.

Barnabé tenta encore quelques remontrances mais se heurta aux arguments courroucés de son équipe. Tous prenaient la défense de Christophe. Travailler avec ce petit branleur devait être un enfer. Et ça faisait longtemps que chacun souhaitait lui mettre son poing dans la gueule. Barnabé céda. Il était en partie d'accord, en plus :

— Allez venez, dit-il à ses chroniqueurs, faut préparer l'émission. Chris, on te laisse te calmer, ça va aller ? lui demanda-t-il.

— Ouais, ouais, lâcha le journaliste.

La petite bande sortit de la pièce en commentant les mésententes entre collègues. Ils croisèrent Manu, le réalisateur, qui lui faisait des allers-retours entre les deux bureaux. Manu semblait un peu perdu, il ne savait pas quel clan choisir... Il en avait marre de la guerre entre les deux. Le 6-9 devenait de plus en plus dur à réaliser. L'ambiance

Dès le premier soir

avait encore été effroyable ce matin, et cette baston n'allait rien arranger. Il regretta d'avoir donné la cassette des exploits sexuels de Florent à Christophe. Il espérait vraiment que l'autre n'allait pas s'en servir et rajouter de l'huile sur le feu. Si seulement les choses pouvaient rentrer dans l'ordre d'elles-mêmes, pensa-t-il. Cela dit, Manu avait beau être optimiste, il ne voyait pas comment :

– Ça va mieux ? s'enquit-il auprès de Christophe.

– Ça peut aller, j'ai besoin d'être un peu seul, si tu veux bien...

– Pas de problème. Je suis à côté si t'as besoin...

Le journaliste ne lui répondit pas. Il était plongé dans la lecture de *Public* qu'il semblait dévorer, très concentré, comme si c'était du Proust...

« Bon, pensa Manu, s'il lit la presse people, c'est que ça va mieux... »

D'un homme à l'autre

Au volant de son 4 × 4, David augmenta le volume en entendant un morceau des Beatles qui passait sur Nostalgie. Il s'arrêta au feu rouge et tapa en rythme sur son volant. Devant lui les passants défilaient, lorsque subitement un jeune homme qui traversait tourna la tête en entendant la musique. Son regard croisa celui de David et il lui adressa un grand sourire. Le jeune homme quitta le passage clouté et tapa sur la vitre du conducteur. David abaissa sa vitre, prêt à lui dire qu'il n'avait pas de stylo mais le garçon ne lui en laissa pas le temps.

Dès le premier soir

– Je peux te serrer la main, demanda-t-il à David.
– Bien sûr, répondit-il, flatté.
– Félicitations ! lui lança le fan.
David ne put lui demander pourquoi, le feu passait au vert et le jeune homme se dépêcha de regagner le trottoir. David passa sa tête par la fenêtre.
– Félicitations de quoi ? cria-t-il.
Le jeune homme se retourna et lui montra son pouce levé : « Elle est super-belle ! » et il tourna les talons en souriant. Derrière le 4×4, on commençait déjà à klaxonner :
– C'est bon, s'énerva David en passant la première.
Félicitations de quoi bordel ? Ça faisait deux fois depuis ce matin...

Dans son bureau, Christophe avait décidé de passer à l'action, la jalousie était en train de le rendre fou. Il fallait que Béa s'explique maintenant. Était-elle enceinte ? Du partenaire de sa série ou de lui ? Allait-elle vraiment se marier avec un autre alors qu'il avait déjà consulté un avocat pour entamer sa procédure de divorce ? Par deux fois, il tenta de l'appeler mais son portable était sur messagerie. Il ne put laisser de message, aucun son ne sortait de sa gorge. De toute façon, il fallait qu'elle s'explique en le regardant dans les yeux. Christophe attrapa sa veste sur le dossier de son fauteuil et se résolut à lui rendre une petite visite surprise...

David entra dans le théâtre, bien énervé. Il avait tourné une demi-heure pour se garer et il était en retard à sa séance de répétitions. Le metteur en scène ne s'était pas gêné pour

Dès le premier soir

commencer sans lui, ses trois partenaires étaient déjà sur scène lorsqu'il débarqua dans la grande salle.

– Désolé, lança-t-il, quartier de merde. Impossible de se garer...

Il monta sur la scène embrasser les trois autres comédiens, et adressa un signe au metteur en scène assis au quatrième rang avec, à ses côtés : son assistante, le directeur du théâtre, ainsi que l'auteur de la pièce :

– Bon, on va tout reprendre depuis le début, annonça le metteur en scène en se levant. David, tu rentres à jardin avec Gwendo. On met votre arrivée en place et on fera la pause-déjeuner juste après. Allez-y mes enfants...

David se dirigea vers les coulisses avec Gwendoline. Il lui passa un bras innocent autour des reins et tenta de se concentrer un peu sur son entrée et son texte lorsque la jeune fille lui glissa à l'oreille :

– T'as trouvé ton nouvel appartement ? Toutes mes félicitations, au fait ! On ne savait pas...

Dans l'immeuble où résidait Béatrice Bey, Christophe entreprit de monter les trois étages à pied et s'arrêta, essoufflé, pour sonner et tambouriner à la porte de Béa. C'est Chloé, la colocataire de Béa, qui vint lui ouvrir en pyjama. Ma « roommate » comme l'appelait la jeune actrice d'une voix snob. Il l'avait oubliée, celle-là. Dieu qu'elle l'énervait, elle aussi, avec sa manière dépitée de dire « Bon, je vais faire un tour » quand elle sentait que les amoureux voulaient être un peu seuls dans l'appartement :

– Tiens, salut Chris...

– Béa est là ?

229

Dès le premier soir

— ... tophe, non elle est chez Christian Dior, avenue Montaigne, elle essaie sa robe pour...

Christophe la planta là et courut vers les escaliers. Chloé termina sa phrase toute seule : « le festival de Monaco... » Elle referma la porte. Ce mec était cinglé.

Christophe monta dans sa voiture, direction l'avenue Montaigne. Madame était chez Christian Dior. Madame essayait une robe. Sa robe de mariée, peut-être. C'est vrai que ça allait être un mariage entre vedettes de télé, avec plein d'invités people et sûrement des photos dans *Gala*. Ce n'est pas lui, Christophe, obscur journaliste dans l'émission d'un taré d'une petite radio qui pourrait lui offrir tout ce faste... Une fois de plus, il sentit l'adrénaline de la jalousie et de la colère lui serrer le ventre et lui donner des palpitations.

Arrivé devant chez Dior, Christophe abandonna sa voiture en double file et s'avança vers la luxueuse boutique avec le pas déterminé d'un GI débarquant dans une maison irakienne recelant des terroristes ayant tué son meilleur ami la veille. Les vigiles à l'extérieur remarquèrent un type entrer à grandes enjambées et le gardèrent à l'œil. Ils virent une vendeuse aller à sa rencontre :

— Je peux vous aider ?

— Béatrice Bey est chez vous ?

— Oui, répondit la très chic vendeuse. Elle est au fond... C'est à quel sujet ?

Mais le jeune homme si pressé ne lui répondit pas. Il se mit à crier : « Béa ! » Béatrice Bey sortit une tête de sa cabine d'essayage :

Dès le premier soir

– Chéri ? Mais qu'est-ce que tu fais là ?
C'est une gifle qui répondit à sa question.

Au théâtre, les répétitions qui venaient tout juste de commencer furent interrompues.
– Attendez, attendez ! s'écria David sur la scène. Gwendo vient de me dire un truc qui m'affole un peu. Quelqu'un peut aller me chercher *Public* tout de suite ? Ce journal de merde. C'est important... Je ne pourrai pas jouer tant que je ne l'aurai pas vu... Je vous en supplie, c'est grave...
Il avait vraiment l'air paniqué. Les autres comédiens revenaient peu à peu sur scène : qu'est-ce qui se passait encore ? Sonia, l'assistante du metteur en scène, sentit que c'était pour elle :
– C'est bon, j'y vais, dit-elle en se levant. Il y a un kiosque au coin de la rue.
Dès qu'on engageait un type un peu connu, fallait qu'il la ramène...

Dans la belle boutique de l'avenue Montaigne, des éclats de voix se faisaient entendre jusqu'à l'extérieur. Les vigiles se précipitèrent. Le type qui était rentré si nerveusement tapait un esclandre :
– T'es vraiment qu'une belle salope ! pouvait-on entendre. Tu oses vouloir me faire divorcer alors que tu vas en épouser un autre !
Le type hurlait, la fille aussi :
– Mais de quoi tu parles ?
– Tu sais très bien ! Fais-moi encore ta sainte-nitouche et je t'en remets une !

Dès le premier soir

Il lui tirait les cheveux devant les vendeuses affolées qui se demandaient si elles devaient appeler la police. Les vigiles sautèrent sur Christophe et s'emparèrent de lui pour le jeter dehors...

Debout sur la scène du théâtre, le magazine télé en main, David n'en croyait pas ses yeux : on lui aurait annoncé le mariage du pape avec Ophélie Winter, il n'aurait pas fait une autre gueule. Béatrice Bey ? Il était en train de devenir fou. Il n'avait jamais donné d'interview pour *Public*. Il se regarda en train d'embrasser Béatrice en double page. Il se remémora subitement le visage de la journaliste arrivée après la soirée à Saint-Tropez, il l'avait envoyée sur les roses. Belle façon de se venger ! Combien de temps allait-il dormir sur le canapé ou dans la baignoire maintenant ? Au moins trois ans ! Il fallait avertir Mimi avant qu'elle l'apprenne chez le coiffeur. Comment cette journaliste avait-elle pu inventer tout ça ?

— Je suis désolé, dit David au metteur en scène, mais je préférerais qu'on fasse une pause maintenant, je ne me sens pas bien...

— D'accord. Pause-déjeuner !

*Sur le tournage d'*Au fil des jours... *à Saint-Tropez*

— Pauvre Mimi, répéta une fois de plus la maquilleuse avec le magazine dans les mains. T'as vu ça ? demanda-t-elle à l'habilleuse.

— Oui. Si c'est vrai, c'est bizarre que ce ne soit pas

Dès le premier soir

annoncé dans le *Voici* d'aujourd'hui. Ils ont rarement un train de retard... Allez Doudou, t'as ton blouson, tu peux y aller !

Édouard se leva pour aller tourner. Son copain David était encore dans la mouise. La journaliste de *Public* avait été obligée d'improviser toute seule. La bonne chose, c'est qu'en voyant ça, Élodie reviendrait peut-être vers lui. Édouard avait quelques minutes devant lui avant de reprendre le tournage, les éclairagistes étaient en train de disposer les projecteurs et il décida d'appeler David. Celui-ci décrocha au bout de deux sonneries.

– David ? Comment ça va, mon vieux ? lança Édouard sur un ton faussement enjoué.

– Super-mal et toi ? répondit David sur le même ton.

– Ici, ça va. On est en train de tourner ta cérémonie d'enterrement ! On jette des fleurs à la mer, c'est super-beau...

– Ouais, je m'en tape, le coupa David, vous avez vu *Public* ?

– Oui. Tu sais personne n'y croit, ici...

– Ben heureusement ! Dis-moi, Édouard, toi qui me connais. Réponds-moi franchement : même bourré, je n'ai jamais demandé Béatrice en mariage ?

– Non, la dernière fois que je t'ai vu lui proposer la botte, c'était à la cantine quand tu lui as dit : « J'aimerais bien que tu gardes ta blouse blanche d'infirmière pour te sodomiser avec ce soir... »

– Oui, bon ça c'est fait ! le recoupa David. Ce n'était pas une demande en mariage !

– Si c'en était une, elle était d'un genre nouveau !

Dès le premier soir

– Quel bordel ! Doudou, je ne peux pas te parler long-temps, je suis en train de déjeuner avec les gens de ma pièce, faut que j'appelle mon avocat pour cette pute de *Public*, faut que j'appelle Mimi avant qu'elle change les serrures...

– Il y a Élodie qui est près de moi, elle voulait te dire un mot...

– Oui, ben un autre jour ! Je te rappelle, Édouard.

Il avait raccroché. Édouard referma son portable.

– Je suis désolé, dit-il à Élodie.

Celle-ci haussa les épaules avec dédain et retourna à sa place derrière la caméra.

À Paris

Les paumes des mains et la joue gauche de Christophe râpèrent le trottoir de l'avenue Montaigne lorsque les gorilles de chez Christian Dior le jetèrent dehors sans ménagement. Il se releva précipitamment car déjà quelques passants s'étaient arrêtés, tétanisés. Il s'épousseta et adressa un doigt d'honneur aux deux gorilles en costume noir, munis chacun d'une oreillette, mais ces deux-là restèrent de marbre. En France, tous les vigiles, même de supermarché, ressemblent à des agents du FBI. Christophe se mit à crier :

– Béa, sors s'il te plaît ! Il faut qu'on s'explique !

Mais Béatrice pleurnichait dans les bras d'une vendeuse qui vérifiait que la robe que l'actrice essayait n'était pas endommagée. Un des « men in black » fit alors mine d'avancer d'un pas et Christophe en recula de trois immé-

Dès le premier soir

diatement. Inutile de s'attarder ici, Béa ne sortirait plus maintenant. Il remonta dans sa voiture...

Florent, qui avait fait un petit somme sur le sofa, se réveilla avec une belle migraine. Il arrivait à peine à ouvrir son œil gauche. Il avait mal partout et songea qu'il aurait peut-être dû aller à l'hôpital comme l'avait suggéré son patron qui était tout miel avec lui, aujourd'hui. Il n'empêche que ce psycho de Christophe n'allait pas s'en sortir comme ça. Il se redressa et agrippa son sac à dos. Il sortit les mails pliés en quatre de Christophe pour les relire encore une fois. Il avait bien envie que les gens, ici, découvrent sa vraie nature... Il voulait les afficher sur le tableau de service. Ce tableau devant lequel tous les animateurs s'arrêtaient pour lire, soit des notes de Barnabé, soit l'annonce de l'arrivée d'une star venant faire une interview à la radio ou encore la projection de presse d'un film à laquelle les animateurs étaient conviés. Ce tableau servait à tout et ce qui était sûr, c'est que tout le monde passait devant. Oui, Florent voulait les afficher, mais il était contrarié à l'idée qu'on puisse lire tout le mal que Christophe avait écrit sur lui. Il se hissa jusqu'au bureau et attrapa un marqueur rouge dans un pot à stylos. Il commença à rayer les insultes à son égard.

Content de lui, il sortit du bureau et monta au premier étage. Il arracha les circulaires déjà présentes sur le tableau et les remplaça par les mails secrets de Christophe. Il n'avait pas censuré la feuille sur laquelle se trouvait le mail de la maîtresse ; en revanche sur l'autre page, Florent se demanda si on allait y comprendre quelque chose. Ça donnait entre autres :

Dès le premier soir

Bosser avec ce sublime (...) (.....) de vingt et un ans qui braille des (...) (...) de (.....) de (...) après mon premier bulletin d'infos à 6 heures du matin devient au-dessus de mes forces...

Je t'en supplie, il faut absolument que tu m'organises un entretien avec le patron de France Info. Je ne vais pas tenir jusqu'au mois de juin avec ce (...) (...) (...) qui est aussi inculte qu'un animateur de FM, c'est le cas de le dire. L'as-tu déjà écouté le matin ? C'est (.........) Le pire étant (.........)

Et il y en avait cinq comme ça...

Bon, on comprenait quand même dans l'ensemble ? Florent abandonna sa relecture des mails censurés. Il avait trop mal à l'œil et voyait flou. Content de son forfait, il redescendit au sous-sol, là où se trouvaient les gens qui le chouchoutaient depuis ce matin mais, à présent, ils étaient tous un peu dispersés, l'ayant laissé se reposer. Florent chercha Manu avant qu'il ne rentre en régie pour réaliser les 12-14 heures. Manu était dans le bureau de Christophe. À dire vrai, le réalisateur aurait bien aimé récupérer sa cassette des aveux de Florent, il y avait eu suffisamment de grabuge comme ça mais, malheureusement, il ne la trouvait pas...

– Manu !

C'était la voix de Florent qui provenait du couloir.

– Je suis là ! cria le réalisateur qui allait encore devoir jouer à la nounou. Tu peux rentrer, il est parti. Oh, la vache, ton œil !

236

Dès le premier soir

– J'ai mal !
– T'as pris ton Arnica ?
– Oui, mais j'ai encore mal...

Florent s'avança vers le bureau. Un journal people y était grand ouvert et la double page était fortement froissée et en partie déchirée. Apparemment Christophe s'était énervé dessus. Florent se pencha et ferma son œil gauche pour déchiffrer :

BÉATRICE BEY ET DAVID BAULIEU : UN COUPLE À L'ÉCRAN COMME À LA VILLE !

Béatrice Bey, ce nom lui disait quelque chose. Il fallait qu'il vérifie un truc. Il prit le journal et sortit du bureau :
– Je reviens, lança-t-il à Manu.

Le réalisateur acquiesça et continua de chercher sa cassette comme Harpagon dans *L'Avare*. Par malheur Christophe avait fermé ses tiroirs à clé... Ah, la parano dans cette station ! Sale ambiance !

Florent remonta au premier étage vers le tableau de service. Il voulait vérifier l'adresse mail de la maîtresse. Surexcité, il se planta devant et lut en haut de la page : De : beatricebey@free.fr

C'était bien elle ! C'était génial ! C'était la comédienne du magazine où elle en embrassait un autre ! Le mail de cette fille devenait limpide à présent (les « mon amour... Je repars dans le Sud pour mon tournage... Je reviens dimanche soir... Je t'aime. Béa »). Trop content, Florent se dirigea vers l'accueil et demanda des ciseaux à la standardiste. Il fallait qu'il affiche la tronche de son amoureuse,

Dès le premier soir

c'était trop drôle. Florent découpa la belle photo du baiser de l'actrice et la punaisa en dessous du mail compromettant. Plus survolté que jamais, il reprit son marqueur rouge, traça une énorme flèche sous le mail et écrivit en énorme :

EN PLUS IL EST COCU !!!

Satisfait, il reboucha le feutre et contempla son œuvre. Le tableau de service avait de la gueule, maintenant. C'était plus intéressant que les habituelles notes de service et puis là, on le voyait de loin ! Entre la photo choc et toutes les traces rouges, ça attirait l'œil. Très content de sa petite vengeance, Florent jugea qu'il était temps de partir, si jamais l'autre revenait mieux valait éviter d'être dans le secteur. Il tenait à garder au moins un œil intact...

David, qui avait rejoint ses camarades pour déjeuner dans un petit bistrot de la rue de la Gaîté, aurait bien aimé annuler ses répétitions cette après-midi. Il avait encore pas mal de coups de téléphone à passer et se sentait fortement déstabilisé. Il commença par l'attachée de presse de la série, celle qui justement avait organisé ses rendez-vous avec les journalistes, mais celle-ci lui affirma qu'elle était désolée mais c'était lui qui avait accepté ce reportage dans *Public* alors qu'il ne vienne pas se plaindre ! Cela dit, la fin de sa vie avec Mimi, sa femme, était aussi annoncée dans *Télé 7 Jours*, si ça l'intéressait...

David raccrocha les mains tremblantes, il avait l'impression que le ciel lui tombait sur la tête. Il fallait aussi qu'il parle à Béatrice.

Dès le premier soir

« Vous êtes bien sur le portable de Béatrice Bey, laissez un message sinon vous pouvez aussi contacter mon agent, Monita Derrieux au : 01 44 17 98 19. Bonne journée. » David se racla la gorge : « Oui Béa, c'est David, écoute, heu... on est un peu dans la m... Enfin, moi surtout. Je ne sais pas si t'as lu certain magazine people, mais il paraît qu'on va se marier et habiter ensemble ! Alors je ne sais pas si c'est toi qui as balancé cette info débile, pour faire chier ton monde comme t'en as l'habitude, mais je trouverais ça un peu gonflé de la part d'une fille que j'ai dû sauter cinq fois en quatre ans et encore ! Je te dis ça parce que comme il paraît que t'es enceinte aussi et que la dernière fois que je t'ai baisée, ça remonte à la fête pour ton anniversaire l'année dernière, si mes souvenirs sont bons, alors ce n'est certainement pas de moi non plus... À part ça, j'espère que tu vas bien, rappelle-moi pour me donner le nom de ton avocat. Il faut qu'il se mette en relation avec le mien pour attaquer *Public* pour diffamation et tout le reste. Au moins, on va prendre des thunes. Je t'embrasse. »

David raccrocha. Le plus dur restait à faire maintenant : comment avertir Mimi sans que ses fusibles pètent l'un après l'autre ? Elle n'allait pas bouger sans avoir la preuve que tout ça était archi-faux, David l'espérait. Jamais son couple ne s'était aussi mal porté depuis dix ans.

Le directeur du théâtre demanda l'addition du déjeuner. Les comédiens et le metteur en scène se levèrent et sortirent du petit bistrot pour regagner la salle de spectacle. David accosta son metteur en scène :

— Tu m'excuses si je ne suis pas très concentré cet après-

Dès le premier soir

midi, mais je suis salement déboussolé par toute cette histoire...

– Je comprends, répondit l'autre. Je voudrais quand même qu'on revoie votre mise en place de départ...

Gwendoline qui les avait rejoints, entama un bout de chemin à leurs côtés.

– Deux fois, on a annoncé mon mariage dans la presse ! lâcha-t-elle.

L'année dernière Gwendoline vivait avec un acteur célèbre.

– Au moins, toi, t'étais vraiment avec le mec, précisa David. Moi, je ne suis même pas avec elle ! Imagine la gueule de ma vraie femme ! Déjà que ça va pas fort...

David n'osa en dire plus. Désirant le réconforter, Gwendoline le prit par la main et ensemble, ils entrèrent dans le théâtre. Elle était vraiment gentille, cette fille !

Les animateurs, leurs assistants, les réalisateurs et même les filles de la compta s'étaient arrêtés devant le tableau de service pour y découvrir les mails croustillants de la vie de Christophe Gérard, le type qui faisait les infos dans le 6-9. Certains avaient bien gloussé : alors comme ça, le beau journaliste sous ses airs si sérieux sortait avec une comédienne de série ? C'était drôle. Ce qu'il l'était encore plus c'était que la fille sortait aussi vraisemblablement avec un autre acteur. Les filles de la compta étaient retournées toutes frétillantes dans leur bureau pour raconter ça aux collègues. D'autres, animateurs et journalistes, qui se mettaient à la place de ce pauvre Christophe, trouvaient indécent cet étalage de la vie privée de quelqu'un qui était si

Dès le premier soir

réservé et discret d'habitude. Quelques autres, plus rares, ne comprirent rien à ces mails tout raturés et, d'ailleurs, ils ne savaient même pas qui était Christophe Gérard, pas plus que la fille sur la photo rafistolée du journal. (On a beau participer à une série diffusée chaque semaine sur TF1, on en n'est pas une star mondiale pour autant.) Quoi qu'il en soit, personne ne songea à ôter du tableau tout ce déballage intime...

À 18 heures, David respira un grand coup devant le perron de sa maison. Les répétitions de l'après-midi ne s'étaient pas trop mal passées. En fait, ils n'avaient rien foutu : pendant deux heures tout le monde avait parlé des dérives de la presse et des fausses rumeurs qu'elle pouvait colporter. En France, certaines, beaucoup plus graves qu'un prétendu mariage, avaient bien pourri la vie de certains élus. Tous connaissaient au moins une anecdote à ce sujet et chacun y était allé de sa petite histoire. La répétition théâtrale n'avait commencé que vers 16 heures pour s'achever à 17 heures. Ils ne s'étaient pas tués à la tâche... David observa sa maison. Tout semblait calme. Ses valises n'étaient pas dehors. Il s'avança vers la porte et y introduisit sa clé. Ça marchait...

Au même moment, Christophe Gérard se faisait copieusement insulter par sa dulcinée. Béatrice Bey avait enfin ouvert son portable et il avait finalement réussi à la joindre. La jeune comédienne hurlait :

– Comment as-tu osé me gifler chez Dior ? Bien sûr que non, je ne suis pas avec David et je n'ai aucune envie

Dès le premier soir

de me marier avec ce trou du cul ! Je ne suis pas enceinte !
D'ailleurs, j'ai mes règles en ce moment !! Si tu veux vérifier !

— Calme-toi chérie, avait alors susurré Christophe.

— Tu me dis de me calmer, toi ! Non mais t'as vu comment t'es rentré chez Dior ! Comme un forcené ! Tu m'as
foutu la honte de ma vie, sale con ! Pour qui tu te prends ?

— C'est à cause de ce torchon, j'ai pété un câble...

— Rien à foutre !

— J'ai cru que t'essayais ta robe de mariée...

— N'importe quoi !

— Tu veux que je passe te voir ?

— Sûrement pas !

Béatrice lui ordonna de rentrer chez lui, auprès de sa
rombière. Elle voulait qu'on lui foute la paix maintenant.
Elle allait rester tranquille avec Chloé, sa « roommate ».
Elles avaient l'intention de se faire un plateau-télé et de
déblatérer sur lui toute la soirée. Demain, elle allait consul-
ter son avocat et en profiterait pour déposer aussi une
plainte contre lui aussi, c'est ce que lui avaient conseillé les
vendeuses de chez Dior...

David était, lui aussi, en pleine explication houleuse.
Certes, Mimi savait bien qu'il n'avait pas l'intention de
s'installer avec Béatrice qu'elle connaissait bien par ailleurs.
À sa grande surprise, la starlette l'avait appelée personnel-
lement l'après-midi pour lui faire part de sa révolte concernant l'article. Elle n'était pas du tout enceinte, d'ailleurs
elle avait ses règles en ce moment. Michelle l'avait remer-
ciée de sa délicatesse. Évidemment, l'annonce publique

Dès le premier soir

d'un troisième enfant avec une autre l'avait mise hors d'elle. Elle qui désirait vraiment ce troisième enfant que David lui refusait pour l'instant et, à quarante et un ans, il ne lui restait plus que vingt minutes pour le faire. Mais par-dessus tout, c'est une phrase de son compagnon, pendant sa séance d'explications, qui l'avait fait bondir : David avait osé lui sortir : « Je n'ai aucune envie de me marier ni avec Béatrice ni avec qui que ce soit d'autre ! » La boulette ! Ça faisait dix ans maintenant que Michelle attendait que David la demande en mariage. Cette phrase, ce fut « la goutte d'eau qui a mis le feu aux poudres ! », comme disait son fils. Leur fils. Michelle s'était alors levée pour se diriger vers la penderie de sa chambre et avait commencé à balancer par la fenêtre toutes les fringues de David. Là, c'était franchement trop.

— Qu'est-ce que tu fais ? lui avait-il demandé, fort étonné de la tournure que prenaient les événements.

— Va réfléchir à ce que tu viens de dire ailleurs !

— Mais qu'est-ce que j'ai dit ?

Il n'avait pas l'impression d'avoir sorti une énormité pourtant.

— Tu ne veux pas te marier, parfait ! Eh bien, fous le camp !

Froide et déterminée, Michelle sortait tous les cintres sur lesquels étaient suspendus les costumes de son concubin (sale mot !) et les jetait dehors.

— Dégage David ! Tu trouveras bien une de tes innombrables maîtresses pour t'accueillir !

— Pas mon Hugo Boss, s'il te plaît. Je vais le prendre à la main, merci. Mes polos Ralph Lauren aussi.

Dès le premier soir

Il était inutile de crier ou de tenter de se battre pour rester. Michelle était glaciale et bien décidée à le foutre dehors.

– Va réfléchir, David... Pense à tous les coups que tu m'as fait dernièrement et réfléchis bien...

David était sorti ramasser tous ses vêtements dans un grand sac en se demandant chez qui il allait bien pouvoir squatter.

C'est aux alentours de vingt heures que Michelle entendit le moteur du 4×4 démarrer. Sans s'énerver, David avait expliqué tendrement à ses enfants qu'il partait quelques jours chez Mamie. Il reviendrait bientôt...

Pour David, une nouvelle ère commençait : sa période Michel Blanc dans *Viens chez moi, j'habite chez une copine*, un rôle que déjà il n'enviait pas au cinéma, alors dans la vraie vie !

Il s'arrêta au coin de la rue et commença à passer quelques coups de fil. Le premier fut pour un de ses plus vieux amis qui vivait en famille et n'avait pas de place pour l'héberger. Le deuxième fut pour un copain musicien qui l'aurait volontiers accueilli mais il était parti faire du ski aux Arcs. Le troisième fut pour Édouard qui tournait dans le Sud et n'avait pas de trousseau de clefs à Paris. Il voulait bien lui prêter son appartement, mais David aurait été obligé de casser un carreau pour rentrer. Il renonça. Le quatrième pote était sur messagerie et je fus la cinquième personne et première fille que David appela.

La vengeance

J'étais en train de mettre au point mon discours sur le faux suicide de ma meilleure amie pour faire revenir son Barnabé. Je l'avais écrit et envoyé à Delphine par mail qui l'avait approuvé : « Pas mal, faudra que tu le joues un peu paniquée quand même ! » J'avais répondu : « Fais-moi confiance ! » et puis mon portable avait sonné inscrivant le prénom David sur le petit écran. J'ai décroché :

— C'est moi, dit-il, je ne te dérange pas ?

— Non, ça va ?

— Moyen. Je me suis fait tèj de chez moi. Je peux venir chez toi ? Je te préviens, je dors pas sur ton canapé, j'ai super-mal au dos...

— Tu peux pas aller à l'hôtel ?

— Ça va me coûter une fortune...

— T'es pété de thunes !

— Tu plaisantes ? Je te signale que j'ai arrêté ma série et que je vais gagner des clopinettes au théâtre ! Et puis, je vais dire un truc : t'es un peu responsable de tout ce qui m'arrive...

— Quoi ?

Dès le premier soir

Et David de m'expliquer :

– Si je n'avais pas accepté le dîner chez Delphine, un désastre par ailleurs, elle t'a raconté ? Comment elle va, au fait ? Tu sais que je me suis endormi dessus ! elle t'a pas dit ? Bon, qu'est-ce que je disais ?

Oui, alors s'il ne s'était pas rendu à ce dîner, il n'aurait jamais rencontré le cousin de Delphine ! Quelle tache celui-là ! Ce dadais ne serait jamais venu l'emmerder lors de sa soirée de fin de tournage à Saint-Tropez, il ne lui aurait pas mis son poing dans la gueule et il n'aurait jamais envoyé bouler la journaliste qui est arrivée après la bataille au moment où il n'était plus en mesure de donner d'interview, elle ne se serait jamais vengée en écrivant ce tissu de conneries et, à l'heure qu'il est, il serait peinard chez lui !

Je restai sans voix.

– Allô ? reprit-il.

– Oui...

– Plus j'y pense, plus je me dis que tout est de ta faute, finalement...

– ?!

– J'ai faim, je n'ai pas dîné. T'as à bouffer chez toi ? Ou t'as plus que deux Sveltesse périmés dans ton frigo ? Je ne supporte pas les frigos de gonzesses qui vivent seules, ça me fout le cafard chaque fois...

– ?!

– T'es toujours là, Bridget Jones ? Allez file-moi ton code, j'arrive...

– ... 25 b 72.

– J'en ai pour vingt minutes, profites-en pour aller faire des courses.

Dès le premier soir

Bon, j'étais coincée. J'ai été faire quelques emplettes chez mon épicier arabe car j'avais deux Taillefine périmés dans mon frigo. En réalité, j'avais l'intention de me commander des sushis ce soir et d'écrire un peu. Changement de programme. Aller faire des courses pour préparer à dîner à un mec. MOI ? Rien que l'idée me dégoûte...

J'ai prié pour que Vincent ne m'appelle pas ce soir-là, comme il le faisait assez régulièrement, ces derniers temps. Je dois même avouer que, dernièrement, j'avais réussi à dormir chez lui sans m'insulter le matin en sortant. En réalité, j'étais encore pleine d'espoir sur notre relation. Mon idylle n'avait jamais aussi bien fonctionné qu'en ce moment... Oui, mais voilà : *David is back*.

Je rentrai chez moi avec mes sacs de commissions (mot ignoble) quand je l'ai vu sortir de son 4 × 4. Après avoir pris son bagage dans le coffre, il a actionné l'alarme de son porte-clé ; s'est passé la main dans les cheveux et m'a souri en me découvrant comme une ménagère sur le trottoir. Il s'est emparé d'un de mes sacs en m'embrassant et en me remerciant pour l'invitation. Je me suis abstenue de lui répondre qu'il ne m'avait pas franchement laissé le choix, j'ai juste dit :

– C'est bien normal.

En fait, j'avais presque oublié à quel point il était craquant mais je me raisonnais. J'allais être fidèle à mon journaliste animateur maintenant. David ? C'était juste un vieux pote que je dépannais parce qu'il avait quelques soucis dans son ménage en ce moment, c'est tout. Voilà, c'est tout...

Dès le premier soir

Dieu qu'il était beau mais il ne fallait pas que j'y pense...

Arrivés dans mon nid douillet, on a déballé les courses dans la cuisine, il s'est exclamé : « J'en étais sûr ! » en ouvrant mon frigo et on a fait cuire des steaks surgelés. Tandis qu'on faisait la cuisine, David me racontait dans les détails toutes les catastrophes en série qu'il avait vécues depuis la soirée dans la famille de Delphine. On a bien ri, finalement... Moi surtout. J'ai mis le couvert sur ma table basse et David ne m'a même pas énervée quand il a tripoté les boutons de ma télécommande de télé parce qu'il trouvait la couleur trop verdâtre et avait l'impression de voir Derrick sur toutes les chaînes. D'habitude, quand mon frère vient chez moi et qu'il se met à vouloir faire la même chose, ça m'horripile.

Là, je l'ai laissé faire... Je me demande si je suis vraiment moi-même dès que ce type est à moins de dix mètres de moi. Je m'étonne de ma gentillesse et de ma patience.

– Alors comme ça tu ne veux pas dormir sur le canapé ? ai-je demandé.

– Ah, non ! Je dors dans ton lit. Je t'ai prévenue. Toi, tu dormiras dessus si tu veux, déclara-t-il en s'asseyant.

Il s'empara de la bouteille de vin pour la déboucher.

Quoi ? Il se foutait que je dorme ou non avec lui ? Il ne tentait pas de me re-re-re-re-re séduire ? Il en avait marre ou quoi ? Ce n'était pas possible...

– Ben non, moi je dors dans mon lit !

– Comme tu veux...

Quel enthousiasme ! J'avais envie de faire un peu la gueule subitement. Mais David n'allait tout de même pas subir deux scènes dans la soirée. Il goûta le vin et m'en

248

Dès le premier soir

servit un verre. J'en bus une gorgée en réfléchissant. S'il n'avait pas plus envie que ça, il fallait peut-être que je lui redonne l'envie. Mettre un peu de charbon dans la chaudière. J'ai reposé mon verre et je me suis redressée pour me rapprocher de lui. À ma grande surprise, je me suis collée contre son torse et, relevant doucement le visage vers sa bouche, j'ai commencé à l'embrasser langoureusement. Ce n'est jamais moi qui commence d'habitude, mais il y a des urgences dans la vie. Le baiser, c'est la spécialité de David, ça tombe bien, c'est la mienne aussi. On s'est embrassés pendant cinq longues minutes... Lorsque j'ai abandonné ses lèvres pour plonger mes yeux dans son regard bleu profond, il m'a dit :

— Tu veux pas qu'on mange d'abord ? Parce que ça va refroidir...

Nos steaks peut-être mais lui, je savais que c'était trop tard, je venais de mettre un peu de charbon et la chaudière était en route.

Le dîner dans mon salon fut délicieux, romantique et charmant. Enfin pour moi. Les hommes ont rarement la même vision des choses. David me narrait le sujet de sa nouvelle pièce. La télé était allumée mais on ne la regardait pas, j'ai zappé quand j'ai vu arriver la tête de mon journaliste présentateur que je voulais oublier (seulement pour la soirée). David m'a ensuite détaillé les CV des trois comédiens qui allaient jouer avec lui et c'était tout à fait passionnant. On a regardé un film sur Canal Plus, tendrement enlacés, puis on a débarrassé la table et on est allés se laver les dents, ensemble. Comme deux glands d'une pub pour Colgate, on a évalué la blancheur de nos dents. Il a osé

Dès le premier soir

me dire que les siennes étaient les plus blanches, j'ai répondu que non, c'étaient les miennes. J'ai ensuite enfilé une chemise de nuit en soie ultra-sexy et j'ai pris nos verres et le reste de la bouteille de vin pour les apporter dans ma chambre. David était déjà dans mon lit. Du bout du doigt de pied, j'ai appuyé sur ma chaîne et une musique ultra-belle et sensuelle s'est fait entendre. Je me suis glissée à ses côtés dans mon lit...

À votre avis, il y a eu sexe ou pas ?

À Paris FM

À 4 heures 48, Christophe Gérard entra dans les locaux de Paris FM et manqua de peu la congestion cérébrale en avisant le tableau de service. Ses mails confidentiels étaient affichés bien que raturés de toutes parts. La photo de Béatrice embrassant l'autre acteur avait été collée sous son message d'amour et au bas de la page, était écrit en rouge énorme : « En plus il est cocu ! »

Florent ! quel enc... Il ne s'arrêterait donc jamais. « Je vais le tuer ! » pensa Christophe en arrachant du tableau sa correspondance privée. Il froissa et déchira les feuilles qu'il alla jeter dans la corbeille à papier de l'accueil. « Je vais le tuer ! » Il se dirigea vers les sous-sols pour recueillir ses dépêches AFP. « Je vais le tuer ! » Il fallait qu'il se calme. Il n'allait pas recommencer à distribuer des pains. Il n'avait pas le QI d'un hooligan. Il fallait réfléchir. Taper un grand coup une bonne fois pour toutes. Cet enfoiré était sur la sellette avec Barnabé et il n'avait pas l'air de le savoir, en

Dès le premier soir

plus. Il fallait accélérer le mouvement. Avant la fin de la journée, Florent serait viré. Christophe salua Manu qui était déjà là (ce type habitait dans sa cabine régie) et il partit s'enfermer dans son bureau.

À 5 heures 53, Christophe en sortit avec ses informations préparées. Il croisa le regard inquiet du réalisateur en entrant dans le studio :

– Qu'est ce qu'il y a ?

– Florent n'est toujours pas là, lui annonça Manu un brin paniqué. L'émission commence dans sept minutes...

Christophe haussa les épaules et lança un regard vers l'horloge du studio : 5 heures 54 minutes 7 secondes, 8, 9, 10...

– T'auras qu'à passer des disques, qu'est-ce que tu veux que je te dise, marmonna-t-il en prenant place autour de la table du studio.

« Il a peut-être eu un accident de scooter et il est... mort ? » songea Christophe qui remerciait déjà la fatalité d'avoir accompli la tâche à sa place. Manu retourna guetter dans le couloir, il allait tenter de l'appeler une fois de plus quand il entendit des pas dans l'escalier. Florent descendait tranquillement les marches qui le menaient aux studios. Manu exulta :

– Ah, te voilà enfin ! Mais qu'est-ce que t'as fou... Oh non !

Florent arborait sur la tête deux grandes cornes de cerf. Ces trucs en mousse qu'on peut acheter dans les parcs d'attractions. Un bel hommage à la soi-disant situation de cornard de Christophe...

251

Dès le premier soir

– Je t'en supplie enlève ça ! s'écria Manu.

Mais Florent entra dans le studio en ricanant et s'installa en face de Christophe comme si de rien n'était. Stupéfait, Christophe le regarda et sentit la colère revenir au galop. Il serra les poings. Son œil au beurre noir ne s'était pas arrangé depuis la veille. C'était même pire. Il avait la tête des jours où il ne dormait que vingt minutes avant de venir travailler. Florent plaça son casque sur ses oreilles et remit par-dessus son serre-tête à cornes. Christophe fit craquer les jointures de ses doigts. Manu entra dans sa cabine régie en priant pour qu'ils ne se ressautent pas à la gorge. Il leur adressa un signe comme quoi il ne restait qu'une minute de pub avant 6 heures. Florent consulta le moniteur de la programmation musicale, faisant tout pour éviter les regards noirs de Christophe. En régie, Manu lança le jingle de l'émission et le jeune animateur empoigna son micro à deux mains en hurlant :

– Six heures du mat', Houaahou ! Flo alias DJ Pulp avec vous jusqu'à 9 heures ! On se réveille bande de blaireaux ! Je ne sais pas si vous avez bien dormi, mais moi pas trop ! J'ai fait une teuf chez moi hier soir, elle s'est finie plus tard que prévu. En fait, mes potes ont débarqué pour admirer mon coquard. Eh oui, chers auditeurs, j'ai un super-coquard et vous savez à cause de qui ? À cause de Cricri des infos qui m'a mis un pain dans la gueule à la Tyson hier matin ! Comment ça va Cricri ? Calmé depuis hier ?

Christophe le scruta, blême. Il n'allait tout de même pas raconter l'histoire aux auditeurs :

– Je... ça peut aller... lâcha-t-il en se raclant la gorge.

– Il fait une de ces tronches, notre Cricri, on dirait le

Dès le premier soir

croque-mort dans Lucky Luke. Qu'est-ce que tu vas nous annoncer, ce matin ? Un deuxième tsunami ?

– Non, non... Mais deux attentats-suicide à Bagdad ont fait douze morts et quatre...

– Attends, le coupa Florent, je n'ai pas dit que tu pouvais y aller. On n'a même pas lancé le jingle. Vas-y Manu, comme il a l'air pressé...

Ah, ce ton condescendant ! « Je vais le tuer », pensa une fois de plus Christophe.

Manu lança le jingle des infos. Une musique un peu techno et beaucoup trop forte s'éleva dans les casques :

– Les Les Les Les News sur Paris FM c'est avec Christophe Gérard ! Voilà tu peux y aller, annonça Florent comme si l'autre était un stagiaire débutant.

Christophe respira un grand coup et se lança. Il fit son flash info sans adresser un seul regard à Florent. Le jeune animateur, le sentant au bord de la « nervous breakdown », se garda de l'interrompre jusqu'à la météo. Il n'empêche qu'il garda ses petits sourires ironiques et supérieurs pendant tout le temps de parole de Christophe ainsi que ses cornes sur la tête. Son dernier mot prononcé, Christophe bondit pour regagner son bureau sans laisser le temps à Florent de lui poser la moindre question ou de lui envoyer la moindre vanne.

– Prochain flash infos à 7 heures.

C'est tout ce que Florent eut le temps de dire, l'autre était déjà parti.

Content d'être seul dans SON studio, et prêt à faire le con comme toujours, Florent se dégagea de son tabouret pour se mettre debout et annonça le thème des blagues

Dès le premier soir

qu'il allait faire, ce matin, par téléphone ainsi que les noms et adresses des pigeons qu'il allait couillonner...

À présent seul lui aussi dans son bureau, la radio branchée, Christophe sortit de la poche interne de sa veste, la cassette que lui avait donnée Manu. Il la tripota dans tous les sens en réfléchissant et lâcha à voix haute :

– C'est toi qui vas te faire couillonner aujourd'hui...

À 7 heures 32 et bien que les « private jokes » soient interdites à l'antenne, Christophe ne put empêcher les palpitations de son cœur de s'emballer quand il entendit Florent demander au réalisateur :

– Au fait Manu ? Tu connais une série qui s'appelle *Au fil des jours...* ? Elle passe tous les mercredis à 18 heures sur la Une. Je te demande ça parce que moi je la connaissais pas.

Manu ne répondit pas mais se mit à transpirer dans sa cabine régie. Il envoya juste un regard fatigué vers le jeune animateur signifiant : « Je t'en supplie Florent, arrête. Pas d'huile sur le feu. » Mais comment le faire taire ? Florent était lancé :

– Dans cette série, il y a une fille qui est vachement bonne, elle joue une infirmière, je crois, Béatrice quelque chose, vous connaissez ? demanda Florent à ses auditeurs. Appelez à la station ou envoyez-nous un mail si vous la connaissez. Une brune aux yeux bleus, très mignonne.

Et Florent redonna le numéro et mail de la station. À quoi jouait-il ?

Après deux disques, une page de pub et trois prières envoyées au ciel par Manu, Florent reprit l'antenne, hilare :

Dès le premier soir

— Bon, j'ai sous les yeux le mail d'un certain Philippe qui me dit qu'il suit la série depuis toujours mais qu'il est très étonné car l'annonce du mariage de Béatrice avec son partenaire David Baulieu est annoncé dans un magazine people alors que dans un autre journal, *Télé Star*, le même David Baulieu est en photo avec sa femme et leurs deux enfants. Alors Philippe me demande qui croire ? Écoute mon filou, je vais essayer de résoudre ce mystère pour toi. Je pense que ce ne sont pas des modèles de fidélité dans cette série. Ça doit être un sacré baisodrome, ce tournage. Ce qui serait bien, c'est qu'on ait au téléphone la fameuse Béatrice pour qu'elle nous dise elle-même où elle en est dans sa vie sentimentale ou sexuelle et si elle arrive à s'y retrouver... Mais tout de suite on retrouve Passi et Calogero pour leur *Face à la mer*, je vous répète une fois de plus qu'ils ne sont pas actionnaires dans la radio...

Alors que Christophe envoyait des coups de poing dans le mur de son bureau pour se calmer, Florent demandait à la standardiste de trouver, à l'aide de l'annuaire du cinéma, les numéros personnels de Béatrice Bey ou de David Baulieu : « Démerde-toi mais trouve-les-moi, on va les passer à l'antenne. » Trois minutes plus tard, la standardiste annonça qu'elle n'avait pas pu joindre l'agent de Béatrice, en revanche l'agent de David était déjà réveillé et lui avait donné le numéro de portable de l'acteur.

La sonnerie du portable de David (le générique de *Mission impossible*) me réveilla en sursaut. Inquiète, je regardai l'heure sur ma table de nuit : 7 heures 43.

— Chéri, chuchotai-je, il y a ton téléphone...

Dès le premier soir

David aussi sursauta et se pencha pour l'attraper par terre. Obligé de le laisser allumer pour ses enfants, il s'en empara, légèrement angoissé. Il ne reconnut pas le numéro de Mimi mais décrocha :

– Allô, dit-il d'une voix enrouée et ensommeillée.

– David Baulieu ?

– Oui.

– Ici, Dolorès de Paris FM. Vous allez passer en direct dans l'émission de Florent Masson qui tient à ce que vous vous exprimiez sur l'annonce de votre mariage. Vous êtes d'accord ?

– Non, toussa David.

– Ne quittez pas. Attention je vous mets à l'antenne...

– David ? Ici Flo alias DJ Pulp sur Paris FM, on est super-content de t'avoir en live, mon grand ! Je rappelle aux auditeurs que t'es le héros de la série *Au fil des jours*... Alors, dis-moi une chose ? C'est quoi cette histoire ? Tu vas te marier avec ta collègue comme s'est écrit dans *Public* ? Je suis obligé de faire l'enquête, mes auditeurs le demandent...

– Non, articula David en éclaircissant sa voix, ce sont des conneries. Je n'ai pas donné d'interview à ce magazine. La fille a écrit n'importe quoi...

– Ah ouais ? Ben t'es dans la merde, mon grand !

– Un peu, oui...

– Parce que si on en croit un autre canard, tu vis depuis dix ans avec une certaine Michelle et vous avez deux enfants ?

– Ça, c'est vrai...

– Et t'es toujours avec elle ?

Dès le premier soir

– Oui, je suis toujours avec ma femme, déclara David en se redressant et en enlevant mon bras de son torse.

– Ça doit pas être la joie chez toi !

– Non, effectivement. On va déposer une plainte contre le journal...

– Et la Béatrice ? Comment elle le prend ? Elle est avec quelqu'un, elle ? demanda Florent en adressant un gros clin d'œil à Manu.

– J'en sais rien, répondit David.

– Elle t'a jamais parlé d'un journaliste, par hasard ?

– Non...

– Un certain Cricri qui fait les infos chez nous ? demanda Florent, hilare.

– Non...

– Christophe Gérard, franchement ça te dit rien ?

– Non. Mais Béa est une fille libre...

– Laisse tomber, c'est que ça devait pas être très important ! David, on te remercie d'être intervenu en direct à l'antenne, mes auditeurs sont rassurés, t'es toujours avec ta femme, c'est cool ! Je te laisse te rendormir mon grand ! Salut !

– Salut...

David referma son portable. Qui était ce connard ?

– C'était qui ? émis-je dans un bâillement.

– Une interview pour une radio FM. Hystérique le mec ! M'a parlé comme si j'étais son meilleur pote...

David se rallongea contre mon dos et m'enlaça de ses deux bras. Il me caressait doucement les seins quand il s'arrêta subitement et releva la tête :

257

Dès le premier soir

– Paris FM ? C'est pas là où travaille le fiancé de ta meilleure amie ? Celui que j'ai dû jouer, là ?

– Si...

D'ailleurs, il ne fallait pas que j'oublie de l'appeler, ce matin, pour lui annoncer le presque décès de Delph.

À Paris FM, il n'y eut pas de flash infos de 8 heures comme chaque matin.

Christophe était en train de tout casser dans son bureau. Comment avait-il pu le balancer à l'antenne ? Ce crétin avait-il oublié que lui aussi avait une femme ? S'il revenait dans le studio, ce serait uniquement pour éventrer Florent et le pendre avec son gros côlon. Celui-ci joua les étonnés en ne le voyant pas arriver.

– Bon Cricri n'est pas là, 8 h 02 ! Pas très professionnel, le gars. Il est probablement parti rejoindre Béatrice Bey ! S'il y en a parmi vous qui ont enregistré les infos de 7 heures, vous pouvez vous les repasser chez vous...

Manu, qui entendait de la régie les violents bruits de dégradation matérielle en provenance du bureau du journaliste, suait à grosses gouttes : « Jusqu'où allaient-ils aller tous les deux ? » Il n'en pouvait plus...

Il n'y eut pas non plus d'infos à 9 heures. Florent eut toute la liberté de lancer des blagues vaseuses et au-dessous de la ceinture à propos de Christophe et de sa Béa. Ce dernier ne l'écoutait plus. Bruce et Valérie, la psy, descendus aux studios pour mettre en place l'émission suivante, s'étaient précipités dans le bureau de Christophe en entendant les bruits de dévastation. Bruce avait même dû le

Dès le premier soir

plaquer contre le mur pour le calmer et stopper le carnage. Après avoir longuement discuté et réfléchi, Bruce et Valérie firent une proposition à Christophe...

À 9 heures, Florent rendit l'antenne, tandis que Bruce, Valérie et Christophe entraient dans le studio voisin pour le 9-11, émission réalisée non pas par Manu mais par le jeune Bruno, autre réalisateur de la station. Il fallait que l'autre souffle un peu. Florent sortit, très content de ses trois heures. Pour quelqu'un qui avait à peine dormi, il se trouvait tout simplement brillant. Il ôta son serre-tête à cornes, de toute façon Christophe, à bout de nerfs, était parti. Il n'y a pas à dire mais l'ambiance était meilleure quand ce sale con prétentieux n'était pas là. Florent passa voir Manu :

— C'était cool, non ? T'as vu ? J'ai réussi à faire fuir l'aut' blaireau !

Manu ne répondit pas, trop occupé à s'essuyer le front avec du sopalin. Il était soulagé que ça se termine. Il appréhendait vraiment une nouvelle bagarre entre ces deux fous.

Florent passa sa tête dans le bureau vide mais dévasté de Christophe.

— Qu'est-ce qui s'est passé ici ? Il y a eu une tornade ?

— Florent ?

Le jeune animateur se retourna. C'était Valérie qui l'interpellait.

— Va dans mon bureau, si tu as besoin. Je te laisse mon ordinateur. Tu peux même aller sur des sites de cul, si tu veux !

— C'est vrai ? demanda Florent, fou de joie.

259

Dès le premier soir

– Oui, oui, je te le laisse. Je te demande juste de laisser mes mails tranquilles, d'accord ?
– OK.

Cette psychologue était vraiment super-sympa. Malgré sa fatigue, Florent se promit d'aller y faire un tour. Il ne résistait pas à un bel ordinateur moderne avec Internet à haut débit mais d'abord il avait besoin d'accomplir quelque chose. Il monta au rez-de-chaussée et se dirigea vers le tableau de service. Comme il s'en doutait, Christophe avait enlevé ses mails. Très bien, de toute façon il avait l'intention de mettre une vraie note de service. À l'accueil, il demanda une feuille et un stylo. Très consciencieux, il écrivit concentré.

NOTE À L'ATTENTION
DE MONSIEUR BARNABÉ CLUSOT

Cher Patron,

Je suis au regret de vous signaler l'absence à deux reprises ce matin de Christophe Gérard qui a séché ses infos de 8 heures ainsi que celles de 9 heures.

Moi, j'étais fidèle au poste malgré mes migraines et mon œil au beurre noir et, courageux, j'ai assuré mon émission jusqu'au bout. (Formidable, par ailleurs !)

Je dois aussi vous informer qu'il a cassé pas mal de choses dans son bureau qui sont propriétés de la station. Allez voir par vous-même, c'est un vrai bordel. Je crois que Christophe ne contrôle plus ses nerfs depuis qu'il trompe sa femme avec une actrice, comme chacun sait... Je pense qu'il serait bon de voir

260

Dès le premier soir

si on ne peut pas l'interner quelque part dans un endroit calme avec de la verdure.

Comment terminer cette belle note ? Florent l'accrocha sur le tableau de service. Il la relut très fier. Ça lui allait bien de jouer les fayots avec le patron. Il n'aurait su dire pourquoi mais il sentait que c'était mieux. Il se concentra pour se remémorer la phrase de politesse qu'il avait lue en bas d'une lettre de sa banque qui lui demandait de combler son découvert immédiatement : « Veuillez agréer, cher monsieur, l'expression de mes sentiments distingués. »

Ça ne voulait rien dire, mais c'était chouette. Florent l'écrivit en espérant que les mots étaient dans le bon ordre. C'était ça ou « bisous ». La longue phrase était mieux, plus polie. Il signa en bas de la page. Tout à coup, il sentit une présence derrière lui. Florent se retourna et sursauta en découvrant l'imposante stature de son patron :

– Vous m'écrivez ? demanda Barnabé en arrachant la feuille du tableau.

– Une petite note d'information à propos de Christophe, répondit Florent.

Le patron avait repris son vouvoiement habituel. Mauvais signe. Barnabé chaussa ses lunettes et lut « sa petite note ».

– J'en ai plein le cul de vous deux ! annonça l'ogre. Qu'est-ce que c'est que cette histoire encore ?

– Il est beaucoup trop nerveux, vous avez bien vu hier ? dit Florent en lui remontant du doigt son coquard marron violacé. Il explose pour un rien ! Un vrai taré. Faut le soigner. Si au moins il prenait plein de tranquillisants comme vous...

261

Dès le premier soir

– Qui vous a dit que je prenais des tranquillisants ? demanda Barnabé, sévère, en le regardant par-dessus ses lunettes.

« La boulette, pensa Florent qui avait en mémoire la table de nuit bourrée de somnifères et antidépresseurs. »

– Ben, je sais pas. En fait, si, tout le monde le sait, tenta Florent d'une petite voix...

– Ah bon ?

– Ce n'est pas un mal, vous savez. Au moins vous, vous êtes zen...

– Eh bien, fous-moi le camp parce que je vais pas le rester longtemps ! l'informa Barnabé de sa grosse voix.

Tiens, il le retutoyait. C'était mieux. Florent s'éclipsa, un peu contrarié. Sa note de service qui devait le faire remonter de dix points dans l'estime de Barnabé avait moyennement marché. Tant pis, il allait se décontracter dans le bureau de Valérie, la psy. Une fois redescendu dans la pièce, Florent s'enferma à clé et alla s'asseoir derrière l'ordinateur. Il tapa « sexe » sur Google et se frotta les mains.

À présent, lui aussi dans son bureau, Barnabé accomplit, comme chaque matin, les mêmes rituels quotidiens : Déposer sa veste sur son dossier, appuyer sur le bouton « Marche » de sa chaîne pour écouter (même distraitement) ce qui passait à l'antenne, s'emparer de la pile de journaux pour sa revue de presse, s'asseoir et toujours commencer par le *Canard enchaîné*. Il avait du mal à se concentrer. Il fallait l'admettre, Florent était certainement allé chez lui et ce, avec la complicité de sa fille. Il retint un haut-le-cœur et grimaça d'horreur. Ce petit con avait l'air d'en savoir

Dès le premier soir

beaucoup trop sur lui. Il allait appeler Simon pour lui raconter quand la voix de Valérie à l'antenne retint son attention :

– La pornographie influence de manière très néfaste le comportement sexuel de la jeunesse, déclarait la psychologue...

« Et une banalité de plus ! » pensa Barnabé.

– Elle l'influence très mal dans l'acte d'amour mais aussi dans la manière de parler de l'acte amoureux. Si vous demandez à des gens de cinquante ou de soixante ans qu'est-ce qui a éveillé chez eux leurs ardeurs d'adolescents, ils vous répondront *Le Grand Meaulnes*, or ce n'est vraiment plus le cas aujourd'hui. Si les jeunes ont le câble, c'est quasiment tous les soirs qu'ils peuvent tomber sur un porno sans que...

– Il faut qu'ils fassent un code, la coupa Bruce qui avait l'air au courant.

– Oui, d'accord, approuva Valérie. On ne peut pas parler de difficultés.

– Si les parents n'ont pas personnalisé le code d'accès, c'est 0000.

– Merci Bruce pour ces précisions. S'il y a encore des jeunes qui n'étaient pas au courant, comme ça, c'est fait... Nous avons invité Christophe Gérard aujourd'hui pour cette émission spéciale sur la sexualité des jeunes car il a en sa possession un témoignage qu'il voulait nous faire entendre. Christophe, vous devez le connaître si vous écoutez le 6-9, il y fait chaque jour les infos avec grand talent...

« Qu'est-ce que ça veut dire ? songea Barnabé, ils s'invitent les uns les autres maintenant ? Faut pas se gêner !

263

Dès le premier soir

Christophe : celui-là avait loupé ses interventions dans son émission mais il allait s'incruster dans celles des autres ! C'était l'anarchie cette radio ! »

Il écouta néanmoins l'explication de Christophe :

– ... témoignage flagrant de l'indigence et de la grossièreté avec laquelle certains jeunes garçons parlent de leurs conquêtes, c'est tout simplement lamentable et écœurant. Écoutez donc cet aveu, lourd de vantardise, d'un de nos animateurs vedettes, ce cher Florent, vingt et un ans, ado attardé que vous connaissez sûrement si vous êtes des habitués de notre radio. Âmes sensibles s'abstenir.

Immobile, Barnabé écouta la voix goguenarde de Florent s'écrier :

« ... j'ai sauté sa fille hier soir ! C'était l'anniv' de Julien, mon meilleur pote, il a fait une teuf chez lui, je suis arrivé avec la fille de Gros Con et on s'est bien marrés et t'sais quoi ? Agnès, elle s'appelle : au bout de trois whiskies Coca et deux ecstasys, v'là qu'elle commence à me brancher et à me rouler des pelles dans la cuisine, alors bon, moi je l'ai chopée contre l'évier, un peu vite parce qu'elle avait la trouille que quelqu'un rentre, mais elle est chaude, la meuf ! Et puis elle est trop bonne, je ne pouvais pas dire non ! C'était mortel. Je suis sûr qu'elle me kiffe grave, en plus ! »

– Édifiant, non ? demanda Christophe, je ne sais même pas si tout le monde a bien compris ? C'est du langage de djeuns.

Dès le premier soir

– « Elle me kiffe grave » doit vouloir dire elle m'aime beaucoup, intervint Bruce, de même que lorsque les jeunes disent : « Je l'ai chopée », ça signifie je l'ai baisée... Enfin, j'ai fait l'...

– Merci Bruce pour ces précisions mais on n'a pas quatre-vingt-cinq ans quand même ! le coupa Valérie. Ce qu'on découvre dans ces révélations à la fois sexuelles et festives, c'est qu'en plus de cette mal-baise, dirais-je, car elle existe au même titre que la mal-bouffe, c'est qu'il y a derrière tout ça le problème non négligeable de l'alcool et de la drogue en l'occurrence les ecstasys qui sont des pilules très dangereuses car elles altèrent non seulement le raisonnement mais surtout les sensations et le désir sexuel qui...

Valérie ne put finir sa phrase, à travers la baie vitrée du studio, les deux journalistes et la psychologue virent Barnabé, leur patron, défoncer la porte du bureau de Valérie et, tel Hulk, soulever d'une main Florent par le col pour lui administrer un coup de boule des plus violents en pleine tête. Complètement sonné, Florent glissa lentement contre le mur. Barnabé redéfonça ce qu'il restait de la porte pour sortir et remonta dans son bureau...

– Excusez-nous mais il semble que nous ayons un petit problème technique, reprit Valérie, pétrifiée. On va peut-être passer un peu de musique, non ? Histoire d'apaiser les énergies, ici, n'est-ce pas ? demanda-t-elle en direction de la régie. On me fait signe que oui, un petit Vincent Delerm, pour adoucir les mœurs, ça devrait aller...

Valérie ôta son casque, Bruce se leva précipitamment pour aller porter secours à Florent. Seul Christophe resta accoudé à la table avec un petit sourire satisfait.

Dès le premier soir

Du côté de chez moi

Bon, je peux bien l'avouer maintenant, il y a eu sexe. Du haut de gamme. Une fois hier soir et une fois ce matin. Après son interview beaucoup trop matinale, on s'est rendormis parce que 7 heures 45 est un horaire qui ne veut rien dire, ni pour David, ni pour moi, en revanche vers 10 heures 15, après m'être lavé les dents, je suis revenue dans mon lit pour me coller à mon nouveau colocataire qui s'étirait comme un chat. (Autre règle d'or du célibat : une fille se brosse toujours les dents avant que le mec se réveille. Cette règle, pleine de délicatesse et d'attention, est une des premières à gicler dès que le mariage a eu lieu, comme quoi dès que les gens deviennent des acquis sociaux, on n'en a plus rien à foutre...) David et moi avons refait l'amour. Je n'ai jamais beaucoup cru en l'amour du matin car je pense qu'on profite d'une érection naturelle qu'on pourrait presque qualifier de mécanique. En gros, ça marcherait avec une chèvre en porte-jarretelles, mais il faut éviter d'y penser et se rassurer sur sa féminité. Pensées positives : David est un des mecs les plus glam qui soit. C'est un Dieu de l'amour, comme dirait Carla B. Il pourrait être filmé pendant l'acte amoureux, ce ne serait même pas interdit aux moins de douze ans. Il est tout simplement sublime, en missionnaire, son dos ondulant sensuellement, ses gestes d'une tendresse raffinée, ses baisers...

Ce bonheur de volupté, j'aurais pu le vivre intensément si un article parcouru dans le *Cosmo* du mois de novembre

Dès le premier soir

ne m'était pas subitement revenu en mémoire. Le papier disait : « Un orgasme simulé fait dépenser à l'organisme plus de calories qu'un véritable orgasme. » Ça m'avait paru incroyable car, franchement, j'ai toujours pensé que le corps « souffrait » plus quand il vivait réellement ce rare moment, mais non :

Orgasme simulé : 283 calories.

Orgasme réel : 164 calories.

Voilà à quoi je pense quand j'ai un canon sur moi. Et je ne me suis pas arrêtée là. Je me suis dit : si j'avais un véritable orgasme (avec David c'est possible) et que je simulais que je n'en avais pas, en me mordant les lèvres et en faisant semblant que rien ne se passe, j'accumulais les deux ! Donc j'ai tenté l'addition mentalement : 283 + 164... 4 et 3, 7... 8 et 6, 14. Je pose le 4 et je retiens 1 sur le 2 et 1 qui font 4... Bref, quand David a joui, je suis enfin parvenue à faire mon addition : 447 calories que je n'ai certainement pas dépensées car je ne l'ai pas du tout senti venir et je n'ai rien eu le temps de faire que ce soit pour de vrai ou pour de faux...

Je voudrais porter votre attention sur la qualité érotique de cette scène. Je pense qu'on peut d'ores et déjà appeler Régine Deforges pour lui dire de partir à la retraite tranquille. La relève est là...

Après l'amour matinal, David et moi avons pris notre bain ensemble. La dernière fois que je me suis retrouvée face à face avec quelqu'un dans une baignoire remonte au CM2 avec ma meilleure amie de l'époque. Comme en

Dès le premier soir

CM2, j'ai insisté pour lui laver les cheveux avec un shampoing qui ne pique pas les yeux. Je deviens folle.

Ce qui m'étonnait vraiment dans cette histoire, c'était de réaliser que vingt-cinq minutes après s'être fait jeter de chez lui, David vivait une relation fusionnelle avec quelqu'un d'autre... Car on peut parler de fusion. On se gluait depuis la veille. On a tout fait, scotchés l'un à l'autre. Finalement, c'était un tout autre film que *Viens chez moi, j'habite chez une copine*. On ne peut pas dire qu'il galérait. Je lui ai même fait le petit dej.

Je pensais aussi que je devais appeler Barnabé pour lui annoncer la terrible nouvelle à propos de Delphine. J'avais décidé de le faire vers midi quand il aurait terminé son émission et que David serait parti à ses répét'. En attendant, en bonne passionnée par les rapports humains, j'avais envie de le faire parler de lui, de ses relations avec les femmes. Ce qui m'intéressait était de savoir comment il vivait son pouvoir de séduction...

David a été très clair. Il était résigné. Avec la gueule qu'il avait et le corps qu'il avait, les nanas ne lui foutraient jamais la paix ! Voilà, une fois qu'on a compris ça, c'est bon. Et il n'était pas seulement un bellâtre qu'on regarde comme le vase de Soissons, non, car il avait en plus énormément de personnalité et de caractère, ce qui accentuait de beaucoup le désir qu'il inspirait naturellement. Il était loin d'être bête, il avait de l'humour et, en plus, il s'habillait en Hugo Boss. Franchement, qui pouvait dire non ? Pas moi, d'accord. Je lui ai quand même suggéré de se dépêcher pour ne pas être en retard au théâtre. Fallait bien qu'il commence à m'énerver à un moment donné ou un autre.

Dès le premier soir

C'était trop beau. J'ai raccompagné David à la porte. Il m'a embrassée en me disant : « À ce soir. » Ça m'a fait tout drôle...

Deux secondes plus tard, il a sonné. Je me suis demandé ce qu'il avait oublié. Il m'a juste dit : « Tu veux que je te laisse des sous pour les courses ? »

Mais ce n'est pas vrai : j'ai un mari !

Le problème, c'est que je n'en veux pas.

Pour quoi faire ?

J'ai déjà une Carte bleue.

Après quelques étirements et une danse devant la glace de ma chambre sur du Polnareff, tout en rangeant le plateau du petit déjeuner et faisant le lit, je fus fin prête pour passer ce coup de téléphone de la mort. Je m'entraînais un peu à prendre une voix caverneuse tandis que je composais le numéro de Barnabé. Il décrocha au bout de deux sonneries :

– Allô ? (Lui avait vraiment une voix d'outre-tombe.)

– Barnabé ? c'est moi, Élise. Je t'appelle parce que... T'es assis, là ? Parce que voilà ma meilleure amie Delphine a bien entendu ton odieux message, celui que t'as laissé sur ta messagerie et elle a essayé de se suicider figure-toi en avalant (quoi déjà ?)... heu, plein de cachets et on l'a récupérée de justesse. Elle est sortie de l'hôpital, ce matin... mais il s'en est fallu de peu pour...

– Te fatigue pas, Élise...

– Pardon ?

– Je vous ai entendues le préparer, votre coup, quand vous étiez toutes les deux. Quand vous m'avez appelé, le portable a été mal raccroché. J'ai tout entendu...

Dès le premier soir

– Glups !

Je revoyais Delphine me mettre son portable à l'oreille pour que j'écoute le message et ensuite le reprendre pour le jeter par terre. Je pensais qu'elle avait raccroché entre-temps ! C'est bien du Delphine, ça ! Qu'est-ce que je dis, moi, maintenant ?

Silence embarrassé, le mot est faible.

– J'ai tout entendu, reprit Barnabé, vous m'avez insulté pendant je ne sais combien de temps, ça m'a paru durer toute la nuit. Je t'ai même entendue parler avec ta mère un moment et je vous ai écoutées monter votre plan foireux de suicide à la mords-moi-le nœud et je peux te dire que je n'y aurais jamais cru, de toute façon...

Et son monologue, qui dura un peu trop, me permit d'aller faire réchauffer de l'eau pour me refaire un café. Quand j'ai repris le combiné, il en était au fait que nous étions, Delphine et moi, des embrouilleuses de première, des intrigantes, des Lola Montes et... Je suis allée mettre un peu de Nescafé dans ma tasse.

Quand je suis revenue, il en était à : « ... comme l'idée perverse de présenter un autre mec à ma place chez ses parents ! Faut être malade ! Elle avait bien fait la belle-sœur de venir tout lui raconter le lendemain. Au moins une dans la famille qui était honnête ! »

Bon ça suffit ! Il fallait remettre quelques points en forme de cœur sur les i. Je l'ai coupé dans son élan pour lui déclarer :

1) Que j'avais horreur des embrouilles et des plans. J'étais plus claire que l'eau du petit ruisseau dans la pub Volvic.

Dès le premier soir

2) C'était Delphine qui désirait ce remplaçant car elle avait eu un peu peur des réactions dans sa famille. (Ne surtout pas employer le mot HONTE qui est ce qu'il y a de pire entre deux êtres supposés s'aimer.)

3) Mais Delphine l'avait vraiment regretté et son silence de ces derniers jours l'avait torturée. Elle ferait n'importe quoi pour renouer. L'idée du suicide était peut-être idiote mais, au moins, elle aurait été fixée sur l'importance qu'elle avait à ses yeux. Elle rêvait de lui la nuit et le voyait courir au ralenti sur une plage...

4) Elle désirait ardemment le revoir pour vivre heureux et avoir plein d'enfants... Enfin plein, non...

– Tu lui manques, elle t'aime vraiment, ai-je conclu.

(Silence.)

– Je vais l'appeler.

– (Ouf !) Oui, fais-le vite.

(Silence.)

– À part ça, tu vas bien, toi ? ai-je repris.

– Non, j'ai des problèmes à la radio et je viens de mettre un coup de tronche à un de mes animateurs...

– Sympa.

– Il y est vraiment à l'hôpital, lui... Une ambulance est venue le chercher...

Barnabé me raconta l'histoire entre sa fille et le jeune, désireux de me faire comprendre qu'il n'était pas quelqu'un de violent d'habitude. J'ai acquiescé. Et puis j'ai posé la question que je m'étais juré de ne pas poser :

– Et Simon, t'as des nouvelles ?

– Oui, il a une autre nana.

– La pauvre...

Dès le premier soir

– Quoi ?

– Non rien.

Moi, je n'allais pas lui raconter que j'avais deux mecs. Un présentateur vedette et un acteur canon qui en plus vivait chez moi. Finalement, il faut toujours en garder un d'avance au cas où ça foirerait avec l'autre. C'est une pensée positive.

– Et toi ? me demanda Barnabé.

– Oh ! moi, tu sais, à part la littérature...

– Te fous pas de ma gueule, Marguerite Duras !

Tiens ? Hier soir David m'avait appelée Bridget et maintenant j'étais Duras ! J'avais pris une cinquantaine d'années pendant la nuit. La bonne chose, c'est que j'avais aussi pris du galon comme écrivain...

– Mais c'est vrai ! ai-je insisté. Bon, Barnabé je te laisse. Il y a ma bouilloire qui siffle...

Il fallait surtout que je me dépêche d'appeler Delphine, l'informer qu'il était inutile, à présent, de jouer à La-grande-dépressive-suicidée-qui-sort-d-un-entretien-avec-saint-Pierre-et-même-lui-l-a-jetée, quand Barnabé allait la rappeler...

Le blanc, que m'a laissé Delphine au téléphone quand je lui ai raconté que son portable était encore ouvert le soir où on a insulté Barnabé et mis au point notre plan morbide, fut de Mozart. Je l'ai juste sentie déglutir quand elle a articulé un :

– C'est pas vrai ?

– Ben si... Et pour le dîner, c'est ta belle-sœur qui t'a balancée !

Dès le premier soir

– Anne-Charlotte ?

– Oui, elle est allée à la radio le lendemain. Elle lui a tout raconté...

– C'est pas vrai ?

– Ben si...

– Mais de quoi elle se mêle, celle-là ? T'as d'autres catastrophes à m'annoncer ?

– Il va te rappeler. Je l'ai senti mûr pour la réconciliation. Je t'assure.

– J'y crois pas trop...

– Si, si. J'ai tout arrangé. Je lui ai dit que t'étais désolée, que tu l'aimais, et tout... Il va craquer, il a trop besoin d'amour...

– Dans ce cas-là, ce serait bien que tu rappelles Simon pour qu'on se fasse des bouffes à quatre.

– Ah, pitié non, ça ne va pas recommencer ! Et puis je suis over-bookée au point de vue mecs. Franchement, quand je pense à Simon, je me dis que je préférerais encore m'occuper d'un berger allemand...

– C'est fou. Dire qu'au début j'ai cru que tu allais te marier avec lui et me laisser en rade toute seule...

– Aucun risque. Alors là, aucun risque...

Le soir même, Barnabé a attendu Delphine à la sortie de son bureau. Elle s'est jetée dans ses bras quand elle l'a vu et ils ont échangé un long baiser sur le trottoir. Je me suis souvent demandé comment elle faisait pour embrasser un type qui fume des gauloises brunes. Ma copine est plus sentimentale que moi et plus angoissée aussi. C'est elle qui le dit. Pour ceux qui ont vu *Shrek 2*, la morale de l'histoire

Dès le premier soir

est à peu près équivalente. Comme dans *Shrek 2*, la princesse Fiona a souvent éprouvé quelque gêne devant les manières abruptes de son fiancé. Comme dans *Shrek 2*, on a essayé de lui coller un super-beau mec mais il n'a pas fait le poids. Comme à la fin de *Shrek 2*, elle se jette dans les bras de son ogre car elle réalise qu'elle n'aime que lui, alors musique sur le baiser final...

En revanche, le super-beau mec faisait bien mon affaire. David est resté cinq jours à la maison avant que sa femme le rappelle. On s'est bien organisés et j'ai tenu le coup sans l'étriper. Je savais que c'était provisoire et que Michelle allait se manifester. Lui aussi devait le sentir car il n'a jamais réellement sorti ses fringues de son sac pour les mettre dans ma penderie, par exemple. Tant mieux, il n'y a pas de place de toute façon. Mais il a fait du camping sauvage dans ma chambre et même en voyant ces tas de vêtements éparpillés, je n'ai pas craqué. J'ai fait beaucoup de progrès, il n'y a pas à dire. Avant j'étais tolérance zéro rien que sur les poils et les cheveux dans MA salle de bains. La vie à deux n'est qu'une question d'habitude et d'organisation. Je vous demanderai d'applaudir le lieu commun que je viens d'écrire. Je pense que Michelle a décidé de passer l'éponge, une fois de plus. Elle lui a dit qu'il manquait trop aux enfants. La bonne excuse. C'est sûr que je ne peux pas en dire autant. J'ai été triste de le voir partir. Bon d'accord, très triste. Désemparée. Des superficiels et frimeurs comme ça, je n'en connais pas non plus des masses. J'ai fait un grand ménage chez moi (oui quand même !) et je me suis remise à mon ordinateur. Ma mère a été ravie que ce

Dès le premier soir

tape-l'incruste rentre enfin chez lui. Au moins une semaine que je n'étais pas venue faire un Scrabble !
Un scandale.

Au commissariat du dix-septième arrondissement

L'inspecteur Martinez resta quelque peu perplexe en consultant les derniers procès-verbaux, plaintes et mains courantes, déposés. Il tenta de remettre dans l'ordre cette étrange déferlante. Tout d'abord, un certain Gonzague d'Arcangues avait déposé une plainte contre un certain David Baulieu pour une bagarre qui avait eu lieu à Saint-Tropez. Le même David Baulieu avait assigné le journal *Public* où était annoncé son mariage avec une certaine Béatrice Bey. La fameuse Béatrice Bey avait déposé une main courante contre un certain Christophe Gérard, journaliste à Paris FM, en raison d'« une baffe plus tirage de cheveux » dans une luxueuse boutique de vêtements. Lui, ça devait être un violent car une autre plainte était déposée contre lui, en provenance d'un certain Florent Masson, animateur, pour « tentative de meurtre par strangulation » et le même Florent, ce n'était pas sa semaine, en avait déposé une autre contre son patron Barnabé Clusot pour « coups et blessures » parce qu'on lui avait expliqué que « coup de boule » n'existait pas...
Étrange loi des séries...

Un mois plus tard

Barnabé et Delphine sont à nouveau ensemble. Delphine a juré de ne plus monter d'embrouilles sentimentales avec mon appui. D'ailleurs, pour lui prouver à quel point elle a changé, Barnabé est invité à dîner dans sa famille. Delphine a promis à sa mère que c'était le vrai, celui-là. Anne-Charlotte pourra vérifier...

Après une semaine de vacances, Christophe Gérard a repris les rênes du 6-9 avec Bruce. Le ton des deux journalistes est beaucoup plus posé, réfléchi et complice qu'auparavant. L'émission tourne dorénavant autour des infos et l'actualité du moment. Régulièrement, journalistes politiques et éditorialistes y sont conviés pour donner leurs points de vue sur les événements. L'audience a un peu baissé, et beaucoup de gens envoient des mails pour demander où est passé le crétin du matin, tous en manque de débilités et de blagues au-dessous de la ceinture, comme le pense Christophe. C'est *Campus* contre la *Méthode Cauet*...

Qui finira par gagner ?

En ce qui concerne sa vie privée, la femme de Christophe

Dès le premier soir

n'a jamais su qu'il avait eu une liaison avec Béatrice Bey et elle est bien la seule dans Paris...

Repéré depuis longtemps par Fun TV et par M6 qui cherchaient de nouvelles têtes pour leur émission du matin, Florent a rejoint sa nouvelle famille après deux jours d'hôpital et quelque temps dans « un endroit calme avec de la verdure ». Florent s'est fait virer de Paris FM avec pertes et fracas et, selon les dires de Barnabé, il n'a même plus le droit de passer dans la rue de la radio, à moins de vouloir reprendre un autre coup de tête. Ce qui l'a beaucoup ennuyé, c'est que son ex-patron a fait écouter la cassette à sa fille et elle a pleuré au téléphone. Florent s'est vraiment excusé. Il lui a fait livrer de grandes roses rouges, que Barnabé a foutues par la fenêtre, mais il a expliqué à Agnès qu'il avait dit ça alors qu'il ne la connaissait pas encore très bien et que c'était pour déconner (c'était tout de même son métier), mais maintenant, lui aussi la kiffait grave et, si elle voulait, il pourrait lui faire visiter les nouveaux studios d'enregistrement de M6. C'est sûr, elle allait lui pardonner. En attendant, s'il croisait ce traître de Manu, il aurait intérêt à courir vite parce qu'on n'enregistre pas les gens à leur insu comme ça...

Quant à Christophe, qui avait osé diffuser la cassette à l'antenne et causer son renvoi, il pouvait s'estimer heureux que les tueurs à gages ne soient pas dans les Pages Jaunes...

David a retrouvé femme et enfants. Il s'est senti obligé de demander Michelle en mariage. Mimi, qui ne supportait plus cette situation de « concubine », l'a exigé. David a

Dès le premier soir

cédé et puis ce n'était pas plus mal pour les impôts. La presse s'est fait l'écho de cette annonce de mariage, à part *Public* qui a pensé que c'était des conneries...

Sur la série *Au fil des jours...* de nouveaux scandales croustillants pour la presse ont éclaté. Béatrice Bey s'est encore retrouvée dans un autre magazine people. Elle s'est fait gauler par des paparazzi alors qu'elle embrassait à pleine bouche... une fille. Très fière, elle a déclaré qu'elle assumait parfaitement sa nouvelle homosexualité. Elle était tombée amoureuse d'une fille, très belle, qui travaillait sur sa série comme stagiaire à la mise en scène et qui se prénommait Élodie. Toutes deux ont d'ailleurs posé, par la suite, pour quelques journaux branchés. David en est tombé à la renverse. Comment deux filles qui l'avaient eu dans leur lit pouvaient-elles passer de l'autre côté ? Ce n'était pas possible. D'ailleurs, il demandait vraiment à les voir coucher ensemble avant d'y croire...

Édouard a traversé une mauvaise passe. D'abord démoralisé par le fait que son copain David ne tourne plus avec lui, il avait dû par la suite essuyer un nouveau refus d'Élodie quand il s'était décidé à lui déclarer sa flamme. La voir dans les journaux avec Béatrice, une fois la stupeur passée, avait été un nouveau coup de poignard. Il se demandait si elle n'allait pas se taper tout le plateau de tournage, hommes et femmes compris, avant de réaliser qu'elle était faite pour lui. En attendant, il ne cessait de dire du mal de Béatrice et de son coup de pub car il ne pouvait s'agir que de ça ! Béatrice tentait un « tout pour le tout », désireuse de booster sa carrière car son rôle

Dès le premier soir

d'infirmière dans la série allait bientôt s'arrêter vu qu'elle prenait vingt ans de taule...

Ce qui a marché d'ailleurs, Béatrice Bey a été contactée par deux jeunes réalisateurs de cinéma très à la mode. L'un des deux est une jeune femme, lesbienne aussi, mais bon...

Quant à moi... Oh moi, à part la littérature ! Eh bien, balançant comme d'habitude, retour chez mon Mister Big : Vincent. Il s'est passé un miracle hier. Comme je l'ai déjà écrit, j'aime assez l'emmerder le matin en lui balançant des ultimatums : « Je ne sortirai pas de ton pieu tant que tu ne m'auras pas dit que tu m'aimes. » En général, il me répond : « Eh bien, Bonne journée dans mon lit ! » Mais hier matin, il l'a dit. Il a murmuré d'une voix presque inaudible : « Mais je t'aime, mon chat. » Il fallait une ouïe affûtée pour l'entendre, mais il l'a dit. J'ai fait « Yes ! » en serrant le poing dès qu'il a eu le dos tourné. Première victoire.

Je ne lui ai pas parlé de David. C'était inutile. Ça se passe trop bien en ce moment. En plus, il m'a dit qu'il ne voulait pas savoir...

Il souffrirait trop ? (pensée positive) à moins qu'il s'en foute ! (pensée nég.)

Quoi qu'il en soit, David veut qu'« on reste potes ».

Rester pote avec un type que l'on désire encore est une torture. Comment pourrais-je ne plus avoir envie de lui ? Il faudrait qu'il me déçoive intellectuellement. Qu'il ne me sorte que des niaiseries où des grosses conneries comme la fois où un type m'a dit : « Moi, je ne lis jamais parce que je ne veux pas être influencé par quelqu'un d'autre... » Mais ce n'est pas du tout le cas de David. J'ai déjà prêté des

Dès le premier soir

livres à David. Non seulement, il les lit mais, en plus, il les rend. Et il en parle plutôt bien... Non, faudrait qu'il prenne ou perde trente kilos, que ses dents noircissent ou qu'il mette des chaussettes avec des tongs, qu'il marchande chez un commerçant ! (J'ai horreur de ça !) Ou qu'il ait encore des mocassins à pompons, la liste est longue de tout ce qui est anti-sex...

Je l'ai peut-être laissé partir trop facilement. J'aurais dû lui dire que je tenais à lui, qu'il était... Oh, puis zut ! Faut déjà se battre pour le boulot s'il faut aussi se battre pour les mecs. Les choses doivent se faire naturellement ou pas... Je pensais à tout ça, emmitouflée dans un gros blouson, les mains dans les poches tandis que je passais devant les colonnes Morris qui annonçaient la pièce de théâtre dans laquelle David jouait. À partir du 20 février...

Mais qu'est-ce que Michelle a de plus que moi, franchement ?

Pourquoi les hommes finissent-ils toujours par rentrer au bercail ?

Comment les femmes, même pas catholiques pratiquantes, pardonnent-elles aussi facilement ?

Est-ce que David va m'inviter à sa première ?

Le 26 janvier, Caroline, ma belle-sœur, a accouché d'une petite fille. J'ai une nièce, Camille : 3,300 kilos. Je suis ravie que Caro fasse des enfants à ma place. Je lui ai demandé de me faire une tripotée de neveux et nièces, et moi je ferai des livres pour la distraire, on se répartit les tâches comme ça dans la famille.

Elle m'a tout de même répondu qu'elle n'était pas une

Dès le premier soir

poule pondeuse et que deux enfants lui suffisaient amplement. C'est bien une Française...

Pour bien nous faire comprendre qu'elle ne serait jamais une mamie chignon blanc et confitures, ma mère est arrivée à la clinique en pantalon de cuir Agnès B. et lunettes noires. Elle s'est quand même extasiée devant le berceau et s'est déclarée ravie qu'on ait échappés à une Capricorne, une petite Verseau c'était mieux... Allez comprendre. On a tous fait plein de sourires au bébé ainsi qu'à mon père qui nous filmait au caméscope. J'ai été très émue de découvrir que ma nièce avait la même tache de naissance que moi dans la nuque. Sardonique, mon frère a déclaré qu'il espérait ne pas avoir fait un clone de moi... J'ai fait semblant de ne pas être vexée.

Avec mon portable, j'ai pris le bébé en photo et je l'ai envoyée à Delphine. Plus simple qu'un faire-part pour annoncer une naissance. Dix minutes plus tard, Delphine m'a appelée. Après les « T'embrasseras ton frère et Caro pour moi », je sentais que ce n'était pas pour parler du bébé qu'elle m'appelait et, effectivement, après un moment d'hésitation, elle a osé me sortir :

— Finalement ça m'angoisse toujours autant ce dîner ce soir. Je n'arrive pas à imaginer Barnabé dans ma famille. Tu ne sais pas où je pourrais louer des faux parents, par hasard ?

DU MÊME AUTEUR

Aux Éditions Plon

TU VAS RIRE, MAIS JE TE QUITTE, 2002.

TU PEUX GARDER UN SECRET ? 2004.

Composition IGS-CP
Impression Bussière, janvier 2006
Éditions Albin Michel
22, rue Huyghens, 75014 Paris
www.albin-michel.fr
ISBN : 2-226-16986-5
N° d'édition : 23993 – N° d'impression : 060067/4
Dépôt légal : février 2006
Imprimé en France.